KB125472

천국 쿠데타

①

천국 쿠데타 ❶

초판 1쇄 발행 2015년 6월 15일
2쇄 발행 2015년 9월 25일

지 은 이 민병문
발 행 인 권선복
편집주간 김정웅
디 자 인 김소영
전 자 책 신미경
마 케 팅 정희철
발 행 처 도서출판 행복에너지
출판등록 제315-2011-000035호
주   소 (157-010) 서울특별시 강서구 화곡로 232
전   화 0505-613-6133
팩   스 0303-0799-1560
홈페이지 www.happybook.or.kr
이 메 일 ksbdata@daum.net

값 15,000원

ISBN 979-11-5602-104-9   04810

979-11-5602-103-2 (세트)

도서출판 행복에너지는 독자 여러분의 아이디어와 원고 투고를 기다립니다. 책으로 만들기를 원하는 콘텐츠가 있으신 분은 이메일이나 홈페이지를 통해 간단한 기획서와 기획의도, 연락처 등을 보내주십시오. 행복에너지의 문은 언제나 활짝 열려 있습니다.

PARADIS COUP D'ÉTAT

한국 순교자 새 총리에 오르다

천국 쿠데타

①

민병문 지음

도서
출판 행복에너지

1. **야고보 총리_** 12사도 중 베드로, 요한과 함께 예수의 3인 애제자로 꼽힘. 예루살렘 교회 수장으로서 신약 시대 이후 2천 년간 천국 총리로 재임하며 보수적 권위적 인물이 된다. 원로원 탄핵으로 물러난 뒤 프란치스코 하비에르를 2대 총리로 천거한다.

2. **실라_** 총리 비서실장. 12사도와 동시대 인물로 이방 전교에 공이 큰 우직한 사나이다. 모난 돌 총리의 이미지 쇄신을 위해 많이 힘쓴다.

3. **마티아_** 하느님 계신 하늘 궁전 총괄실장. 12사도 가운데 가롯 유다가 자살하자 그 후임에 뽑혔던 인물. 중립적이지만 내심 개혁 지향적이고 자신을 12사도 막내로 지명한 베드로에게 감사한다.

4. **베드로_** 원로원 의장. 털털한 성격으로 천국에서 12사도의 사실상 맏형 노릇을 충실히 이행한다. 개혁적이고 아이디어가 많은 한국 순교자 출신 정약종에 호의를 보인다. 천국 현인 및 원로회의를 주도하며 야고보 총리 탄핵을 묵인한 뒤 화해한다.

5. **스테파노_** 원로원 사무총장이지만 베드로 의장과 맞먹는 권위를 갖고 천국 개혁과 복음 확대에 중심 역할을 한다. 개혁 성향의 정약종을 적극 지지하며 그의 영계 인간 등 각종 아이디어를 수용 실천하는 후원자. 일찍이 이방 전도에 나섰다가 돌에 맞아 순교. 7인 봉사자회의와 안보회의 주재자. 야고보 총리 탄핵 뒤 총리 대행.

6. **바오로_** 12사도는 아니나 그리스도 복음 체계 수립과 이방 선교에 공이 큰 제2 예수로 칭송 받는 감사원장. 천국을 지도하는 원로 중 원로. 데클라 베네딕토 수녀원장과 터키에서 함께 화형대에 올랐던 애틋한 사연을 갖고 있다.

7. **디모테오_** 감사원 비서실장. 바오로가 내 아들이라고 할 정도로 믿음이 굳건하다.

8. **바르나바_** 중앙정보부장. 초대 교회 시절 바오로와 이방 지역 선교에서 동행자 문제로 다툴 정도로 과격한 인물이나 곧 화해할 줄 아는 싹싹한 사나이.

9. **프란치스코 하비에르_** '썩지 않는 시신'의 이적을 일으킨 사나이. 1534년 8월 15일 예수회 창립 7인방 하나로 부활 이적을 꿈꾼다. 원로원 국방위원장이었으나 하늘 궁전 쪽지로 총리 후보를 사퇴하게 되자 천국 아카데미 대학 교수로 간다.

10. 정약종 아우구스티노_ 1801년 신미 박해 때 순교. 천국에 오자 하느님 지시로 성대한 환영식을 거친다. 원로원 정보위원장으로 지옥 군과의 대결 및 그리스도 복음 전파를 위한 각종 개혁안을 추진하다 천국 제2대 총리에 취임. 아들 정하상 바오로도 천국 에덴동산 실버타운 책임자로 일한다.

11. 이승훈 베드로_ 정약종의 매제. 천국 대배심법원 수석 판사 겸 중앙법원장으로 천국 출입국에도 관여. 영계 인간 마이클 박을 선정하는 데 기여한다. 첫 세례자.

12. 김대건 안드레아_ 가브리엘 대천사와 함께 하느님 수행비서 역을 담당하다 뒤늦게 연옥관리위원장까지 겸한다. 늘 갓을 쓰고 두루마기를 입는 아이디어 단지.

13. 아마쿠사 시로_ 일본 소년 장군 출신. 히라도에서 막부군 12만 명을 3만 6천여 명의 천주교인과 농민군을 상대하다 몰사 당함. 천국군 제1야전군 사령관 겸 하느님 경호 실장.

14. 세례 요한_ 지구촌 관리위원장. 야고보 총리 동생 요한 지구 지하 지옥 감시부장과 더불어 프란치스코 하비에르의 천국 총리 발탁을 지지하다 실패함. 예수에게 물세례를 준 인물.

15. 필립보_ 12사도 필립보는 국방장관, 이방인 7인 봉사자회 소속 필립보는 국방차관으로 이름이 같아 헷갈림.

16. 아마토_ 지구 지하 지옥 두목으로 자칭 대왕. 잃어버린 딸 베아트리체를 못 잊는 한편 정인 이제벨에 녹아나는 순정남. 페르가몬 지옥별의 루시퍼와 연합, 천국과의 전쟁을 시도함.

17. 루시퍼_ 천사가 악마로 바뀐 전형적 인물로 페르가몬 지옥별을 만들어 천국을 공격할 차비. 자신 스스로 하느님에 버금간다고 믿는 반미치광이 천재 사탄이나 결국 생포당해 블랙 홀로 끌려간다.

18. 안중근 도마_ 천국 군 참모총장. 천국군은 이밖에 십자군 전쟁 때 성 요한 병원 기사단 출신인 제라르드 합참의장과 레몽 뒤 피 보안사령관, 템플 기사단 출신 위그 드 파엥 제2 야전군 사령관, 맥아더 함대사령관 등이 군부 고위직을 형성한다.

19. 디몬_ 경찰청 치안국장. 이방인 7인 봉사자회 주요 멤버로 디도 경찰청장과 함께 천국 심사부 이훈락 요원 처리에 동정적이다.

20. **오네시모_** 천국 입국 심사장 '향상문' 책임자. 주인 돈을 훔쳐 로마로 도망쳤다가 바오로와 한 감방에 수용되어 그리스도를 받아들인 뒤 이방 전도에 나섰던 우직한 순교자.

21. **데클라_** 베네딕토 수녀원 원장. 터키에서 바오로 복음을 듣고 부유한 아버지와 약혼자 만류를 뿌리치고 따라나섰다가 화형대에 오름. 바오로의 기적으로 살아난 뒤 바오로에게 은근한 연모의 정을 평생 지닌다.

22. **루카_** 의사 출신 문장가이자 신약 성경의 루카복음 저자로서 천국 의료센터 원장. 영혼 불멸 교리에 대해 의문을 갖는다. 고장 난 영혼 백신 개발과 치료 등에 관해 하느님과 직접 대화. 정약종의 교리 개혁을 돕는다.

23. **조지 에일리 헤일_** 미국의 위대한 천문학자. 천국 우주센터 소장 직으로 일에 열중하다 왕따 피해 의식에 빠진다. 후배 천문학자 에드윈 허블과 선배 윌리엄 허셜 부소장 등을 의심하며 환청에 시달리던 중 '재너머 별' 과학센터 소장으로 강력한 블랙 홀 끈과 영혼 해체 총을 개발, 지옥 군과의 전쟁에 대비한다.

24. **최동혁 신부_** 지구 쪽 주인공. 명 강연과 힐링 책 베스트셀러 저자로 전국 순회강연을 통해 복음 전파 공이 크다. 보좌관 심지순, 여교수 이채영과 애틋한 감정을 느끼나 믿음으로 극복한다. 나중에 주교 승진. 수호천사 엘리사벳 부탁을 받고 S교회 K목사의 천국 입국 자료 비리 적발.

25. **이채구 신부_** 최동혁과 신학대 동기생. 천국 착오로 저승에 갔다가 영계 인간 후보 추천 의뢰를 받고 마이클 박 목사를 소개하며 자신도 희망, 탈락하자 최동혁 보좌관 심지순과 결혼하기 위해 가톨릭에서 성공회로 이적.

26. **이채강 탐정_** 이채구 신부 동생으로 명 검사 출신 탐정. 최동혁 신부 보좌관 심지순 부탁을 받고 K목사 비리를 직접 조사해 보고서 작성. 형이 성공회로 이적하자 대신 가톨릭 신부로 변신.

27. 이채영 교수_ 최동혁 신부를 연모, 영혼까지 팔며 결혼을 꿈꾸나 이루지 못하고 벼랑에서 추락사. 페르가몬 지옥별에 특공대와 함께 잠입, 여왕 이제벨을 설득하고 지구 지하 지옥에 천국 특사로 파견돼 아마토 두목에게 지옥교회 설립 허가를 따낸다. 마더 테레사 수녀원 교육부장, 한국 작가 출신 최인호 도움을 받는다.

28. 이훈락&김성미 부부_ 서울 강남 S교회 장로 권사 출신으로 중동 지역 성지 순례 중 폭탄 테러로 동시 사망한 뒤 이훈락은 천국 입국 심사부 근무. 천국 제1의 컴퓨터 전문가로 S교회 K목사 부탁을 받고 그의 천국 입국 자료를 고쳐 주었다가 천국 경찰에 체포됨. 부인 김성미 권사는 베네딕토 수녀원에 근무하며 아들 이재준 목사 출세 때문에 K목사 자료 위조 비리를 남편에게 강청.

29. K목사_ 서울 강남 굴지의 S교회 담임 목사. 장화 신고 이룩한 대형 교회 목사답게 야심만만, 사후 천국 입국 심사 자료 위조를 이훈락 장로에게 부탁한다. 이장로 부부가 테러로 사망했을 때 그의 두 남매를 입양, 키우고 나중 S교회 담임 목사까지 시킴. 죽어 지옥에 왔지만 지옥 교회 설립 허가 받기에 적극 나선다.

30. 마이클 박 목사_ 최동혁, 이채구 신부와 친구 사이로 미 국적을 가진 세계적 부흥사. 작은 교회 위주 복음 전파에 공이 커 천국과 지구를 오고 가는 영계 인간 지명을 받고 활발히 복음 활동에 나선다.

31. 기타_ 〈바이런〉 영국 시인은 근친상간을 불사한 불신자. 지옥에 떨어져 안내자로 근무하며 나중 회개하고 지옥 교회 초대 강사로 활약. 〈마더 테레사〉는 교육부장으로 이채영 교수에게 부적과 아마토의 딸 〈베아트리체〉 존재를 알려 준다. 〈최인호〉 작가는 이채영 교수에게 애틋한 부녀 관계 편지를 써주어 이제벨 설득을 돕는다.

서문

　천국을 본 사람은 없다. 근사 체험자나 영계인간 등의 묘사가 있긴 하나 아름답고 행복한 곳이라는 피상적인 관찰담이 대부분이다. 천국은 과연 어떤 곳일까. 천국 주민들은 어떤 모습, 어떤 생활을 하고 있을까. 하느님이 사람을 자신의 형상대로 만드셨다면 거기에도 사람 모양의 천사가 살고 노래하며 적당한 일도 하고 있을 테지.

　그렇다면 이를 관장할 정부 기구가 필요하고 지배층과 피지배층이 나올 수밖에 없다. 광활한 우주 관리와 지구 인간의 사후 천국 및 지옥행을 통제할 각종 수단도 불가피할 것이다.

　나아가 천국의 존재 자체에 대해서도 설이 분분하다. 신봉자와 불신자, 시간과 공간적으로 천국 존재는 늘 의문의 대상이다. 성경 곳곳에 천국은 사람 마음속에 있다는 대목을 보면 공간적으로 존재하지 않는다는 가설이 성립한다. 하지만 휴거라든지, 묵시록 등에 기대면 우주 어느 한 지점에 천국이란 별이 빛나고 있는지 모른다.

　그 사실을 누가 증명할 수 있는가? 없다. 그러니까 공간적 천국은 존재를 믿는 이만이 그나마 천국에 갈 수 있을지 모른다. 파스

칼의 말처럼 만일 없더라도 어차피 짧은 한평생, 믿으며 다음 좋은 세상을 꿈꾼 것으로 흡족하지 않은가. 죽음학의 대가인 정현채 서울대 의대 교수는 인생 한 학기가 끝나 사망하면 방학을 맞는 것이고 개학하면 다음 세상에서 새 학기를 맞을 것이라고 단언한다. 존재론이다.

이 소설 역시 천국의 존재를 확신하며 거기 얽힌 지구촌, 인사들의 열망과 부조리를 옴니버스식 얘기로 묶은 것이다. 그러다 보니 등장인물이 너무 많아 소설적 구성에 미흡한 점이 많다. 기존 틀에서 벗어난 느낌도 없지 않다. 하지만 대부분 인물이 성경 속에, 또는 천문학자로 실재하기 때문에 이해하기는 어렵지 않을 것이다.

또 이 소설은 역사적 과학적 사실이 20%, 픽션이 80%쯤 된다. 성경 속 인물과 우리 순교자의 천국 지도층 등장, 천국군 대 지옥군의 숨 가쁜 대결 묘사 등은 순전한 소설적 가설이다. 성경 교리관 해석과 관련 인물들 배치도 마찬가지다. 반면 빅뱅 같은 우주 창조와 천문학 이론은 과학 지식을 빌린 것이다.

천국도 지구촌 통치 기구처럼 총리와 국회의장, 감사원장이 하느님을 모시고 마치 입헌군주제 모양 정부 권한을 행사한다. 소설은 신약 이후 2천 년 간 장기 집권한 야고보 총리가 쿠데타 직전 탄핵으로 물러나고 대신 한국 순교자 출신이 제2대 총리가 되는 과정을 백뮤직인 양 그렸다. 날로 세속화하는 기독교 개혁을 위해 교리 수정, 타종교 포용, 사제 결혼 허용, 영계인간 설정 등 다양한 수단이 모색되고 있다.

참고 서적과 사진, 도움말을 준 김기인, 장홍선, 윤윤수, 김승만, 홍상화, 박용성, 손길승, 배창모, 박영주, 정종득, 장석정, 배정운, 심춘석, 김대중, 김동위, 백인호, 남대우 씨 등 고우와 가톨릭을 안내한 김태구 대학 17신우회장에게 깊이 감사한다. 막내딸 민세진은 필요한 자료를 적시에 찾아주었고 작은 형님 민병선은 늘 격려와 지원을 아끼지 않았다. 특히 2012년 대한민국 사진전 특선 작가 박근준 씨는 중국 쿤밍 옥룡설산을 배경으로 장이모 감독이 연출한 실크로드 야외 공연 '행상인들의 고행' 사진 등 좋은 작품을 제공, 소설을 빛내 주었다.

홍 상 화 (소설가. 한국문학 주간. 전 인천대 교수)

이 책의 저자는 불과 몇 년 전까지만 하더라도 왕성한 활동을 한 언론인이다. 허나 원래 저자는 어느 소설가 못지않은 소설문학과의 인연을 갖고 있다. 중·고등학교 시절 한국 문단의 거두인 황순원 선생에게 배우면서 격려를 받았고 당시 학생 잡지로 인기였던 '학원'지에서 「북간도」의 안수길 선생이 산문을, 「나비와 광장」의 김규동 시인이 시를 추천하면서 장래 꿈을 가슴에 담아 키워온 것이다.

언론사 퇴직 전후 먼저 본인 시집을 2권, 번역 시집 『멋쟁이 예이츠』를 발간, 문학의 간을 보더니 이윽고 소설에까지 지평을 넓혔다. 그에게 나이는 숫자에 불과하다는 것을 실감한다. 첫 소설이 70대 중반에서야 나오는 것을 보니 내 어깨도 절로 들썩여 진다. 톨스토이는 80세에 세계 소설사에 우뚝 솟아오른 걸작 『부활』을 발표하지 않았는가.

그러한 가능성은 가히 상상력의 화려한 폭발이랄 수 있는 소설 『천국 쿠데타』에서 엿볼 수 있다. 저자의 첫 번째 소설이라 하여 당연히 그의 반세기에 걸친 사회생활과 연관이 있는 리얼리즘 계통의 소설일

줄 알았다. 그런데 놀랍게도 그것과는 동떨어진 종교를 하나의 축으로
한 판타지 소설이고, 또한 동양과 서양을 넘나든다거나 천국과 지구를
자연스럽게 관통하면서, 그리고 현실과 상상의 세계를 절묘하게 접목
시킨 내용을 담고 있었다.

　이것은 내가 젊은 시절, 진정한 '소설 중의 소설'로서 심취했던『카라
마조프 가의 형제들』중의 한 챕터인, 종교의 본질에 대한 심오한 질문
을 무섭도록 냉철하게 파고드는 '대심문관(The Grand Inquisitor)'을 연
상하게 한다.『천국 쿠데타』는 종교라는 하나의 주제를 새로운 시각으
로 접근하여 인문학적 상상력의 한 층위를 보여주고 있는 소설로서,
삶의 의미를 묻고 싶어 하는 모든 사람에게, 특히 젊은이들에게 꼭 일
독을 권하고 싶다.

손 길 승 (전경련 통일경제 준비 위원장, 전 전경련회장)

어떤 종교이고 덕행을 베풀면 사후 좋은 곳에 간다고 하지. 예컨대 기독교는 사랑과 배려, 불교는 사랑과 은혜를 아는 이들이 가기 십상일 걸세. 그러니까 그곳은 명칭이 천국이든, 극락이든 좋은 사람들 집합처라 말할 수 있겠지. 그런 곳에서 인간 세상과 똑같이 쿠데타나 탄핵이 가능할까.

불교의 12 연기법으로 말하면 거기에 반드시 어떤 전제가 있을 것이오. 늙고 병들고 죽는 것(老病死)은 태어남(生) 때문이고 또 생은 생성력 때문이며 이를 계속 따져 올라가면 열두 번 째 무명까지 올라가는 식 말일세. 소설이 그 전제 내지 원인으로 그려 낸 상상력에 대해 이견을 감히 달고자 하지 않겠네. 팩션이니까.

또 소설은 가라앉은 천국보다 생동하는 천국을 제시, 보다 많은 자비의 인간들이 몰려들기를 희망하고 있으니까. 그게 지구 부조리 해소와 평화 유지에 더 도움이 되니까. 그리스도의 진심을 전하고자 했으니까. 한편 스토리 텔러다운 팩트와 픽션의 비빔밥 재미도 읽을 수 있으니까.

종암동 상대 캠퍼스 시절 민 공과 나는 거기 향상림 소나무 숲 아래에서 개피담배 나눠 피우며 많은 꿈을 꾸었지. 그리고 오늘 인생 석양에서 결산을 해보니 믿거나 말거나 나보다 자네 결실이 단단해 보여 조금은 약이 오르네. 하느님 믿은 덕분일 거요.

하지만 사후 49일 지나야 영혼이 이승을 마침내 떠난다고 한 49제 내 얘기를 언제 기억했는지 소설 구성이 그렇게 짜여진 의도는 잘 모르겠네. 각설하고, 나는 지금 통일 꿈을 다시 꾸기 시작했는데 민 공 몽유도는 어찌 그려지고 있는지 조만간 확인 점심이라도 한번 해야 할까 봐. 총총 건투를 비오.

신 영 복 (성공회대 석좌교수)

『천국 쿠테타』는 모순조어이다. 쿠테타는 불
법적인 권력탈취를 의미하고 천국은 그야말로
천국이기 때문이다. 그러나 바로 그 모순을 통
하여 천국과 지옥에 관한 우리들의 생각을 휘
저어놓는다. 과연 엄청난 상상력의 빅뱅을 안
겨준다. 필자가 가리키는 소설의 궁극적 도달지점이 어디인가를 묻는
것은 오히려 상상력을 가두는 것이 되겠지만 이 소설에 의하면 천국과
지옥은 우리의 삶의 연장선상에 있으며 등장인물들 모두 우리들에게
친근한 사람들이다. 그렇기 때문에 전편을 흐르는 서사가 너무나도 인
간적이다. 이 소설의 독법은 전적으로 독자들의 몫이다. "상상력에 권
력을!" 평생을 언론계에 종사하면서 치열한 현실의 뒤치다꺼리를 마다
하지 않은 필자가 우리들에게 열어주는 제2의 현실이다.

차례

1. 쿼바디스

천국에서 하느님이 잠적했다. 아무 말씀도 없었다. 전능하신 주님이 자리를 비우자 하늘 궁전의 빛 향기부터 서서히 엷어졌다. 늦은 오후 – 지금쯤 하늘 궁전 뒷동산을 등에 대고 반대 쪽 총리 관저에서 시작하는 시가지가 황금색에 물들고 지구촌으로 말하면, 아마존 밀림 지대에서나 맡을 법한 꽃향기와 피톤치드를 천국 주민들이 마음껏 즐겨야 할 때다. 하지만 이 순간 상황은 불안하다.

천국 초대 총리 야고보 역시 초조하다. 버릇처럼 연신 수염을 쓰다듬지만 별로 도움 되지 않는다. 주님 부활 승천 이후 2천 년 넘게 총리로서 나름 열심히 일해 온 자신에게 하느님이 이번처럼 일언반구 없이 출타하신 일은 없었다. 왜, 어디로를 곰곰 생각하니 야고보 총리의 불안은 더 커진다.

좀 전에 비서실장 실라가 이 사실을 공식 보고할 때까지만 해도 태평했다. 실라는 기원 전후 사도 바오로, 바르나바와 함께 안티오키아 등 소아시아 지역에 파견되었던 이방인 전도 전문가다. 그의 보고는 담담했다.

"하느님 소재가 캄캄합니다. 하늘 궁전도 아는 이가 없고요. 지난밤 궁전 총괄실장 마티아도 모르게 갑자기 출타하셨답니다."

"그럼 수행비서는 누가 따라갔는가? 가브리엘 대천사인가?"

야고보 총리는 크게 마음을 두지 않고 가볍게 물었다.

"모릅니다. 가브리엘 대천사는 며칠 전 지구 출장을 떠났고 수행비서 김대건 안드레아 역시 최근 겸직 발령 난 연옥 관리 위원장 실에 근무 중인 걸 확인했습니다. 하늘 궁전에서도 빠진 이가 없고요."

"그럴 리가 있나. 하늘 궁전이 알면서 함구하면 우리를 너무 무시하는 것이고, 모른다면 직무유기지. 아무튼 마티아는 그 옛날 배신자 유다 대신 후임 사도로 추가 선출되던 그때의 초심을 되새겨야 할 거야."

야고보 총리는 실라와 말을 주고받는 가운데 갑자기 사태의 중요성을 깨달은 듯 하늘 궁전 마티아에게 화살을 돌린다. 불똥이 튀기전에 실라는 재빨리 그의 곁을 물러 나왔다. 하늘 궁전 총괄실장 마티아는 원래 예수 생전 12사도 일원이 아니다. 예수를 팔아 넘긴 가롯 유다의 후임으로 기원후 80년경 추가 선임된 인물이다.

예수가 자신의 생전 행적을 직접 보았던 12제자를 초기 사도로 임명한 것은 그가 확실한 구세주라는 증인의 필요성 때문에 당연했다.

그러나 그중 배신자가 나온 것은 외부적 수치임에 틀림없었다. 유대교 율법 학자들에게는 좋은 공격 호재였고 예수 추종자들에게는 그만큼 큰 실망을 주었다. 이 때문에 공석은 한시바삐 메워져야 했다.

이때 시몬 베드로가 총대를 멨다. 예루살렘에 긴급 소집한 120인 형제 회의에서 베드로는 유다를 대신할 후임 필요성을 역설했다. 동시에 자격 조건도 제시했다.

예수님이 12사도들에게 성령 세례를 준 뒤 일으킨 갖가지 이적을 직접 본 제자 중 한 사람이어야 한다는 것이다. 대상이 아주 제한적이었다. 형제들이 웅성거리자 베드로는 지체 없이 두 사람의 후보자 요셉과 마티아를 제시, 이때 투표로 뽑힌 사도가 현재 하늘 궁전 총괄실장 마티아였다.

하지만 당시 야고보는 다른 후보자를 생각했었다. 굳이 베드로가 지명한 두 후보자 중 한 명이어야 한다면 그동안 선교 실적 등을 고려, 요셉이 낫겠다 싶었다. 그에 대한 지지 발언을 하려는 찰나 베드로가 한발 앞서 제비뽑기를 제안했던 것이다.

'설마 그런 앙금이 지금껏 남아있는 것은 아닐 테지.' 실라가 야고보 총리의 짜증을 피해 나와 비서실 창가에서 혼자 생각에 빠져들었을 때 마티아 하늘궁전 총괄실장에게서 전갈이 왔다. 중앙정보부, 보안군 사령부, 경찰청 등을 통해 백방으로 알아보았지만 적어도 태양 은하계에서는 소재 파악이 안 된다는 것이다. 실라는 의외로 일이 커질지 모른다고 총리에게 보고하기 전 다시 머리를 정리해본다.

하느님은 이따금 미복잠행을 즐겼다. 하지만 대개는 태양계 이내서 손쉽게 거취가 잡혔다. 아무리 태양 은하계가 10억 개 별을 갖고 있다 해도 가실만한 곳은 그리 많지 않기 때문이다. 그중 좋아하는 곳이 천국을 본 따 만든 사람 사는 지구촌 나들이였다.

영혼의 세계인 천국에서 평상시 생활할 때 천사들에게 인간의 모습, 육신을 입히고 각자 좋아하는 의상을 걸치게 한 것도 따지고 보면 지구촌과 인간 세상에 대한 열렬한 사랑에 다름 아니다.

물론 천국 밖의 여행을 할 때 천사들은 영혼의 모습으로 돌아간다. 호흡과 이동 속도 때문이다. 천국의 낮과 밤은 태양과 상관없다. 하느님이 만든 창조의 근원에서 빛이 시작되고 끝맺기 때문이다. 향기로운 대기와 산들바람도 마찬가지다. 천국은 지구보다 더 깊숙이 숲과 호수, 농경지, 목초지, 산과 들, 옹달샘, 예쁜 꽃, 곱게 지저귀는 새, 싱싱한 물고기 등 갖은 생물이 어우러졌지만 이를 가꾸고 다듬는 것은 주민들의 일이다.

적당한 일이 없다면 아무리 주위 환경이 좋아도 천국은 될 수 없다. 희, 노, 애, 락도 마찬가지다. 놀고 즐기는 매일 똑같은 생활은 차라리 지옥이다. 인간에게 주어진 너무 많은 자유의지가 때로 경쟁을 격화시켜 악이 설치는 세상을 만들어 낸 것은 지구의 비극이다.

"하느님은 왜 우리가 추적키 어려운 태양 은하계 밖으로 멀리 나가셨을까? 목적 여행인가, 단순 유람인가? 어떤 경우든 하느님이 원하지 않으면 알아내기 힘들 것이다. 하늘 궁전의 마티아나 중앙정보부의 바르나바도 마찬가지다. 이 사실을 공식 발표해야 할지 말지. 실라, 자네 생각을 말해 보게."

실라 실장이 문득 상념에서 깨어나 전해 주는 마티아 실장의 추가 보고를 듣자 야고보 총리는 자문자답 끝에 그에게 넌지시 묻는다.

"공식 발표 전에 바오로 님과 베드로 님에게는 먼저 말씀하시는 게 좋겠습니다. 어차피 알게 되는데 총리실 성의라도 보여야지요. 정약종 님 원로원 정보위원장은 이미 알고 있을지 모릅니다."

야고보 총리는 고개를 끄덕이며 실라에게 하느님 외출을 관계 요인들에게 공식 통보하라고 지시했다. 이어 테이블 위 결재 서류를 뒤적이며 골치 아플 때는 우선 쉬운 일부터 처리하자는 2천 년 장수 총리의 지혜를 발휘한다. 제일 먼저 집어든 서류가 '천국 입국 심사의 공정성 확보' 안건이다. 진작 바오로 감사원 쪽에서 비리에 대해 말이 나오더니 급기야 문서로 조사 요청을 해 온 것이다.
눈썹을 찡그리며 다음 것을 들추니 눈이 더 크게 떠졌다. '영계인간 선정과 과제' 제목인데 제법 자료 뭉치가 두툼하다. 사실 이 안건도 눈에 익은 것이다. 지난 번 원로원 의원 총회에서 한국 출신 정약종 아우구스티노 정보위원장이 제안, 통과했던 사안이다.
그가 제안했던 '영계인간 선정' 내용은 기발했다. 지구 인간을 '가사 상태'로 만들어 일정 기간 천국과 지옥을 구경시킨 뒤 지구로 돌려보내 부흥회나 저서 발간 등으로 하늘나라 실재를 홍보한다는 내용이다.

서류에서 '가사 상태' 표현을 쓴 것은 완전히 죽었다가 부활한 예수와 혼동을 피하기 위해서라고 했다.

영계인간에 대한 과거 성공 사례로 18세기 스웨덴 과학자 스베덴보리가 지목되었다. 그는 스스로 영계인간이 된 당시 아이작 뉴턴에 버금가는 유명 과학자였다. 57세 늦은 나이에 영계 탐험을 시작, 이후 27년간 천국과 지옥, 지구를 오가면서 저승 세계 실상을 수십 권의 방대한 저서로 남겼다. 이를 통한 복음 실적은 대단했다.

한마디로 영계인간 제도를 잘만 운영하면 천국과 지옥의 실재에 의심을 갖는 많은 불신자들을 복음길로 이끌 수 있는 것이다. 만유인력을 발견해 천체 운행의 규칙성과 빛의 속도 계산 등에 이바지한 위대한 과학자 뉴턴도 독실한 크리스천이었으나 영계 탐험은 미처 생각하지 못했다. 원로원 총회에서 정약종 의원이 이런 취지의 제안 설명을 하자 의원들은 만장일치로 안건을 통과시켰다.

천국 원로원은 원래 구약의 12지파 대표, 초대 교회 12사도 등 24명으로 출발했다가 곧 바오로와 바르나바, 스테파노 등 이방 선교 주춧돌들이 가세, 오랜 기간 72명 체제로 운영되었다. 그 뒤 세기마다 실적 부진 의원은 탈락하고 순교자와 복음 공헌자 및 천국 공동체별 대표가 추가되어 현재 300명 정원을 유지한다.

입법권에다 총리 선임과 탄핵권을 보유, 천국 통치는 사실상 원로원 원로 회의 집단 지도체제 형식이라 해도 과언이 아니다. 이 때문에 어쩌다 정원 확대나 탈락자 등 공석이 나오면 이목이 집중되기 마련이다. 하지만 공동체 대표는 선출직이고 기타는 원로회의와 하늘궁전이 누가 봐도 합당한 후보를 내니까 군말이 없었다.

그러나 아직 원로원 지도부의 유대인, 유럽 비중은 압도적이었다. 이는 신약 이후 이방 크리스천이 폭발적으로 증가한 현실과는 동떨어진 것이다. 특히 남아메리카와 동남아, 한국 등지 가톨릭 교세의 돌풍적 확장과는 무관했다. 이를 개혁해야 한다는 주장에 무심해온 야고보 총리가 골똘히 서류를 검토하다 말고 비서실장 실라를 다시 불렀다.

"자네 정약종이란 인물에 대해 잘 알고 있나? 나는 그동안 그에게 너무 등한했던 것 같아. 동방의 작은 나라 조선에서 순교 200년 남짓에 어느덧 천국의 주요 인사가 되어 버렸어. 그동안 그가 발의한 안건마다 통과되지 않은 게 없을 정도야. 그런 산뜻한 발상들이 어디서 나올까?"

"외유내강의 전형이지요. 하느님 복음 접촉 1년 여 만에 순교할 정도로 신심이 큰 것만 봐도 됨됨이를 알 수 있습니다. 그가 천국에 왔을 때 하느님 지시로 열렸던 대대적 환영식을 기억하십니까?"

실라의 말에 야고보는 앗차, 하는 표정이다. 정말 그랬다. 정약종은 죽어 천국에 와서 그 누구보다 열렬한 환영을 받았던 것이다. 그게 보증 수표였나? 야고보 총리는 당초 쌩뚱맞게 여겼던 '영계인간 설정' 안건이 일사천리로 원로원을 통과했던 게 그냥은 아니었다는 것을 새삼 깨닫는다.

"지금 바로 '천국 입국 공정성 시비와 심사 강화' 건에 대해 논의하자고 감사원에 연락하게. 우리 행정부가 매너리즘에 빠졌다고 불평하는 것은 더 못 참겠네. 자네도 빨리 움직이게."

"일단 실무자들을 시켜 초안은 저희가 작성하겠습니다. 제도 자체를 전반적으로 바꾸던지, 아니면 시설 개체와 처벌 규정만 보다 엄히 다루던지 방향을 잡는 게 순서일 것 같습니다만…."

"심사 부실로 무자격자가 천국에 들어오는 일은 결단코 안 되네. 더구나 자료 조작 등 최근 몇 건의 불미한 사건들이 있었던 것은 정말 수치스러운 일이야."

"천국 희망자들이 교묘하게 자료를 잘 감추거나 이쪽 심사 시설이 낡아 정밀 검사를 못하든지 아무튼 구멍이 난 것은 분명합니다. 어떻든 개선해야지요."

"그래, 무조건 입국 심사부 시설은 컴퓨터, 스크린 등 모두 최신 것으로 대체하게. 심사 요원, 특히 책임자 자격을 엄중히 검증하고 전력까지 모두 조사해야 하네. 그렇다고 지나친 심사로 정작 들어올 사람, 한계 선상의 인물까지 일괄 제외한다면 천국 주민 수 확보에 문제가 생기겠지. 지옥과 지구는 초만원인데 천국은 제자리라니 이래저래 골치 아프네. 위기야 위기."

"다른 말씀은 없으신지?"

"하느님 거취는 잡히는 대로 내게 바로바로 알려야 하네. 정보부나 하늘궁전과 상시 연락 체제는 갖추고 있겠지?"

야고보 총리의 말이 채 끝나기 전에 실라 실장의 휴대폰이 진동으로 울린다. 황급히 내용을 열어 본 실라가 싱긋 웃고 말했다.

"중앙정보부는 자기 말 하면 나타난다는 조선 호랑이 같네요. 방금 정보부 전화인데, 천국군 제1 야전군 사령관 일본 출신 아마쿠사 시로 장군이 주님 수행을 한 것 같답니다. 김대건 수행비서도 연옥 사무실에서 뒤늦게 합류한 모양이고요, 조만간 소재지도 파악될 것 같습니다."

실라의 말에 야고보 총리는 속으로 다시 혀를 찼다. 아마쿠사 시로라면 일본 가톨릭 순교자의 대표적 인물이다. 약관 17세에 일본 큐슈 히라도 성에서 천주교인과 농민 3만 여명을 지휘, 정부 막부 군 12만 명과 결사 항쟁을 벌였다가 몰사한 일본 가톨릭의 전설이다.
　그런 배경을 가진 일본에서 기독교가 왜 계속 답보하는지 하느님은 안타깝게 여기고 아마쿠사 시로를 곁에 자주 부르신다고 들었다. 그에 대한 하느님의 특별 관심은 중국, 일본 등 아시아 선교 불모지역 개척에 박차를 가하라는 뜻 아닐까? 무심한 천국 행정부를 은연중 압박하는 것이다.

생각이 여기에 미치자 야고보 총리는 등골이 서늘해졌다. 일본과 중국은 복음 사업 면에서 그에게 항상 패배감을 안겨 주었다.

"왜 이번에는 수행비서 김대건 신부가 뒤늦게 합류했을까. 전에는 처음부터 그림자였는데. 하느님이 한국 출신 김대건 안드레아를 챙기는 것도 그의 생전 업적을 높이 산 결과라고 들었어. 역시 25살 꽃같은 나이에 한국의 첫 사제 기록을 세우고 입교 10년 만에 순교했지. 그런데 이번에는 달라."

야고보 총리가 의아해 하자 실라 실장이 상기시킨다.

"총리님, 김 안드레아 신부는 수행비서겸 연옥 관리위원장으로 겸직 발령을 받았다고 진작 말씀드렸지요. 연옥을 총체적으로 개편, 거기서 천국에 많이 올 수 있게 여건을 만들라고 했답니다. 특히 김 신부의 조국인 한국은 단군 이래 5천 년의 궁핍한 역사를 1961년 군사쿠데타 이후 과감한 산업화, 민주화 정책으로 떨치고 선진국 수준에 달했는데, 그 기간 중 기독교도 놀랍게 동반 성장했지요. 하지만 속도전에 무리가 따르기 마련이라 그때 천국에 올 만했던 회색 한국인들이 연옥에 많이 가 있답니다."

"아, 그래 이제 생각나네. 한국 가톨릭 제1호 신부라면 연옥관리위원장 겸직도 괜찮겠지. 꼭 한국 출신 연옥 주민 구제책이라고 꼬집기보다 540만 명의 한국 가톨릭 신자, 1천만 개신교 신자들을 생각해서 말이야."

"그럼요. 일반적으로 좋은 인사평을 받았습니다. 하느님 수행이야 교대하면 되고요. 이번에도 1차 수행은 경호 차원에서 아마쿠사 시로 장군이 맡았다가 기간이 길어지자 김대건 안드레아 님도 합류한 것 같습니다."

실라 비서실장과의 잔잔한 대화가 마음을 진정시켰는지 야고보 총리 표정이 한결 풀린다.

"그럼 됐네. 아무튼 하느님 거취 파악에 더 신경 쓰고 여기 천국 입국 심사 강화 안건, 영계 인간 선정 문제는 관계자들과 논의, 즉시 필요한 조치를 취하게. 까다로운 베드로 원로원 의장, 논리적인 바오로 감사원장 및 이승훈 대배심법원 수석 판사 겸 중앙법원장에게도 통보, 행정부가 꿀릴 빌미를 주어서는 안 되네."

2. 천국행 비리

　최동혁 신부는 아침 로터리 조찬 강연회를 성황리에 마치고 서울 을지로 입구 롯데 호텔 문을 나서다 문득 자신의 수호천사인 엘리사 벳이 귓가에서 속삭이는 음성을 들었다.

"잠깐 이층 커피숍에서 차 한 잔 마시지 않을래요?"

　이것은 뭔가 천국의 소식을 전하고 싶을 때 벌어지는 일이다. 아주 오랜만에 듣는, 옥구슬이 은쟁반을 구르는 듯 맑은 소리다. 듣는 순 간 상대 기분까지 청량해지는 이 소리, 아마 들은 지 1개월 이상 되 었겠지. 옆에는 늘 그렇듯 보좌역 심지순이 강연에 필요한 책과 메 모 뭉치 등이 가득 찬 작은 손가방을 들고 착 달라붙어 있었다. 우선 그녀를 떼어 놓아야 했다.

"잠깐 차에 먼저 가 있을 테요? 화장실이 급해서……."

최 신부가 말하자 심지순은 살짝 웃으며 "그냥 로비에서 기다릴게요."라고 말하고 카운터 옆 게스트 대기 의자 쪽으로 걸어간다. 최 신부는 계단을 뛰다시피 올라가 이층 커피숍에 들어섰다. 엘리사벳이 두 손을 무릎에 가지런히 모은 채 창가에 앉아 있었다. 물론 다른 사람들 눈에는 보이지 않는다.

지구에서 생전에 그녀와 겪었던 일들이 주마등처럼 지나갔다. 빼어난 미모의 소유자다. 그런 천사를 자신의 수호 역으로 정해준 하느님에게 그는 다시 한 번 감사의 성호를 긋는다. 아무리 성직자지만 예쁜 건 예쁜 거지, 탁자 사이를 걸어가며 그가 혼잣말로 중얼거릴 때 엘리사벳이 눈웃음으로 그를 맞이한다.

"안녕, 롱 타임 노 씨. 시바라쿠 테시다. 오랜만입니다."

최 신부가 요란스런 한국어, 영어, 일어 인사말로 손을 내밀자 엘리사벳의 수줍은 섬섬옥수도 뻗어 나온다. 손을 잡고 반가운 김에 흔드는데 인간 손과 촉감이 너무도 같다. '아니, 이 여인, 천사 맞아?'라는 느낌에 그는 다시 한 번 황급히 작은 성호를 그었다.

"어떤 말을 써도 성령 충만하면 다 알아들어요. 그동안 잘 계셨지요? 최 신부님이 쓰신 힐링 책들이 베스트셀러가 되어 덕분에 복음 사업이 꽤 덕을 본다는 하늘나라의 평가입니다. 오늘 아침 강연 내용도 훌륭했고요. 심지순 씨 고생 많지요?"

"아이구, 다 엘리사벳 님이 뒤를 보아주신 결과 아닙니까. 한동안 찾지 않아서 궁금했는데 무슨 섭섭한 일이라도 있었나 걱정이 태산 같았어요. 우선 저는 커피 한 잔 시키겠습니다."

최 신부는 카운터와 다른 손님들과는 되도록 등을 지고 앉아 말했다. 스마트 폰 때문에 혼자 중얼대는 사람이 없지 않은 세상이지만 그래도 남의 눈에 보이지 않는 엘리사벳을 향해 혼자 말을 하자면 이상하게 보일 염려가 있었다. 커피가 오고 한 모금 마시고 났을 때 엘리사벳이 신중하게 입을 열었다.

"누구든 한자리를 오래 하면 때가 끼기 마련인가요. 기원 후 천국 행정부는 거의 바뀐 게 없어요. 야고보 총리님을 비롯해 다들 열심히 한다고 하는데도 능률보다는 크고 작은 사고들이 계속 터지는 모양이니. 복음 사업도 저조하고. 그래서 말인데 이번에 최 신부님이 좀 어려운 일을 해주셨으면 합니다."

"천국에서는 모든 일이 순조로운 것 아닙니까?"

"원칙적으로는 그렇지요. 하지만 하느님은 지구 인간에게 자유 의지를 준 것처럼 천국에서도 이를 허용했습니다. 인간이 기계 부속품, 로봇이 아니듯 천국 주민들도 마찬가지니까요. 그러다 보면 어느새 사탄이 끼어 들 틈이 생기는 모양입니다."

"맞아요. 자유의지 때문에 생긴 하느님에 대한 불신, 인간 스스로 과도한 자신감이 온갖 악행의 단초가 되기도 합니다. 이웃 사랑은커녕 남을 이용해 자신의 욕구 충족을 극대화하고 독재자를 만들어 내지요."

"생각하고, 일하고, 배려하고, 여가를 즐기는 행위는 인간과 천사의 존재 이유입니다. 협동적 공동체 운영, 개인의 창작 활동, 예술 예능이 다 그런 배경을 두고 있지요."

"그렇다면 이번에 내가 어떤 일을 해야 할지?"

"천국은 지금 딜레마에 빠져 있습니다. 천국 주민 수가 늘지 않아요. 즐겁고 행복한 천국에 가도 가도 텅 빈 공간, 그게 아무리 풍성한 들판이고 초원이고 숲이 우거지고 시냇물이 흐르는 꽃동산이라 해도 적막강산이라면 쓸쓸합니다. 하느님의 힘든 창조 역사가 낭비되는 셈이지요. 그러니까 지구 사람들이 많이 와서 천국 주민 수를 늘려야 하지만 실정은 그렇지가 못합니다. 올 만한 유력 인사들이 사후 감춰진 죄가 드러나 지옥에 떨어지기 일쑤니까. 그렇다고 자격 미달자를 받아서 되겠습니까? 입국 심사 부정 소리까지 나오는 판에."

"한국에서 우리끼리 오가는 농담이 있지요. 천국 가면 결혼과 이혼이 불가능하다고요. 왜 그럴까요?"

최동혁 신부가 슬쩍 분위기 조절용 조크를 던진다.

"그건 꼭 그렇지 않은데 왜 그런 말이 나올까요. 궁금하니 뜸들이지 말고 그냥 말해 보세요."

"그게 좀, 말하기 거북한데 괜찮겠어요?"

"아이, 뜸들이지 말라니까요."

엘리사벳이 눈을 동그랗게 뜨고 재촉한다. 최동혁도 더 망설이지 않는다.

"그러니까 천국에는 결혼식 주례 맡을 목사님, 신부님이 없어서 부부되기 어렵다는 겁니다. 일부 목회자들의 타락상을 꼬집는 말인데 이혼이 어려운 이유도 비슷하지요. 이혼 소송해줄 변호사가 역시 천국에 없다는 뜻이니까. 바가지 수임료를 꼬집는 농담 아니겠어요?"

"글쎄, 변호사야 돈을 버는 게 주목적이니까 그렇다 쳐도 목사, 신부님까지 천국에 많이 못 간다면 넌센스입니다. 심지어 천국 가기 위해 부정을 저지르는 목회자들까지 있다니 철저히 적발, 응징해야 합니다. 그런 사례를 저도 몇 개 알고 있어요."

최동혁 신부의 등에 슬그머니 진땀이 솟는다. 엘리사벳 말의 진의 파악이 아리송한 것이다. 최근 몇 년 간 최 신부는 너무 잘 나갔다. 책을 썼다 하면 밀리언셀러고, 강연했다 하면 고액 대가에 구름처럼 청중이 몰렸다.

특히 방송 출연은 인기 절정이었다. 팬레터가 답지하고 여인 추종 자가 갈수록 늘었다. 그 맛은 달콤했다. 자신을 향한 보좌역 심지순 의 눈길이 갈수록 그윽해지는 느낌도 나쁘지 않았다.

"저의 영양가 없는 농담에 실망한 것은 아닌가요?"

최 신부가 자책 끝에 자신 없이 말하자 엘리사벳은 입을 가리고 웃 었다. 질책하는 얼굴이 아니다. 긴장된 가슴을 쓸어내리는데 그녀가 본론을 말하기 시작했다.

"최 신부님 일거수일투족에 요즘 누가 감히 섣부른 평론을 쓰겠어 요. 활동할 때마다 하느님의 영역을 넓혀 가는 사제 중의 사제인데 요. 그게 아니고, 오늘 정작 말씀 드리고 싶은 것은 최근 한국 대형 교회들에게서 끊임없이 잡음이 올라오고 이에 대해 천국 지도부의 걱정이 크다는 겁니다. 특히 제가 존경해 마지않는 바오로 감사원장 께서 주목하고 계셔요. 정보를 많이 갖고 계신 모양입니다."

"좀 더 구체적으로 말하면……."

"바오로 원장님은 한국 기독교에 관심이 큽니다. 대한민국 건국 반세기만에 인구의 3분의 1인 1천 5백만 명 이상이 기독교 신자로 변한 나라니까요. 2백 년 전만 해도 조선 왕조의 탄압이 혹독해 아주 미미한 숫자였지요. 하지만 1950년 6·25 한국 전쟁을 겪으면서 놀랍게 성장하기 시작한 겁니다. 이 얼마나 대견합니까. 때문에 바오로 님이 한국에 더 없는 애정을 가졌지만 걱정도 크신 모양입니다."

"애증이 엇갈리신다는 말씀인가요?"

"기독교의 빠른 성장이 빚은 부작용이 적지 않다는 말입니다. 대형 교회의 강요성 십일조와 헌금, 개인 치부에다 논문 표절, 학력 위조, 성추문 등 꼴불견이 적지 않지요. 이런 불량 성직자들이 사후 천국에 오겠다고 비리까지 저지르니 문제 아닙니까? 오늘 제 부탁은 그중 서울 S교회 K목사 비리를 최 신부님이 좀 알아봐 달라는 겁니다."

"S교회 K목사라면 한국에서 10위 안에 드는 대형 교회 담임 목사인데 그가 천국 입국 비리를 저질렀다니 믿어지지 않습니다. 설령 그렇더라도 천국과 지구에 걸친 비리를 조사하라니, 난감하네요."

"부정직한 성직자들이 천국에 쉽게 온다면 지구촌 그리스도 뿌리가 흔들립니다. 한국 기독교 망신은 물론이고요. 어떻든 막아야 합니다. 힘들지만 도와주세요."

최 신부는 난감한 표정이다. 불량 성직자와 졸부, 파렴치 권력자가 함부로 천국행 열차를 타서는 안 된다. 하지만 이들이 어떻게 비리를 저지르는지, 천국 담당자와 소통하는지 지구인으로서 알아내기 어렵다. 고민할 때 엘리사벳이 살며시 귀띔한다.

"K목사처럼 일부 대형 교회, 유명 목회자들에게는 저같이 수호천사들을 붙여 활용하는 경우가 많아요. 천국 지구촌 관리위원회에서 드물게 그런 인연을 맺어 주고 필요할 때 소통 길로 사용합니다. 그쪽을 알아보는 것도 방법일 테지요."

순간 최 신부가 가만히 무릎을 친다. 일단 비리 혐의자들의 수호천사를 찾아내면 길이 열릴지 모른다. 자신도 지금 수호천사 엘리사벳과 얘기하고 있지 않은가. 물론 둘 사이에 특수한 사연은 있지만. 찾아보고 정 안되면 엘리사벳에게 다시 도와 달래야겠지. 수호천사가 달린 성직자 명단이라도 구하면 훨씬 일이 편할 수 있을 것이다.

"자신 없지만 최대한 알아보지요. 급하면 엘리사벳 님에게 SOS 칠지 모릅니다. 혹시 빨리 알아낼 경우 연락은 어떻게 할까요? 그동안 일방적으로 찾아만 왔었으니."

최 신부는 엉거주춤 자리에서 일어날 차비를 한다. 너무 길어지면 화장실 간다고 헤어진 심지순이 이상하게 생각할지 모른다.

"최 신부님 방 창가에 파랑새 한 쌍을 키우고 있지요? 연락 사항 또는 증거가 잡히면 파랑새에게 말하세요. 그럼 바로 제게 연락이 오고 최 신부님 편한 시간에 찾아 뵐 겁니다."

이 말을 끝으로 엘리사벳은 황홀한 웃음을 한 번 날리더니 순식간에 사라졌다. 최 신부는 천천히 남은 커피를 마시면서 핸드폰으로 보좌역 심지순을 불렀다. 커피숍으로 그녀가 달리듯 좇아왔다. 하얀 얼굴에 홍조가 꽃잎처럼 묻어난다.

"커피 한 잔 권할 생각에 불렀어요. 조찬 강연이라 이목도 있고 마음 놓고 차 한 잔 못 마셨는데 여기서 잠시 숨 돌렸다 갑시다."

"그러지 않아도 로비에 손님들이 많아 앉아 있기 거북하고 부쩍 커피 생각이 나던 판인데 신나요. 언제나 정곡을 찌르시지."

심지순이 과잉 반응을 보이는 동안 커피 한잔이 추가되고 최 신부 잔에 리필도 끝났다. 한 모금 맛있게 커피를 마신 심지순이 가방을 열더니 오늘 강연료 봉투를 꺼냈다.

"봉투가 얇아요. 나올 때 로터리 총무에게 얼마 들었느냐고 물었더니 웃으며 50만 원이래요. 정색하고 우리 신부님은 1회 강연에 1백만 원 이상은 받는다고 말했지요. 그랬더니 로터리는 봉사단체라 그렇게 많이 못 준다고 하더라고요. 추가 요청을 할지 모른다고 말해 두었지만 그냥 이정도로 끝내는 게 좋을 것 같습니다."

심지순의 말에 최 신부가 머리를 끄덕였다.

"우리가 돈 쓸 데는 많지만 그렇다고 너무 돈을 밝히는 인상은 곤란해요. 오늘 강연료는 광주광역시 소재 '테레사의 집'에 기부하세요. 2013년 5월 사랑심기클럽 김영희 회장이 나이든 중증 장애인들을 위해 지어 준 곳인데, 초창기라 어려움이 많답니다. 운영 주체가 아마 그 지역 '사랑의 씨튼 수녀회'라고 하죠. 듣기에 S대학 17가톨릭 신우회원인 다산중공업의 박용서 회장, 현 테크 김승민 회장, 증권협회장 출신 배영모 씨 등 독지가가 돕는다지만 그런 데일수록 십시일반이 좋아요. 오늘 강연료에 조금 더 보태서 보내세요."

최동혁 신부는 사무적으로 바싹 분위기를 조여 맨다. 심지순과의 관계는 보좌역 이상을 넘지 않게 잘 관리해야 한다고 생각한다. 요즘 많이 풀어져 있던 게 사실이다. 강연이다, 출판 싸인회 등 둘이 같이 있는 시간이 많아지면서 너무 허물이 없어졌다.

심지순은 가톨릭 계통 대학에서 종교학 박사 학위 준비 중인 30대 후반 미모의 미혼 직장인일 뿐이다. 그녀가 오기 전 일을 거들던 보좌 수녀와는 근본적으로 다르다. 영어, 일어, 중국어 등 외국어에 밝은 데다 인터넷 서핑을 통한 자료 수집의 귀재라 최 신부 강연과 책쓰기에 필수 보조자다. 50대 초 그에게 심지순을 계륵이라고까지 표현하기는 좀 그렇다. 그러나 날이 갈수록 미묘한 농도는 짙어질지 모른다. 적당한 때 교체해야겠다고 생각한 것은 방금 전 엘리사벳이 그녀 안부를 묻는 표정을 보고서였다.

"심지순 씨 고생 많지요?"

간단한 인사말이지만 최동혁은 순간 가슴 한쪽이 찌르르하며 되게 한대 맞는 기분이었다. 남녀 관계는 살며시 접근하는 고양이처럼 수상해지기 십상이다. 조심하고 조심해야 마땅하다.

"수익이 있을 때마다 계좌에 입금하고 있어요. 강연료, 칼럼 원고료, 인세 등이 최 신부님 경우 일반 관례보다 많은 고액 수준인데 오늘 같이 봉사 단체인 로터리 클럽 강연 경우는 좀 신경이 쓰입니다. 평소보다 훨씬 적게 받으니까 교회 계좌에 입금할 때 구구한 사유를 써내야 하거든요."

뭔가 딴 생각에 골몰한 듯한 최 신부에게 심지순이 느닷없이 회계 보고 비슷한 말을 했다. 퍼뜩 정신이 든 최동혁의 대꾸가 다소 거칠어졌다. 엘리사벳과의 대화, 이 때문에 모처럼 깨닫게 된 심지순과의 관계 등을 생각하던 끝의 반사작용일 터다.

"정확해서 나쁠 게 없지요. 교회 회계 부정 때문에 사단 나는 일이 얼마나 많습니까? 사유서 작성쯤 각오해야 해요."

3. 원로원 설전

앞으로 도도히 넘칠 듯 말 듯 흐르는 시원한 강을 펼쳐 둔 채 뒤로는 계곡 깊은 울창한 산을 배경 삼은 원로원 위치는 전형적인 배산임수의 명당자리다. 강 건너 역시 야트막한 동산을 양쪽으로 등 대고 세워진 하늘 궁전과 총리 관저를 능가하고도 남을 위치다.

베드로 원로원 의장은 오전 10시 소집한 원로원 임시 총회 참석차 하나, 둘, 도착하는 의원들을 사무실 창문으로 지켜보고 있었다. 천국 관례대로 육신을 입은 영혼들의 이동은 각양각색이었다. 걷는 이, 살짝 나는 이, 아니면 천국 고유의 승용차인 '날쌘 틀'을 타고 왔다. '날쌘 틀'은 영적 에너지를 사용하며 최대 속도는 광속의 절반 정도지만 특수 에너지를 주입, 광속의 3분의 2까지 낼 수 있다.

시간이 흐름에 따라 본회의장의 빈자리가 메워지고 의원 얼굴들이 CCTV 화면에 클로즈업된다. 대부분 무심한 표정이다. 왜 갑자기 이

날 원로원 긴급 총회를 여는지 아직 사태 파악을 못한 의원들이 많은 것 같다. 바오로 감사원장, 세례 요한 지구촌관리위원장 등 따로 보직을 맡고 있는 주요 의원들은 대강 알지 싶은데 표정은 역시 무덤덤하다.

베드로 의장이 정각 10시, 의사봉을 들고 원로원 임시 총회 개회를 선언하자 감사원 비서실장 겸직인 디모테오 의원이 대뜸 발언을 요청했다.

"존경하는 의장님, 하늘궁전의 후광이 요즘 눈에 띄게 희미한데 혹시 하느님께서 천국에 안 계신 겁니까? 듣기에 하느님의 잠적으로 민심이 흉흉해지자 오늘 임시 총회를 연다는데 그게 사실입니까? 어떤 안건토의보다 우선 그 경위부터 밝혀 주십시오."

바오로의 충실한 조력자로서 이방인 전도 사업에 누구보다 큰 공을 세웠던 디모테오의 둥근 얼굴이 벌겋다. 자못 흥분한 표시다. 살아생전 예수님을 직접 접촉하지 못했어도 할머니, 어머니가 독실한 그리스도인이었던 그는 바오로의 2차전도 여행 때 리스트라에서 처음 만나 사도들 못지않게 큰 역할을 했던 일꾼이다.

베드로 의장은 그의 돌출 발언을 보며 뭔가 바오로에게서 언질을 받았을 것이라고 생각한다. 디모테오의 첫 발언 여파는 즉각 회의장 전체로 번졌다. 하느님 잠적이라니. 그게 무슨 말인가? 물색없는 의원들 사이에서 웅성웅성 작은 소요가 일어났다.

"총리실 쪽에서 누구 온 사람 없습니까?"

베드로 의장이 관료석을 향해 크게 묻는다. 원로원 긴급 총회 개회 일시를 어제 일제히 통고했는데도 아직 야고보 총리가 보이지 않는다. 뭐야, 하느님의 부재 사실을 스테파노 원로원 사무총장에게서 보고 받자 바로 야고보 총리에게 전화 확인을 했을 때도 거동이 수상하지 않았던가. 우물쭈물 도무지 요령부득한 말만 되뇌었다. 가타부타 입맛 없던 당시 대화는 지금 생각해도 불쾌하다. 베드로가 수인사를 한 뒤 이렇게 물었었다

"하느님께서 하늘궁전을 비우셨다는데 사실입니까?"

야고보의 츳, 못마땅한 소리가 수화기에 아주 가늘게 들렸다.

"글쎄, 꼭 그렇다기보다 잠시 산책을 나가신 게 아닐까요?"

베드로는 들릴 듯 말 듯 작은 그의 웃음소리 역시 불쾌했다.

"잠시 산책에 하늘궁전 후광이 그렇게 표 나게 약해질 수 있습니까? 천국 내 산책이라면 빛과는 무관한데요. 멀리 가신 겁니까?"

여전히 야고보의 대답은 태평했다.

"지금 각종 정보망을 통해 확인하고 있으니까 곧 알 수 있을 겁니다. 연락드리지요. 기다리면 됩니다."

이게 둘 사이의 애매모호한 대화 내용 전부다. 더 물어 보려 했지만 딸가닥 전화 끊어지는 소리가 요란했었다. 베드로 의장이 디모테오의 질문을 받고 이런 언짢은 대화 기억에 빠져 있을 때 갑자기 바르나바 중앙정보부장이 자리에서 일어나 큰 소리로 외쳤다.

"게파, 12사도의 우두머리였던 베드로 의장님, 예수께서 지상에서 복음을 전하시는 동안 특히 사랑하시어 반석이란 뜻의 '게파' 별명까지 지어주신 은혜를 잊으셨습니까? 반석처럼 하느님의 일거수일투족을 챙길 의무가 있다고 생각하지 않으십니까? 원로원 의장직과 행정부 총리 직책이 그렇게 다른 겁니까? 디모테오 형제의 간절한 질문에 남의 말 하듯 총리 참석 여부나 따져 되겠습니까?"

바르나바의 속사포식 발언에 베드로는 순간 웬 날벼락인가 싶었다. 이어 분노로 이어졌다. 도대체 이게 정보부장이 할 말인가? 누구보다 자기가 먼저 알고 있어야 할 일을 원로원 의장에게 따져 묻다니 경우가 아니었다.

게다가 천국의 주요 정책을 결정하고 집행하는 야고보 총리와 입법기관인 원로원 의장 책무를 동일 선상에서 보는 것은 부당했다. 오늘 긴급 임시 총회 소집도 집행부 총책임자인 총리를 불러 하느님 부재의 정황과 대책을 따지기 위해서다. 이번에는 베드로가 반격했다.

"존경하는 바르나바 님, 이 문제는 제가 정보부장께 되물어야 할 사항 같군요. 야고보 총리가 혹 급한 일로 의사당에 도착하지 않았다면 정보부장님이 바로 디모테오 님 질문에 답변해야 할 관련 부서 최고위직입니다. 원로원 의장에게 하느님 소재를 추궁하기 이전 바르나바 님이 먼저 사실을 밝히는 게 순서 아닙니까? 하느님은 어디 계십니까?"

"시몬, 바르나바 님 말이 과격했다면 너그럽게 관용을 바랍니다. 지금 소관 싸움으로 감정적인 말을 할 때가 아니지요. 초대 교회 시절 로마인과 유태계 율법주의자들에게 쫓기던 때 우리가 합심하던 기억을 잊었습니까? 아무렴 전능하신 주님께서 무모하게 자리를 비우셨겠어요? 사정은 차차 알아보면 되고, 우선 야고보 총리가 올 때까지 다른 안건을 먼저 처리토록 합시다."

맨 뒷 좌석 바오로 감사원장이 베드로의 사도 이전 어부 시절 이름까지 들먹이며 중재성 발언을 하자 의사당이 조용해졌다. 욱 했던 바르나바 정보부장이 이때 재빨리 일어나 베드로를 향해 허리를 굽혔다.

"순간적으로 제가 경솔했습니다. 따져보니 제 일인데 미처 챙기지 못해 떼쓴 꼴이 되었군요. 존경하는 의장님, 사과합니다."

의원들이 일제히 박수로 그의 사과를 수용했다. 멈칫한 베드로가 잠시 정회를 선포할까 생각 중인데 그때서야 야고보 총리가 느긋이 의사당 안으로 들어오는 게 보였다. 총리의 착석을 기다려 베드로가 까칠하게 물었다.

"야고보 총리님, 개회 시간에 많이 늦으셨군요. 지금 300명 의원 전원이 한결같이 하느님 소재를 궁금해 합니다. 아시는 대로 속 시원히 밝혀 주시기 바랍니다."

"정보부장님이 여기 계시지만 하늘궁전 측에서 입을 다물고 있는 한 누구도 알아내기 어려운 게 하느님 거처입니다. 이 광활한 우주에서 그분의 속도와 흔적을 추적할 방법은 없으니까요."

야고보 총리의 태평한 대답에 베드로가 다시 목소리를 높인다.

"그게 대답이 됩니까? 우린 지금 하느님의 안위와 관련된 소재지에 관해 알기 원하는 겁니다. 광활한 우주와는 상관없어요. 가신 곳을 압니까, 모릅니까?"

"괜한 걱정하시지 말라는 뜻입니다. 혹시 이번 하느님의 부재가 길어질 수도 있다는 언질은 하늘궁전 측에서 받았다고 합니다만. 정확한 정보는 사실 저희도 없어요. 아직 시간이 얼마 안 지났으니 하루 이틀 더 기다리면 뭔가 그림이 나올 테지요."

"그렇다면 정보부도, 행정부도 캄캄하긴 마찬가지군요. 도대체 모두 이렇게 먹통이라면 우린 누구 말을 듣고 천국 주민들을 안심시키겠습니까? 천국 운영에 뻥 구멍이 뚫린 느낌이네요."

베드로가 한탄하자 바르나바도 답답한 가슴을 쓸며 말했다.

"하느님의 일상에 관해 정보부측은 할 일이 없습니다. 하늘궁전 경호 의전 팀의 전담 사항을 월권할 수 없으니까요. 오죽했으면 제가 서두에 먼저 의장님에게 물어 보았겠습니까? 아, 참 한 가지, 적어도 하느님께서 태양 은하계 안쪽에 계시지 않다는 말씀은 드릴 수 있습니다. 우리 우주 정보 수집 팀이 은하계 망원경으로 지난 밤 내내 실측한 결과지요. 그 밖으로 나가셨다면 파악이 어렵습니다."

야고보 총리가 싱긋 웃으며 이 말을 받았다.

"그 얘긴 맞습니다. 확실히 가신 곳이 태양 은하계처럼 가까운 곳은 아닌 것 같아요. 하느님은 그냥 산책 나가신 게 아니라 뭔가 새로운 창조적인 일 때문에 멀리, 아주 멀리 출타하신 듯합니다. 태양 은하계와 관측 가능한 안드로메다 은하계까지 거리가 250만 광년이라면 그 안팎을 누가 정확히 추적할 수 있을까요? 하느님과 그 동행자 이외 불가능한 일이지요."

"사정은 알겠습니다만, 그래도 하느님의 부재는 먹구름 낀 천국을 의미하지요. 하느님은 빛과 향기의 원천입니다. 지금처럼 빛이 엷어지고 우울한 분위기를 언제까지 끌고 갈 수는 없어요. 한시 바삐 최선의 방법을 찾아내야 합니다. 이 시간에도 하느님이 무심한 우리를 지켜본다고 생각하면 등에 진땀이 납니다."

베드로 의장이 가라앉은 소리로 말하자 장내가 다시 숙연해진다. 소재 파악이 불가능하다고 강조하는 야고보 총리에 대한 서운함이 배어 나오기도 한다. 그때 바오로 감사원장이 자리에서 일어나 의원 일동에게 기립 기도를 제의, 먼저 주기도문을 외우기 시작했다.

그 옛날 로마 제국 관리로서 그리스도인들을 잡으러 다마섹에 가는 길에 예수님 현시를 보고 엎드려 기도했던 것과 달리 우뚝 서서 주기도문을 바친 다음 자신의 기도를 드렸다. 다른 의원들도 일제히 기립, 기도하자 마치 부흥회 뒤 벌어지는 방언 경연장 같은 풍경이 벌어진다.

"하느님, 하느님, 우리 하느님. 말없이 길 떠나신 우리 하느님― 하루 빨리 돌아오시어 불안한 저희 마음을 달래 주소서, 부족한 저희 지켜 주소서. 계신 곳이라도 알려 주시어 저희끼리 다투는 일 없게 하시고 생업에 지장 없게 지켜 주소서."

처음부터 끝까지 천국과 지구, 연옥과 지옥, 광활한 우주를 모두 만드시고 관장하시는 하느님에 대한 외경감이 원로원의 넓은 홀에 용솟음친다. 거대한 예배장 같았다. 한동안 기도에 몰두했던 의원들이 진정하고 성호를 긋자 야고보 총리가 모처럼 일동을 다독인다.

"조만간 우리 천국의 우주 센터가 광활한 우주를 샅샅이 뒤져 하느님 흔적을 찾아낼 겁니다. 우주센터 소장인 미국 출신 조지 헤일과 수석 연구원 에드윈 허블은 우주 비밀을 수없이 캐어 낸 뛰어난 천문 과학자들입니다, 특히 허블은 지구 궤도에 우주 망원경을 쏘아 올려 100억 년 전 출발한 별빛과 파장까지 받아 낸 실력인데 하느님 거취를 못 찾겠습니까? 좋은 결과가 나올 겁니다."

야고보 총리 위로에 낙담하던 의사당 분위기가 차츰 살아났다.

4. 영계인

　원로원 회의가 끝난 뒤 정약종 아우구스티노는 베드로 의장실로 향했다. 스테파노 사무총장실 여직원이 회의 직전 의석으로 찾아와 들렀다 가라는 메시지를 미리 전한 것이다. 의장실은 2층 본회의장 바로 위 3층 중앙에 있었다. 가는 길 복도에 큼직큼직하게 걸린 레오나르도 다빈치, 미켈란젤로 등의 성화를 천천히 훑다 보니 갑자기 지나온 세월이 주마등처럼 지나간다.

　정약종은 천국 초년 시절을 화려했지만 매우 조신하게 보냈다. 원로원 의원이 되기까지 궂은 일을 도맡아 하고 특히 선배들과의 관계에 주의했다. 천국 입주 첫날 환영식에 참석, 열렬히 축하해준 바오로 감사원장, 스테파노 원로원 사무총장과는 한층 끈끈한 유대를 이어 왔다. 살아생전 조선 고관들의 썩어 빠진 행태에 실망, 아예 은둔 거사로 초야에 묻혀 살던 습관은 깨끗이 버렸다. 천국에서는 천국식 삶이 필요하다고 다짐했다.

막상 와 보니 하느님 나라는 너무 크고 지구에서 생각하듯 편협하지 않았다. 신은 하느님 한 분뿐이라는 사실만 확고하다면 모든 종교의 궁극적 목적은 동일했다. 오직 강력한 믿음 하나로 타인과 타종교에 대한 우월감을 지키려 했던 게 부질없었다. 천국에 올 정도 인사들이라면 직업, 인종, 종교 가릴 것 없이 모두 사랑과 배려에 뛰어난 역전의 용사들이었던 것이다.

과거 그는 무모할 정도로 당당했다. 순교장에서 조차 고개 숙여 땅을 보고 죽기보다 하늘 우러러 죽기 원했다. 그는 형틀에 매인 목을 뒤로 젖혔다. 하느님 향해 앞으로 망나니 칼을 받고자 했던 것이다, 정약종의 마지막 가는 길 요청을 망나니는 승낙했다. 탁배기 몇 잔을 걸치고 얼싸절싸 칼춤을 추었다. 죽는 자 얼을 빼고 동시에 자신은 두려움 없이 정확히 목덜미를 치기 위해서였다.

하지만 이번에는 달랐다. 정약종의 대담한 눈길에 첫 칼이 헛나가고 두 번 칼질은 수치였다. 망나니는 진땀을 아주 짰다. 다시 벌컥벌컥 마셔댄 뿌연 탁주 맛은 비리고 썼다.

정약종과 판관 사이 시비는 진작 끝났다. 천주교가 사학이 될 수 없다는 것, 양반 상놈 가리지 않는 인간애가 지극하면 누구나 천국에 갈 수 있다는 것, 죄 짓지 말고 착하게 살자는 것, 있는 자의 나눔, 배려가 공동체를 훈훈히하는 기초라는 것 등 도도한 논리가 재판정 동헌 마당을 쩌렁쩌렁 울렸다. 옳은 줄 알면서 죄를 주자니 배석 관헌들이 애써 귀를 막는 광경도 벌어졌다. 고루하게 양반 상놈을 따지던 판관을 향해 만민이 평등한 하늘나라 가는 게 왜 좋은지 설득했다. 죽음이 두렵지 않은 이유를 조목조목 들었다.

판관들의 제사 시비는 애당초 천주교를 탄압하기 위한 수단에 불과했다. 그리스도 10계명 가운데 네 번째 계명 '효도 하여라'는 조상 예의에 관한 근본이기 때문이다. 정약종이 만든 교리를 읽어보아도 분명히 알게 된다. 그래도 오직 정적 '남인' 타도가 목적인 노론 벽파들에게 형식적인 제사 시비야말로 더 할 수 없이 중요했다. 정권을 빼앗기느냐, 유지하느냐의 열쇠였던 것이다.

정약종이 쓴 한국 최초의 한글 교리, 이른바 '주교 요지'는 천주교의 핵심 사상을 망라했다. 오직 한 분이신 천주가 천지 창조를 한 경위와 천국과 지옥의 실재, 복잡한 삼위일체의 쉬운 설명 등 중국에서 건너온 한문책 몇 권 읽고 썼다기에는 믿기 어려운 심오한 내용을 제대로 표현하고 있었다.

정약종이 순교 후 천국에 들어올 때 입국 심사장에서 그의 그런 이력은 단연 돋보였다. 일사천리 OK 도장이 퍽퍽 찍혔다. 게다가 거창한 환영식은 천국의 전설이 될 지경이었다. 야고보 총리의 얼굴만 보이지 않았지 바오로, 베드로, 스테파노 등 기라성 같은 천국 고위직들이 즐비하게 참석했다. 그러나 잔치는 거기까지였다. 처음 허드렛일부터 시작해서 마침내 실력을 인정받고 원로원 의원이 되기까지 정약종은 만만찮은 인고의 생활을 거쳤다.

그리고 드디어 21세기 들어 원로원 정보위원장 자리에 추대되었을 때 그가 다짐했던 천국적 삶의 추구는 빛을 발했다. 그 기간 성령이 임재했었는지 깨달을 겨를도 없었다.

천국에 정착하기까지 그의 가장 큰 어려움은 대화할 상대가 많지 않다는 것이다. 이벽, 이승훈, 황사영 등 18세기 조선시대 천주교 선각자들로 순교한 이가 꽤 많았지만 드넓은 천국에서 각자 흩어져 자기 일을 하다 보니 쉽게 만날 수 있는 게 아니었다. 먹물 많이 든 것도 때로는 마음에 고통을 주었다.

낙원이라고 늘 최고의 즐거움만 따르지 않았다. 마주치는 상대가 좋을 수도, 나쁠 수도 있다. 하는 일의 '경, 중' 역시 느껴졌다. 타락한 천사가 왜 출현하는지 알만하다. 그럴 때의 좌절감은 깊은 명상으로 극복했다.

의장실 가는 길, 원로원 회랑에서의 짧은 시간 긴 추억을 끝내고 정약종은 마침내 비서실 문을 노크하고 들어선다. 여비서가 냉큼 인터폰으로 베드로 의장에게 연락했다. 기다린 듯 베드로 의장이 직접 문을 열고 맞이한다. 새카만 후배 의원 대접치고는 과분한 생각이 없지 않다. 18세기 출신 신참 의원으로서, 예수님 수제자로 기원전부터 활동하던 까마득한 선배에 대한 존경심이 절로 일어난다.

정약종이 안으로 들어서자 미리 와 있던 스테파노 원로원 사무총장이 먼저 반갑게 맞았다. 베드로 의장과는 한창 얘기 중이었던 듯 응접 테이블 위 낙서종이 조각과 마시던 찻잔의 김이 아직 모락모락 솟고 있었다. 스테파노 원로원 사무총장은 직제와 상관없이 베드로 의장과는 마치 친구 사이처럼 막역하다. 천국 입국 순서로 따지면 베드로보다 앞선다. 수인사 악수 끝에 베드로 의장이 정약종에게 자리를 권하며 물었다.

"정약종 아우구스티노, 의원 생활 어때요? 재미있지요?"

"예, 워낙 훌륭하신 선배님들 덕분에 한창 배우고 있는 중입니다."

정약종의 대답에 이번에는 스테파노가 웃으며 말했다.

"오늘 진행된 원로원 회의 내용을 갖고 얘기하는 중이었어요. 도 대체 하느님 소재가 이틀씩 파악 안 된다는 게 될 말입니까? 거기다 야고보 총리와 직접 정보 책임자인 바르나바 정보부장의 답변 태도 가 그게 뭡니까? 한마디로 무성의하고 무책임합니다."

스테파노에 대해 정약종은 평소 괜찮은 느낌을 갖고 있다. 초대 교 회 시절 그는 예루살렘에서 12사도와 거의 같은 비중으로 예수 구원 사업을 증언하고 선교했다. 이미 세상에 뿔뿔이 흩어진 이스라엘 민 족, 그러니까 디아스포라 가운데 그리스 계통인 헬라계 유태인은 보 다 개방적 사고를 가졌다. 그도 마찬가지였다.

이 때문에 이들이 예루살렘 유태인들보다 차별을 받는다고 여겨지 면 역시 헬라계였던 스테파노는 이들을 서슴없이 대변했다. 잘 생긴 외모에 달변이라 통하기도 잘 했다. 동시에 성령 충만한 기적 능력 까지 겸비, 많은 무리들을 몰고 다녔다.

이때 당시 세상을 시끄럽게 했던 이른바 '차별급식' 사고가 일어난 다. 교회 공동체에서 식사 당번을 하던 12사도가 예루살렘 유태인보 다 헬라계 유태인을 차별해 식사를 제공한다는 불만이 터진 것이다. 양도 적고 질도 떨어진다는 쏟아지는 잡음에 사도 측이 즉각 물러섰 다. 12사도는 이방인 전도 사업에만 전념하고 가난한 헬라계 사람을 상대하는 급식 일은 그들 스스로에게 맡긴다는 것이다.

당시 빠르게 성장하는 이방 선교 사업 까닭에 손이 부족했던 터라 오히려 잘된 일인지 몰랐다. 그 결과 7명의 봉사자가 뛰어난 헬라계 사제들 가운데서 선출되었고 그중 스테파노는 단연 1등이었다. 뽑힌 봉사자들은 이후 7인 봉사자 회의를 구성, 급식뿐 아니라 천국 운영에서도 중요한 역할을 맡는다.

이 모임의 대표 격인 스테파노가 유태교 율법주의자들, 특히 예수님을 십자가에 못 박게 한 사두가이 귀족 사제들에게 공격적인 것은 당연했다. 말솜씨와 지식이 뛰어난 그의 활동이 활발해질수록 율법주의자들은 불안해졌다. 결국 유태교 최고회의에 소환 당해 논쟁을 벌이지만 믿음으로 무장한 스테파노를 당할 수 없었던 최고회의가 그를 사두가이인들에게 내어 줘 순교하게 만든다.

최고회의 증언 당시 당당했던 그의 머리 주변에는 이미 천사의 후광이 떠돌았다고 한다. 순교 직전 모습이다. 대중이 돌팔매질을 하는데도 하늘을 향해 그들의 용서를 빌고 이제는 그만 자신의 영을 받아 달라고 간절히 기도했다. 그런 스테파노의 최후가 정약종에게는 남 같지 않았다. 하늘 우러러 겁 없이 칼을 받던 자기와 비슷했다. 원로원 안팎에서 그와 이따금 만나 허물없이 얘기하는 즐거운 이유 중 하나다.

"역동적으로 아이디어를 내고 있다고 들었습니다. 요즘처럼 천국이 매너리즘에 빠져 있을 때 정 아우구스티노와 같은 개혁주의자들이 많이 나와야 합니다. 천국에도 획기적 르네상스가 필요해요."

베드로 의장의 말에 스테파노가 동의한다.

"한국은 1948년 대한민국 건국, 1950년 한국 전쟁, 61년 쿠데타를 거쳐 박정희 군사정권이 수립된 이후 괄목할 경제발전으로 산업화를 이뤘습니다. 게다가 87년 직선 대통령제 개헌은 한국 민주화에 기폭제가 되었지요. 산업화, 민주화를 한 제너레이션에서 성취한 나라는 지상에서 유례없는 일입니다. 한국은 지금 60년 전 최저 빈국 입장에서 일약 세계 15위권 경제 강국이 된 것입니다. 더 놀라운 것은 산업화 민주화를 거치는 바쁘고 삭막했던 이 시절 정신적 지주로 기독교 역시 비약적 성장을 했다는 사실이지요."

스테파노는 정약종 앞에서 거리낌 없이 베드로 의장에게 한국 위상에 관한 핵심을 짚어 말한다. 틈틈이 한국 역사에 관한 얘기를 나눈 적은 있지만 언제 저런 정도 한국 현대사까지 공부했는지, 다시 한 번 그의 해박함에 정약종은 놀란다. 한국에 관한 애정이 남다르지 않은가. 베드로가 말을 받았다.

"기독교 역할이 한국 경제 성장에 그렇게 컸는가? 그렇다면 왜 남미나 필리핀 등 다른 가톨릭 국가 경제 발전은 지지부진한가?"

"그래서 한국을 주목하는 까닭이지요. 불과 200여 년 전만 해도 한국에는 단 한 사람의 그리스도인이 없었습니다. 지금은 인구의 30%가 크리스천이라는 것, 참으로 놀라운 변화 아닙니까? 또 하나

괄목할 사실은 같은 기간 중 불교 역시 크게 성장, 한국 사회에서 기독교와 양대 지주 위치에 있습니다만 종교 갈등이 별로 없다는 거지요. 서로 타협하고 존중하고 상생하는 정신 때문이지요."

"지구 세계 각지의 종교 갈등, 분쟁, 전쟁 양상과는 판이하군."

"한국인 특유의 장점이라고 봅니다. 과거 한국은 지독한 당파 싸움과 체제 순응으로 찌질했었지요. 한국이 5천 년 역사를 자랑해도 특히 내놓을 게 뭐 있습니까? 없어요. 세종대왕의 한글 창제와 이순신 장군의 거북선, 세계 최초 금속활자 직지 등을 들지만 그 밖에는 별로입니다. 오히려 만주, 시베리아 벌판을 누비던 대륙 민족이 한반도로 밀려 내려와 쪼그라든 패배감이 컸습니다. 그런데 1780년대 천주교가 조선에 스며들며 이런 분위기를 혁신하기 시작했다는 겁니다. 신라 시대부터 꽃피던 불교와 다른 점이지요."

베드로와 스테파노의 주고받는 말을 들으며 정약종은 내심 뜨끔한다. 자신이 생각지도 않았던 일을 이들이 지적하고 있는 것이다. 천주교가 그렇게 대단한 역할을 했던 말인가? 다른 종교가 침묵할 때 뒤늦게 기독교가 그리 중요한 획을 그었단 말인가.

"그렇다면 기독교 불모지인 조선에 천주교를 뿌리내린 정약종 아우구스티노는 한민족의 긴 잠을 깨운 선각자인 셈이네. 황량한 벌판에 홀로 핀 민들레 꽃 한 송이처럼."

"맞습니다. 정 의원 형제 모두 그런 분들이지요. 특히 직계 아우 다산 정약용과 형님 정약전은 천주교 탄압이 시작되며 사실상 배교의 아픔을 가졌지만 이로 인한 오랜 귀양살이 시절 조선을 위해 당대에 이룩한 업적이 많습니다. 다산은 많은 저술을 통해 한국인의 실용주의 각성을 촉구했고 정약전은 『자산어보』 등 저술로 한국의 해양 물산 장려를 독려했지요. 오늘 날 한국의 경제 성장이 그 때 싹튼 실용주의 덕을 보지 않았다고 말하기 어렵습니다."

스테파노의 치밀한 한국 공부는 실로 놀라울 정도였다. 그냥 해보는 얘기가 아니었다. 이를 과시하기 위해 자신을 의장실로 불렀는가? 정약종은 슬그머니 겁이 난다.

"하지만 누구보다 뛰어난 형제는 아우구스티노지. 앞길이 창창한 양반 집 출신으로 얼마든지 평탄한 길을 갈 수 있었는데 의연하게 순교를 택한 것 아니겠소? 자신만 아니라 부인, 두 아들, 외동딸 일가족 5명이 모두 같은 길을 걸었소. 참으로 하느님 사랑에 대한 확신이 없으면 불가능한 일이지. 많은 동료, 형제들까지 배교하는 판에 이를 거절한다는 것은 쉬운 일이 아니야. 그 점에서 나는 많이 부족한 사람이오."

베드로 의장의 한 술 더 뜬 말에 정약종이 그에 나선다. 베드로가 예수님을 세 번씩 부인한 것은 이미 성경상 다 알려진 사실이라 자책해도 새삼스럽지 않다. 하지만 자신에 대한 칭찬은 과해서 좋을 게 없다. 세상에 겉으로 칭찬하고 뒤로 넘어뜨리는 경우가 얼마나 많은가? 정약종이 작심하고 이쯤에서 말을 끊어야 했다.

"제가 몸 둘 바를 모르겠는데요. 죄송하지만 오늘 저에게 특별히 하실 말씀이라도?"

그때서야 베드로가 싱긋 웃으며 스테파노 얼굴을 본다. 태도로 미뤄 나쁜 일은 아닌 듯하다. 그러나 지금껏 뜸들인 게 예사롭지 않기는 마찬가지다. 불안하게 다음 말을 기다린다.

"의장님은 한국을 주목하고 있어요. 신약 2천 년이 지난 예수교의 변화 필요성 때문입니다. 하지만 어떻게, 누가 변화시킬 것인가의 각론으로 들어가면 모두 입을 다물지요. 로마 교황청 중심의 천주교나 마르틴 루터 개혁 이후 개신교도 답보 상태이긴 마찬가지입니다. 개혁을 추진했던 개신교 쪽에 오히려 파벌 싸움이 많아진 것은 시대의 아픔, 아이러니지요. 가톨릭도 따분한 일상 속에 일탈하는 사제들이 늘고 있습니다."

스테파노 총장의 계속되는 말에도 정약종은 아직 이들의 의중이 오리무중이다. 무슨 말을 하려고 이처럼 긴 뜸을 들이는지 모르겠다. 그러자 베드로 의장이 나섰다.

"우리는 지금 천국과 지옥에 대한 홍보 정책을 강화하려 합니다.

막연히 사랑을 베풀면 천국 가고, 못된 짓 하면 지옥 간다는 식의 종래 선교 방식 갖고는 안 된다고 보는 거지요. 다시 말해 '낙원 천국과 고통 지옥'의 실재를 적극 세상에 알리자는 생각입니다.

그래서 언젠가 정 의원이 제안한 '영계인간' 제도를 활용하고 싶은데 아직 그 생각이 유효한지요? 어때요, 가능하겠어요? 지구 영향력 있는 목회자가 지상과 영계를 오가며 하늘나라 진면목을 생생히 지상에 증언하는 계획 말입니다."

스테파노가 다시 말을 보탠다.

"그때 정 의원님은 스웨덴의 스베덴보리라는 과학자가 18세기에 그런 역할을 잘 해냈다고 말했습니다. 과학도들이 이때 그리스도교에 많이 귀의했다는 말도 인상 깊었고요. 생각해보세요. 초대 교회 시절, 예수님과 사도들이 얼마나 많은 이적을 일으켰습니까? 불신자들이 믿지 않을 도리가 없었지요. 여기 의장님도 죽은 여인을 살려내고 앉은뱅이를 말 한마디로 걷게 했습니다. 저도 7인 봉사자로 일하며 성령 충만해 여러 기적을 만들었고요. 그런 게 거의 사라진 지금 영계 체험자의 직접 증언은 대단한 홍보 효과를 갖고 올 겁니다."

정약종은 비로소 오늘 면담 이유를 알고 빙긋 웃었다. 자신의 영계인간 아이디어를 채택하고 대상자 선정을 위해 의견을 들으려는 것이다. 그들은 지상을 떠나 온 지 이미 2천여 년, 적정 인물 찾기가 쉽지 않은 모양이다. 이를 천국에 온 지 얼마 안 된 그에게 맡겨 기독교 선진국 한국인 가운데서 찾아보려는 것이다. 정약종과 한국에 대한 대단한 신뢰가 아닐 수 없다.

"그러니까 영계 인간 제도를 채택할 의사시군요. 더불어 그 대상 인물을 저보고 찾아보라는 겁니까?"

정약종이 기다리던 밥상이다. 자신감 속에 반갑게 묻는다.

"바로 그래요. 당분간은 비밀리에. 알려지면 반대 공론도 나올 수 있고 거꾸로 대상자 추천이 쏟아져 혼란해질지 몰라요. 우리 생각은 아무래도 한국인 중에 누가 선정되었으면 원합니다. 최근세사에 한국처럼 역동적으로 그리스도교를 확장시킨 나라는 없으니까요. 논공행상 의미도 있습니다. 또 한국인 목회자라면 선교 노하우도 꽤 가졌을 법하고. 그러니까 무조건 최상의 사람을 찾아 달라는 겁니다. 일단 한 사람을 정하되 필요하면 추가할 수도 있어요."

구체적 대상자 선정 얘기가 나오자 스테파노 목소리가 작아진다. 보안에 꽤 신경을 쓰는 눈치다. 궁금한 것은 못 참는 정약종이다.

"왜 야고보 총리나 바르나바 정보부장에게 부탁하지 않습니까? 저보다 더 많은 정보들을 갖고 있을 텐데요."

"현상 유지를 원하는 야고보 총리는 십중팔구 이 일에 부정적이지 싶습니다. 변화를 원하지 않거든요. 특히 천계 비밀이 새어나가는 것을 꺼리는 신비주의 성향입니다. 요한 묵시록처럼 천상 비밀은 열릴 듯 말 듯, 의미를 알 듯 모를 듯 신비 속에 감춰진 게 좋다고 생각하니까요. 그러나 시대가 바뀌었습니다. 영지주의자들의 신비와 율법 독점 시대는 가고 지금은 적극적인 홍보 시대입니다. 천국이 얼마나 좋고 지옥이 얼마나 고통스러운 곳인지 알려야 해요. 협조해주겠지요?"

스테파노 총장의 간곡한 부탁에 정약종은 두말없이 승낙한다. 의기상통한 세 천국 고위직은 나중 후보자를 고른 뒤 재회를 약속하고 이 날 만남을 끝냈다. 정약종은 원로원을 나서자 즉시 중앙법원장 겸 대배심법원 이승훈 수석 판사에게 연락을 취했다. 마땅한 대상자를 고르기 위해 몇몇 영계인간 선정 TF(태스크 포스)팀을 구성할 생각이었다.

이승훈과 약속을 끝낸 뒤 그는 다시 바오로 감사원장실로 발길을 돌린다. 자신을 고귀한 원로원 의원으로 추천하고 정보위원장 직책까지 밀어준 그에게 이 문제를 비밀이라고 숨기기는 곤란했다. 어떤 의미에서 차라리 그에게 조언을 구하는 것이 좋은 대상자 선정에 도움이 되지 싶었다. 무엇보다 그는 입이 무거웠다.

5. 입양

A4용지 10매 안팎의 보고서가 책상 위에 얌전히 놓여 있다. 최동혁 신부는 어쩐지 그 보고서를 읽을 용기가 나지 않는다. 천국의 비리 하나가 자기 손으로 밝혀지는 순간인 것이다. 방금 전 보좌역 심지순이 얄궂은 말과 함께 두고 나간 보고서다.

"최 신부님도 아시는 매우 유능한 탐정이 며칠간 잠도 못자고 죽자 사자 뛰어 얻어낸 결과래요. 일을 골라서 하되 일단 맡으면 아주 빠르고 정확한 사람이 과연 누구일까요? 작품이 작품이니만큼 대가는 각오해야 합니다. 제가 잘 말하면 좀 싸질지도 모르지만."

최동혁은 책상 위 보고서를 잠시 물끄러미 바라보았다. 또 심지순이 공치사 겸 가벼운 조크를 던지고 나간 마음을 생각했다. 며칠 전

호텔 커피숍에서 수호천사 엘리사벳을 만나 부탁을 들은 뒤 편치 않았던 소심함도 떠올랐다. 평생 신부 일만 해 온 자신 아닌가? 보좌 신부 몇 군데를 거쳐 주임 신부 자리는 임기도 못 채운 채 유학 명령을 받고 떠났던 처지다. 사람들과 안면이 넓을 리 없다.

오로지 저작과 강연 등으로 대중들 마음의 힐링을 주로 해 온 자기가 어떻게 한국의 능력 뛰어난 K목사의 사후 천국행 자료 부정행위를 밝혀낼지 엄두가 나지 않았다. 그와 천국 입국 심사부 간 비리 수법을 알 길이 암담했다.

이 날 로터리 강연 뒤 사무실에 돌아온 최동혁이 시종 우울했던 것은 당연하다. 계속 말수가 뜸한 최동혁에게 심지순이 기회를 잡아 강하게 무슨 일이냐고 캐물었다. 그래도 떨떠름한 표정이자 그녀는 나지막이 성가를 부르기 시작한다. 천상의 소리다. 이쯤하면 반응이 나올 법 한데 여전히 최 신부 얼굴은 북극의 유빙, 아니 그 위에 둥둥 떠내려가는 곰 한 마리의 표정이었다. 그러자 작전을 바꿔 심지순이 갑자기 깔깔대고 웃음을 날렸다.

"아니, 어떻게 자기 마음 하나 추스르지 못하는 신부님이 남의 아픈 마음 고친다고 힐링 책을 쓰고 강연을 하나요? 부끄럽네요. 내일부터 당장 그만 두세요."

"고민거리가 생겨서……."

마침내 최동혁은 입을 열지 않을 수 없었다.

"그야 빤하죠. 얼굴에 다 씌어 있어요. 종이 한 장도 같이 든다는 기분으로 말해보세요. 제가 여자 맥가이버인 줄 모르시나 봐. 만능 맥가이버 아시죠? 선풍적 미국 인기 드라마 주인공."

심지순의 천방지축 말에 최동혁은 실소했다. 그리고 K목사 관련 사실을 고백했다. 사후 천국에 들어갈 욕심으로 K목사가 흠집될 만한 자신의 행적을 고치는 비리를 저지르고 있다고, 그런 비리를 빨리 밝혀야 하는데 뾰족한 방법이 없다고, 그래서 고민이라고 털어놓았다. 누구 부탁인지는 묻지 말라고 했다.

수호천사 엘리사벳 얘기를 꺼낼 수는 없었다. 동화와 소설 속에나 있음직한 수호천사 얘기를 누가 믿을까. 그러니 최동혁 신부만의 비밀이었다. 젊은 날 최동혁이 엘리사벳을 만나고 사랑하기 이전까지, 아니 그녀가 사고 후유증으로 죽었다가 어느 날 갑자기 유명 신부로 이름을 날리는 최동혁 앞에 수호천사로 나타나기 이전까지 그 역시 생각지도 않았던 것 아닌가.

그렇다면 수호천사는 필시 천국이 필요하다고 여기는 많지 않은 사람에게 부여한 특권이지 싶다. 아니 ,더 잘 활용하기 위한 수단일 수도 있다. 특히 하늘과 지상의 원활한 통신을 위해서 불가피하게 말이다. 결국 자신은 선택된 사람, 더더욱 함부로 공개해선 안 된다.

이 생각, 저 생각 꼬리 물려 끝이 없을 것 같던 생각의 묶주가 어느 순간 툭 끊어지면서 최동혁은 마지못해 테이블 위 보고서를 집어들었다. 그리고 천천히 읽기 시작했다. 처음에는 음미하듯 속도가 늦었으나 점점 눈동자 움직임이 빨라져 간다. 이게 웬일인가?

내용이 마치 한편의 협객 드라마를 보는 것 같다. 잘난 의리 때문에 불의에 빠지기도, 정의를 외치기도 하는 무협 소설은 저리 가다. 한마디로 재미있었고 단숨에 좍 읽고 말았다.

보고서는 완벽히 소설적 구성 요소를 갖추고 있었다. 최 신부가 어느새 완전히 빠져 들었으니까. 이건 누구에게도 가능성 있는 얘기로 비쳐졌다. 만일 자신에게 그런 기회가 주어진다면 어떤 행동을 취할지 자신하기 어려웠다. 읽어갈수록 재미 이상의 인간에 대한 연민, 실망 그런 게 복합적으로 엄습했다.

그러니까 얘기는 80년대 초로 거슬러 올라간다. 한국의 기독교가 서울의 강남 개발, 아니 전국의 부동산 개발 붐을 타고 한창 확장해 가고 있을 무렵이다. S교회 K목사는 서울 강북에 있던 개척교회를 강남 개발 붐과 더불어 한강 이남 허허벌판으로 옮겼다. 비 오는 날이면 장화를 신고 다녀야 하는 열악한 환경이지만 앞을 보고 차곡차곡 교회 확장 사업에 열중했다.

방법은 시청 등 건설 관련 부서에 근무하는 신도와 함께 개발 청사진을 미리 입수하고 일부 열성 신도들과 공동 투자로 부동산 개발 이익을 챙기는 재테크 방식이다. 떼돈을 번 장로, 권사, 집사 등 교회 간부들의 헌금은 갈수록 태산이고 교회는 대형화 고속도로를 달려갔다. 권력가들과 상부상조한 것은 물론이다.

그 와중에 머리 좋은 K목사는 또 하나의 이벤트를 젊고 유능한 이훈락 장로와 김성미 권사 부부에게 맡긴다. 40세 전후의 이 부부는 일류 대학 공과, 영문과 출신이라는 점을 과시라도 하듯 맞벌이 직장에서의 고속 승진과 세속 이재에 다 같이 능통했다.

"이 장로, 우리가 요즘처럼 외형 확대에 치우치면 신도들, 아니 세상 보기에 좀 민망스러울 수가 있어요. 성경에서 말하는 외식하는 자들이라고 말입니다. 속은 그렇다 쳐도 대 놓고 욕먹는 것은 피하는 게 좋아요. 그래서 말인데 교회 규모 늘린 만큼 우리 교회를 보는 세상눈을 긍정적으로 바꿀 신통한 사업이 없겠소?"

어느 날 K목사가 입을 떼자 이훈락은 거침없이 받았다.

"복지 사업을 크게 벌이는 거죠. 헌금 받을 명분이 생기고 교회 이름으로 하면 대기업들 협찬을 받을 수 있어요. 잘하면 수익사업 전용이 가능합니다. 관청은 자기 돈 안들이고 생색내고, 기업은 비용 처리로 세금 감면 받아 좋고, 우리는 사회복지 사업 첨병이 되는 거구요, 아무튼 일석 삼조 사업쯤 될 겁니다."

"좋은 생각이지만 복지 사업 범위가 하도 넓어서 대상을 좁혀야 할 것 같은데. 우선 퍼주는 복지는 생색이 덜 나요. 돈이고 의류, 식품 등은 한 번 주고 나면 끝이잖아. 가능하면 외형적으로 번듯하면서 오래 가고 사람들 눈에 잘 띄는 사업이 좋겠지. 또 거기 관여자들을 우리 교회에 영구히 묶어 둘 그런 사업 말이오."

"그렇다면 고아원, 양로원, 복지관을 직접 운영하는 게 낫지요. 어디 목 좋은 땅을 넉넉하게 사 놓은 뒤 복지 시설을 짓고 나머지는 교회 용도로 남겨 두는 것입니다. 복지 시설용이라면 세금도 감면받고 훗날 부동산 가격 상승을 기대할 수 있지요. 거기다 입양 사업까지 곁들이면 괜찮을 것 같습니다. 시설 활용도 되고 이를 활발히 추진하면 선진국 지원 받는 기회도 늘어납니다. 홀트 재단 같은 곳은 오랜 연륜과 전통으로 한국 전쟁 고아들을 수천 명이나 미국 유럽 등지에 보낸 성공적 사례지요. 그러다 인맥이 형성되면 선진국 종교계와 직통하는 길이 열립니다."

"그래, 그런 쪽으로 계획을 한 번 짜 봐요. 근데 내 생각에 당장 할 만한 사업으로 성지 순례가 어떨까 싶어. 중동, 터키 지역 관광도 겸해서 말이지. 아직 우리는 생소하지만 선진국에서는 크루즈 산업이 활발해서 장차 그런 방식의 성지 순례도 연구할 필요가 있소."

K목사는 이훈락 장로의 제안을 수용하되 중장기 과제라고 보고 우선 단기 사업으로 해외 성지 순례 아이디어를 제시한다. K목사 머리가 핑 핑 돈다고 젊은 이훈락 장로조차 혀를 찰 정도다. 군사 독재 정부 하에서 해외여행이 만만치 않은 때지만 K목사의 섭외력은 그쯤식은 죽 먹기다. 권력 실세일수록 마음이 가난한 자가 많은 법이다. 그 틈을 비집고 들어가는 선수 중 K목사를 제쳐 놓으면 섭섭하다.
거기다 신자들은 종교적 신비에 휩쓸리는 대중이라 목회자의 운전 방법에 따라 대규모 순례단 모집, 그것도 부유층 중심으로 어려울 게 없다고 이훈락은 생각한다.

"이스라엘이나 중동 지역 몇 나라는 내전 또는 종교 갈등 때문에 비자 얻기가 쉽지 않은데요. 종종 테러와 총격전도 벌어지고. 한마디로 안전 문제는 좀 걸립니다."

이훈락이 그래도 한 번 던져 본 우려를 K목사는 단칼로 잘랐다. 그가 40여 년 살아오며 성공한 방식은 일단 떠오른 생각은 저지르고 걱정은 발생하면 나중 해결하는 것이다. 그 점에서 이훈락은 아직 더 공부가 필요하다고 혀를 찬다.

"특수 사례를 일반화하면 안 돼요. 물론 리스크는 있지만 해 볼 가치가 더 크면 하는 겁니다. 또 지금까지 몇 몇 여행사에서 추진했던 실적은 나쁘지 않아요. 아무튼 우리 교회 이미지 향상을 위해 성지순례는 가급적 빨리 실천에 옮깁시다. 신자들 요청도 많으니까."

여기서 이훈락은 결심한다. 위험을 감수하고 자신이 직접 도전해 볼 가치가 있다고 판단했다. 더욱이 K목사가 이런 식으로 강하게 밀어붙이면 더 이상 반대해봐야 소용없다. 무엇보다 자신을 향한 K목사의 신뢰에 흠을 만들고 싶지 않다. K목사는 그의 영원한 멘토인 것이다.

"네, 인솔단장을 시켜 주시면 제가 대가 없이 치르고 오지요."

"잘 생각했어요. 지금부터 추진해서 늦어도 두 달 안에 출발하도록 합시다. 나머지 복지 사업은 그 동안 내가 초안을 만들어 놓을 테니까. 다녀와서 맡기로 하고."

K목사와 이훈락의 대화는 이것으로 끝난다. 그리고 두 달 뒤 이훈락, 김성미 부부는 총 66명의 성지 순례단을 이끌고 이스라엘과 중동으로 떠났다가 예멘 지역을 버스로 이동하던 중 이슬람 괴한들의 총격을 받고 공교롭게 부부 모두 사망하고 만다.

K목사의 순발력은 이때부터 빛을 발한다. 즉각 사고 처리반을 구성하고 현지 대사관 및 항공사와 연락, 부상자와 사망자 수습에 만전을 기했다. K목사는 시신 운구를 위해 직접 예멘 현지에 다녀오는가 하면 장례를 성대한 교회장으로 치러 한 치의 소홀함도 보이지 않았다.

그중 백미는 이훈락 부부의 두 남매를 자신이 직접 입양한 것이다. 하루아침에 부모를 모두 잃고 고아 신세가 되었던 남매는 곧 잘 나가는 대형 교회 담임 목사의 자녀로 호적을 정리했다. 이와 함께 대대적 입양 사업을 교회 총력 차원에서 벌이며 그 명칭마저 '이훈락 사업'으로 한 것이다.

교회 신도들을 비롯한 사회적 여론은 K목사의 덕을 기리기에 바빴다. 그리고 내심 진정성도 있었다. 슬하에 아들 하나를 이미 둔 그였지만 '이훈락' 유자녀를 입양해 봤자 2남 1녀다. 게다가 자신의 친아들이 별로 두드러지지 않았다. 착하고 정직만 했지 속세적 영리함과는 거리가 멀었다.

반면 이훈락의 자녀는 유아 때부터 뛰어났다. 자랄수록 총명함이 돋보였다. 일류대학교 법과 대학 상급반에서 사법고시 준비 중인 이훈락의 장남, 아니 이제는 어엿이 자신의 아들이 된 재준에게 어느 날 K목사가 넌지시 물어 봤다.

"재준아, 고시 준비는 잘 되어가니?"

"그냥 시간표대로 열심히 공부하고 있어요. 매일 매일 아버님께 실망을 드려서는 안 된다고 다짐하고 있습니다. 사법고시 합격이 곧 은혜에 보답하는 길이니까요."

재준은 담담하게 대답했다. 다시 K목사가 물었었다.

"아니, 내 말 뜻은 그런 게 아니고 사법고시 패스, 그러니까 판·검사나 변호사 직업이 너한테 맞는지 알고 싶은 거야."

이때 재준의 눈이 갑자기 빛났었다. 기대에 찬 눈이었다. 그리고 주저하며 입을 떼는 것이었다.

"저한테 선택권이 있다고 생각해보지 않았어요. 고등학교 시절 우수한 성적으로 입학한 대학 때문에, 그리고 아버님이, 돌아가신 친아버지까지 포함해서 두 분 다 저에게 사법고시를 원하는 줄 알고 공부해왔는데요. 갑자기 물으시는 이유라도 있으신지?"

재준의 역 질문을 받고 K목사는 비로소 안도의 숨을 내쉬었다. 이 정도면 재준이 마음을 바꿀 수가 있겠구나 확신이 든 것이다.

"너 혹시 신학대학에 다시 갈 생각은 없니?"

K목사는 단도직입적으로 파고들었다. 여유를 주지 않고 몰아친 것은 머리 좋은 재준이 계산해서 대답하는 것을 피하기 위해서다. 반응은 즉각적이었다.

"안 그래도 아버님께 한 번 여쭤 보려던 참입니다. 어려워서 그동 안 미뤄 왔는데 마침 잘 되었네요. 사실 저는 아버님처럼 목회자 길 을 진작부터 가고 싶었습니다. 무슨 망발이냐고 꾸중 들을까 봐 기 회를 보던 중이지요."

기대 밖의 긍정적인 대답에 K목사는 뛸 듯이 기뻤다. 솔직히 후 계자 삼을 욕심으로 친아들을 신학대학에 보낸 건 실수였다. 욕심도 없고 자질도 모자랐다. 그런 친아들의 후견인으로 재준을 키우면 배 신할 아이는 아니라는 생각이 들었다.

그 뒤 이재준은 법대를 중퇴, 국내 신학대학 재입학, 미국 신학대학 박사 학위 등을 거쳐 2000년대 들자마자 S교회 수석 부목사로, 이어 K목사가 70대 넘어 은퇴하자 정식 S교회 담임 목사가 된 것이다.

이런 내용의 보고서 전반부를 최동혁 신부는 흥미진진하게 읽었 다. 시간 가는 줄 몰랐다, 빨리 읽기 아깝다, 등의 표현이 바로 이런 경우라는 생각이 절로 들었다. 최동혁 신부는 집중력을 키우기 위해 잠시 뜸을 들였다. 종잡기 어려운 얘기의 전개 방향을 어림짐작하고 있을 때 마침 심지순이 커피잔을 들고 들어온다.

최 신부가 반갑게 그녀를 맞는다. 어떻게 이런 신출귀몰의, 보고서 작성을 했는지 칭찬과 신뢰에 가득 찬 눈길을 보내자 심지순은 수줍게 웃었다. 한마디로 용하고 기특하고 갸륵했다. 신부 신분만 아니면 냉큼 안아 주고 싶은 마음이 굴뚝같다. 아, 하느님, 황급히 그는 성호를 긋고 커피 잔을 들어 한 모금 마신다.

"도대체 누가 이런 자료를 만든 거죠? 경위라도 좀 압시다."

최동혁의 간절한 말에 심지순은 묘하게 웃기만 한다. 최동혁 신부는 재촉하듯 눈길을 계속 준다. 후반부 읽기에 들어가기 전 대강의 경위를 듣고 나면 보다 이해하기 빠르리라는 생각이다.

"신부님 고민을 들었을 때 번개처럼 떠오른 사람이 있었어요. 제 친구 중에 이채영이 알죠. 노래 잘하고 글 잘 쓰고 예쁘고, 정치에도 관심 많은 만능 E대학 교수 말씀이에요. 신부님 친구인 명동 대성당 이채구 신부가 첫째 오빠이고 둘째 오빠는 검찰청 검사를 지내다 스스로 옷을 벗은 이채강 사립탐정소 소장 아닙니까. 얘기 들었을 때 바로 그 둘째 오빠 생각이 났어요. 검사 시절 귀신도 잡는다는 소문의 셜록 홈즈 뺨치는 추리 수사관 말입니다."

"아, 이 신부 삼 남매야 모두 잘 나가는 가톨릭 명가 수재들 아닌

가. 첫째 이채구 신부는 신학 대학 동기생으로 가끔 만나는 처지지만 둘째 이채강 검사는 좀 괴짜 같지 않소? 검사 되기도 어려운데 거기서도 날리던 솜씨가 제약 받기 싫다고 덜렁 사표를 던지고 나오다니. 정 싫으면 판사로 돌거나 조촐하게 변호사 개업을 하는 게 정석인데 사립탐정은 아무래도 이상해. 그게 우리 법률로 아직 정식 허용된 업종도 아닌데 말이오."

"채강 오빠는 취미가 초등학교 시절부터 성경 읽기와 탐정 소설 독파였지요. 자기는 한국판 셜록 홈즈가 되는 게 꿈이라고 입버릇처럼 말해온 머리 비상한 괴짜인 것 맞습니다. 명탐정이 되어서 권세가, 졸부의 불의를 응징, 사회정의를 이룩하겠다고 늘 말해 왔어요. 그런 사람한테 상하가 엄격한 검찰 조직은 멍에였지요. 사립 탐정소는 말이 그렇지 정식 간판 건 것은 아니고 개별적 자문 정도나 비밀스런 특수 분야를 골라 조사하는 것 같았어요."

최동혁이 쉽게 수긍한다. 한국 사회도 이제 그만큼 다양화해 간다는 반증의 하나다. 단 한 번의 인생, 직업의 귀천, 보수보다 하고 싶은 일을 자기 식대로 한다는 게 얼마나 소중한가. 검찰에서 주어진 일을 의무적으로 한다면 그게 아무리 성과가 커도 좋아하는 일과는 다르다. 인생 힐링을 강연과 저술로 풀어온 경험자로서 최 신부는 고개를 끄떡이며 다음 얘기를 재촉한다.

"신부님께 고민 말씀을 듣자마자 바로 채강 오빠에게 전화를 했지요. 설명을 듣더니 반응이 의외로 빨리 왔어요. 곧 만나자는 겁니다. 이런 일은 빠를수록 좋고 마침 자신도 일부 성직자들의 최근 눈살 찌푸리는 행태에 관심을 갖고 자료를 모으고 있었던 참이래요. 아마 이채구 신부님에게서 평소 무슨 말을 들어왔던 것 같아요. 준비된 사람을 운 좋게 만난 게 사건 수임과 수사가 일사천리로 진행된 경위입니다."

"경위도 중요하지만 어떻게 그리 빨리 K목사의 비리 증거를 잡아 냈는지가 더 궁금한 거요. 특히 천국 입국 심사 자료의 조작은 영계와 직결된 문제인데 그걸 밝혀내다니 정말 기적 아닌가? 이 검사가 하늘과 무슨 끈을 갖고 있지 않는 한 불가능할 것 같은데 말이요."

최동혁 신부의 궁금증이 다급해졌다. 지상과 천상에 걸친 사건 수사를 이처럼 단숨에 처리할 수 있다니. 단순한 성직자의 머리로는 도저히 그려지지 않는 그림이다. 레오나르도 다빈치에게 이런 상황을 그려보라면 어떤 그림이 나올까. '최후의 만찬' 비슷한 '천지 간 범죄'가 알맞지 싶다. 저승과 이승을 오가는 초월적 비리 아닌가?

"그러니까 채강 오빠는 수사 포인트를 잡는 데 귀신인 거예요. 아니 귀신도 놀라 자빠질 정도지요. 제 말을 듣자 마자 이건 영적 사건과 무관하지 않다, 뭔가 K목사는 천계와 통하는 루트가 있을 것이다, 라는 전제를 했대요. 그리고 즉시 유능한 보조 탐정을 시켜 K목사 몸과 주변에 도청장치를 심고 기다린 결과 바로 증거가 드러나기 시작한 겁니다.

믿기 어렵지만 그럴수록 가능한 것도 세상사 아닌가요? 도청과 녹음기에서 나온 K목사의 혼잣말이 심상찮아 주목해보니 뜻밖에 사람과의 대화가 아니었다는 겁니다. 귀신과의 대화, 아니 정확히는 그의 수호천사와 주고받는 말이었지요. 그런데 놀라지 마세요. 그 수호천사로 말하자면……."

순간 최 신부의 머리가 번쩍 빛났다. 처음 엘리사벳에게서 조사 의뢰를 받았을 때 자신도 그 생각을 하지 않았던 게 아니었기 때문이다. 자기에게 수호천사가 있다면 K목사처럼 유능하고 실적 좋은 대형 교회 담임에게도 충분히 가능성이 있는 것이다. 다만 주변에 녹음 장치 설치 등 조사 방법까지는 언감생심이었다.

"그 수호천사가 바로 테러로 숨진 이재준 목사 어머니겠지."

최동혁 신부가 가까스로 입을 열자 이번에는 심지순이 깜짝 놀란다. '도대체' '정말'의 그런 표정이다. 심지순에게도 이채강 탐정의 기발한 수사 기법은 놀라운 것이었다. 최 신부의 고민을 듣자마자 왕년의 수사 베테랑인 이채강 탐정을 생각해내고 사건 의뢰를 하긴 했지만 이렇게 빨리 거의 완벽한 결과가 나올지는 미처 몰랐다.

그런데 이번에는 최 신부마저 핵심을 짚어 내다니, 누가 머리 좋은 남자들 아니랄까봐. 심지순은 픽 웃고 대답한다.

"네, 맞아요. 도청 자료의 전 후 문맥을 보면 이재준 목사 부모의 사후 행적이 대강 그려진답니다. 그러니까 중동 성지 순례 중 총격 테러로 숨진 이훈락, 김성미 부부는 다행히 생전에 좋은 일을 많이 한 덕분에 무난히 천국에 들어갔겠지요. 더 좋았던 것은 천국 시민증을 받은 지 얼마 안 돼 한국 최고 컴퓨터 전문가였던 이훈락 장로가 실력을 인정받아 천국 입국 심사부에 근무하게 되었고, 김성미 권사는 천국에서 주요 인물로 관리하는 K목사의 수호천사가 된 겁니다. 여기서부터 불행의 단초가 열리기 시작하지요."

"이훈락 씨 부부가 자식 생각에 K목사 관련 비리를 저질러서라도 보은하기로 했군. 물론 제안은 K목사가 먼저 했을 테고……."

"척척 박사 아니세요? 아예 채강 오빠와 탐정 일 동업하셔도 되겠네요."

"그렇다면 한 번 더 추리력을 발휘해 볼까? K목사는 나이 70세 나이에 임박하면서 초조해지기 시작했을 테지. 목사 은퇴 나이를 만 70세로 잡을 경우 그 이상은 담임 목사하기 눈치 보일 것이고. 또 신체 건강 면에서도 여러 징후가 나타날 게 분명해요. 보통 사람들은 대개 그 나이에 자신 사후를 생각하기 마련이지.
  갑자기 죽었을 때 자신이 과연 천국에 갈 수 있을지 의구심을 갖는 것은 유명 목회자일수록 더 그럴 거야. 자신 만만한 생활을 했던 사람이 한 번 의문에 빠지면 헤어나지 못하고 확신범이 되기 쉬우니까. 한참 고민할 때 마침 이재준 목사 어머니 김성미 씨가 수호천사로 K목사를 방문하는 거야. 거기서 해답을 얻었겠지."

"그러니까 김성미 씨는 자기들 유자녀를 K목사가 입양해 최고 교육을 시키고 결국 S교회 담임 목사까지 키워 준 은혜에 보답해야 한다고 생각한 거지요. K목사가 부탁하는 천국 입국 심사 자료의 일부 수정쯤 큰 범죄로 여기지 않았을지 모릅니다. 거기다 K목사는 당시 잡신과 무속, 불교가 대종이었던 한국에서 기독교를 놀랍게 키운 최대 공로자니까 그런 분의 작은 실수쯤 용서받을 수 있다고 판단했겠지요. 결국 김성미 씨는 남편 이훈락 장로를 설득해 K목사의 비행 일부를 고친 겁니다."

최동혁 신부는 심지순과의 대화로 보고서 후반부 내용을 거의 파악했다. 그 사이에 커피를 몇 잔째 거듭 마셨다. 머리속이 쏴 소리를 내며 하얗게 변하는 기분이 들었다. 어쨌든 가뿐하다.

"이채강 탐정에게 점심 한번 하자고 약속 잡아 주세요. 아, 친구 이채영 교수가 합석하면 더 좋고요. 분위기 메이커로 이 교수만한 여인 본 적이 없어요. 의뢰 사건의 대가는 요구액보다 더 보내세요. 긴급 조사비 명목이면 청구해도 이상할 것 없습니다."

보고서 말미에 몇 장 더 붙어 있는 수사 참고용 부록은 잠시 숨을 돌린 뒤 볼 요량으로 최 신부는 심지순에게 그만 나가도 좋다는 의사를 보낸다.

혼자 남은 방 안에 적막감과 함께 심지순의 엷은 향수 냄새가 그리움처럼 코끝을 맴돈다. 갸름한 얼굴에 웃고 있는 가는 실눈과 오똑한 코, 도톰한 입술 모양이 천장에 남아있는 듯하다. 다소 피곤해 부록은 나중 볼까 하다가 내친 김에 펴들고 만다. 일이 밀리는 게 질색인 그의 천성이다.

부록은 A4용지 5매 반 분량에 1, 2, 3, 4 번호를 매겨 오늘 날 한국 교회 치부를 적나라하게 나열했다. 일부 대형 교회 성직자들의 엄청난 봉급과 그밖에 개인적으로 회계 처리 가능한 액수, 연간 헌금 등 수입 지출 내역, 어마어마한 성전 건축비와 얽힌 부조리, 비리 사연 등이 빽빽하게 차있다.

예컨대 S교회는 연간 헌금액 600억 원, 담임 목사 연봉 7, 8억 원에 연간 가처분 비용 20억 내지 30억 원, 부목사 연봉도 1억 원 수준이다. 그런데도 세금은 거의 안 낸다. 또 다른 체인형 S교회는 연간 헌금액 1천억 원 설을 뒷받침하듯 홍보용 매스컴 회사를 비롯한 계열사들이 즐비하다. 이들을 담임 목사 직계 자식과 충성파 목사, 장로에게 맡겨 경영해오다 부실화하자 관계자끼리 소송에 걸려 사법처리 대상에 올라 있다.

또 다른 초대형 S교회는 담임 목사가 학력, 학위 논문 위조 파문 속에 3천억 원 이상 공사비를 투입, 지역 랜드 마크식 바벨탑 교회를 신축하며 지하 대지 불법 침입 여부로 시끄럽다.

보고서와 부록을 다 훑어본 최동혁은 새삼 마음을 다 잡는다. 이래서는 한국 기독교, 아니 세계적으로 그리스도교의 복음 사업은 한계를 가질 수밖에 없다. 지상에서 영원으로 번지는 부패와 비리를 더 이상 방관해서는 안 된다. 당장 새 마르틴 루터식 개혁이 한국에서부터 팡파레를 울려야 하는 것이다.

우선 지상 교회의 부패가 하늘나라까지 미친다는 경악할 사실을 천국에 알리는 게 시급했다. 어찌 이게 K목사와 이훈락, 김성미 부부 사이에서만 일어난 일일까? 더 확산되기 이전에 고리를 끊어야 할 것이다. 최동혁은 연락책으로 수호천사 엘리사벳이 지정한 창가 파랑새를 생각해냈다.

6. 우주센터

조지 앨러리 헤일은 집념의 사나이다. 그의 집념이 미국, 아니 전 지구의 우주 지평을 놀랍게 확장시켰다. 하지만 그의 성공적인 우주 개척은 개인적 집념 이외 또 다른 이유가 있다. 1868년 시카고 태생인 헤일은 태어날 때 금 숟가락을 물고 나온 부자다. 게다가 그의 천부적 천체 물리학 자질과 집념을 알아본 멋쟁이 아버지를 가졌다. 당시 미국 엘리베이터 업계를 주름잡던 헤일의 아버지는 프랑스 파리의 에펠탑 엘리베이터를 수주할 정도로 세계적 사업가였다.

이 때문에 20세기의 수차례, 세계 최대 망원경 제작 설치 기록 경신은 헤일 차지였다. 그가 1938년 집념의 마지막 사업인 200인치 망원경 완공을 보지 못하고 죽은 것은 애석한 일이다.

하지만 그는 천국에서 오자마자 보상을 받았다. 그가 죽어 천국에 올라오자 마침 공석이던 천국 우주센터 소장에 즉각 임명된 것이다.

천국이 시간과 공간 제약을 받지 않는 4차원 이상 세계라는 선지자들 말에 천국 주민들은 별 관심이 없다. 일단 죽어 영혼으로 왔지만 육신을 입고 마치 지구 최고 좋은 지역에서 생활하는 것처럼 살기 때문이다. 그러니까 실제 생활은 시공간을 다 느끼며 살고 있는데 누군가 천국이 인간 마음속에 있다던가, 어느 다른 고차원 세계에 있다고 주장한들 상관없다고 편하게 생각한다.

다만 만약을 위해, 특히 지구와 인간의 미래를 위해 우주 연구는 꼭 필요하다는 것이다. 지구로 미복잠행을 자주 즐기시는 하느님과 각자 맡은 지상 인간과의 연락 때문에 빈번히 지구 여행을 해야 하는 수호천사들에게는 더욱 그렇다. 웜홀을 통해 또 다른 깊은 우주 여행이 가능하다는 연구가 나오면서 우주의 신비는 더욱 끝없이 멀고 황홀해 보이는 것이다.

하지만 우주센터를 보는 야고보 총리 의견은 매우 인색했다. 복잡하게 우주 연구를 따로 할 필요가 없다는 것이다. 우주 내 천국과 지구, 연옥 등 위치를 따져 봤자 공연히 일거리만 더 만든다는 식이다. 천국과 천체 운행에 관한 한 하느님이 어련히 알아서 잘 하실 터인데 공연한 기구를 자꾸 만들어 예산 낭비 할 이유가 없다고 했다.

이 때문에 우주 센터는 그 동안 존재감을 상실한 채 소장 자리가 오랜 기간 공석이어도 채울 줄을 몰랐던 것이다. 우주 연구는 걸음마를 계속할 수밖에 없었다. 헤일의 등장은 이런 분위기를 일신한다. 직원들 넋이 나갈 정도로 맹렬히 일을 벌여 나갔다.

망원경은 멀리 있는, 또는 희미한 빛을 모아 안 보이는 물체를 볼 수 있게 하는 장치다. 18세기 아이작 뉴턴이 배율 높은 실용적 망원경을 만들어 활용하기 시작했지만 오랜 동안 초보 단계를 벗어나지 못했다. 조지 헤일이 이 벽을 깨고 나섰다.

미국 MIT 공대에서 공부한 헤일은 약관 24세에 시카고대학 조교수로 부임한다. 시카고 지역 재벌 헤일 가의 재력으로 만든 당시 세계 최대 12인치 망원경이 켄우드 천문대에 설치되자 이를 탐낸 하퍼 총장이 과감히 그를 초빙한 것이다.

물론 사람과 켄우드 천문대를 한 묶음으로 엮어서다. 사설 켄우드 천문대를 대학에 기증하고 교수로 취임한 그에게 대학은 다시 42인치짜리 망원경 설치를 제안했다. 12인치 경험자에게 42인치는 욕심 이상이었다.

이때부터 대형 망원경 설치가 경쟁 시대를 맞았다. 전차 사업으로 돈을 번 여키스가 40인치짜리 망원경을 설치하자 1897년 미국 철강왕 카네기는 60인치 망원경을 만들었다. 이어 1919년 100인치짜리 망원경을 윌슨 산 천문대가 받아 활용, 한동안 세계를 제패했다.

밤하늘 우주를 아름답게 빛내는 별들의 비밀은 지름 큰 망원경이 계속 건설되면서 갈수록 속살을 드러냈다. 마침내 1928년 록펠러 재단이 팔로마 천문대에 역시 헤일의 지도 아래 200인치 망원경 설치를 결정한 때문이다.

만년에 들어 헤일의 승리는 장비를 넘어 뛰어난 인재 발굴로도 이어진다. 1919년 윌슨 산 천문대 시절 그는 에드윈 허블이라는 천재적 우주 과학자를 영입, 키워온 것이다. 재력, 재능, 집념에다 인재 발굴까지 4박자가 맞아 떨어지는 쾌거를 만끽했다. 그러나 그의 우주 행진은 거기까지였다.

열망하던 200인치 망원경 설치 사업을 10년 이상 뒷바라지 하던 그가 공사 완공 1948년을 10년 앞두고 사망하고 만 것이다. 21년의 대역사를 보지 못하고 그가 지상을 떠나자 허블이 뒤를 이어 완공시켰다.

"헤일 소장 계십니까? 여기는 윌로윈 스테파노입니다만."

언제나 조용하던 우주센터 소장실 전화가 갑자기 울린다. 여비서도 자리를 비웠는지 계속 울리는 전화를 옆 방 부소장실 허셜이 들어왔다가 대신 받는다.

"아이구, 안녕하십니까? 총장님이 직접 전화를 하고. 저 허셜 부소장입니다만 헤일 소장님은 지금 자리에 안 계십니다."

소장실은 비어 있었다. 일벌레 헤일은 또 다른 우주 관측기구 설치 문제로 출장 여행을 떠난다고 했다는 것이다. 하지만 스테파노가 파악한 속내는 달랐다. 최근 부쩍 늘어난 소장 경질설에 대한 불만 표시로 최근 그의 행보가 불안정하다는 소문이 팽배했다. 진위를 알 겸 오늘 전화를 해 본 것이다.

허셜 부소장이 헤일의 부재와 여행 소식을 전한 순간 스테파노의 의혹은 더 커질 수밖에 없다. 불쾌감에 따른 의도적 여행 같기도 하고, 낭설이 나돌수록 더 열심히 일하는 모습을 보여야 할 때 자리를 비웠다면 강력한 타의로 보이기도 했다. 그 순간 스테파노는 혹시 하느님 잠행과 상관있는 게 아닐까, 생각이 미친다.

어떤 특수 과업 때문에 우주 센터 소장을 하느님이 수행시켰는지 모른다. 지난 며칠간 하느님의 잠적은 천국에 먹구름을 드리웠다. 고위 지도층 관계가 더 그랬다. 베드로 의장은 자주 짜증을 내고 하느님 소재 파악에 무심하다고 야고보 총리와 다투는 눈치다. 스테파노 역시 말은 안 해도 저기압 기분에서 벗어나지 못하고 있다.

이런 상황을 순식간에 떠올렸던 스테파노가 전화통을 붙잡고 재차 허셜 부소장에게 물어 본다.

"가신 곳을 혹시 아는지요? 긴급 연락 사항이 있는데."

하지만 허셜 부소장의 대답은 여전히 싱거웠다.

"아마 서북 고원 산악지대로 가셨을 겁니다. 이번 여행은 지름 500인치 이상 고성능 우주 망원경 설치 자리를 찾는 게 목적이라고 들었습니다. 아무래도 우주 먼지가 적고 탁 트인 곳이 계속 팽창하는 우주와 먼 별을 보는 데는 최고이지요."

"그건 그렇고 하느님 잠행과 관련해서 최근 총리실에 따로 보고 드린 적은 없습니까? 하느님 후광이 우주 어디쯤에서 빛난다던가, 혹시 그 장소를 알면 얼마나 떨어졌는지 등에 관해서 말이지요."

스테파노는 허셜 상대로 우주센터의 관찰 기능을 시험하기로 한다. 하느님 후광 얘기가 나오자 허셜이 갑자기 쌩쌩해진다.

"아, 물론 했었지요. 저희 1차 관측에 의하면 태양 은하계 내부에
는 분명히 안 계신 것 같다고 말씀 드렸었습니다. 하느님 후광이 전
혀 보이지 않거든요. 2차 관측 보고도 제가 했지만 역시 절망적이었
습니다. 전에는 은하계 바깥이라도 웬만하면 후광이 강력하셔서 쉽
게 발견되곤 했었는데 이번은 달라요. 아무래도 하느님께서 일부러
광도를 확 낮추신 것 같습니다. 짐작이지만 비밀 작업을 하시는지
모르겠네요."

"정보부 보고에 의하면 아마쿠사 시로라는 일본 출신 천국군 장성
1명이 경호 차 따라간 것 같다는데 그에 관한 정보도 없구요?"

"그분 정도라면 하느님 후광에 가려 더 보이지 않습니다. 만일 지
구 태양 은하계 밖으로 나가셨다면 거리가 원체 멀어서 누군가가 수
행하기 쉽지 않지요. 빛의 속도인 초당 30만 km로 달려도 몇 십, 몇
백만 광년을 가야 할지 모르는 곳이 수두룩합니다. 하느님이 꼭 필요
해서 특별히 '영'의 속도, 그러니까 '영속'을 부여하신다면 모르지만."

"천국의 승용차 '날쌘 틀' 갖고는 어림도 없겠네요."

"그거야 최고 속도가 광속의 반 밖에 안 되는데 애당초 불가능합
니다. 이 때문에 우주센터 장거리 정밀 망원경에 의한 천국 밖 관찰

필요가 더 커지는 겁니다. 직접 갈 수 없다면 자세히 보기라도 해야 겠지요. 시공간을 넘나드는 '웜홀' 연구도 더 박차를 가해야 할 줄 믿습니다. 속도 혁명을 위해서."

"아무튼 베드로 의장님 이하 원로원 걱정이 태산 같습니다. 행정부와 정보원, 우주센터 모두에 우려가 커요. 벌써 며칠째입니까. 무엇보다 하느님 소재 파악이 시급한데 헤일 소장이 새 망원경 설치 장소 때문에 며칠씩 감감무소식이라면 상식 밖이지요. 당장 연락 가능하게 조치 부탁합니다."

스테파노는 일단 허셜 부소장을 좋은 말로 달랬다. 우주센터와 원로원이 조직상 상하관계가 아닌 이상 함부로 닦달하기 어렵다. 직제상 상하관계 일지라도 개별 관계는 철저히 수평적으로 다뤄진다. 그만큼 천국에서는 자유, 평등, 박애 정신이 모든 것에 앞선다.

이에 따른 결과물로서 희, 노, 애, 락의 경우 기쁨과 즐거움은 괜찮지만 노엽고 슬픈 것은 여기서도 문제다. 다행히 천국에서는 분노와 슬픔의 기간이 길지 않다. 대부분 하느님이 해결해 주시겠지, 믿고 있으면 절로 해결이 되는 것이다.

스테파노가 또 허셜 부소장을 의식하는 것은 그의 과거 이력도 헤일 소장 못지않아서다. 거기다 헤일 소장 부재중 우주센터와의 연락 대상이 어차피 그일 수밖에 없다면 잘 지내는 게 상책이다. 그렇게 생각하니 정작 허셜과 그동안 너무 소원했다.

긴 세월 동안 기껏해야 오늘처럼 한두 차례 전화 통화한 게 고작이다. 먼빛으로 행사장 같은 데서 보기는 했어도 개인적으로 얼굴 맞댄 일이 없다. 원로원 사무총장과 우주센터 부소장이란 직책과 위계를 떠나 원만한 소통을 위해 한 번쯤 만났어야 한다고 반성한다.

스테파노는 결국 빠른 시일 내 식사라도 한 번 하자고 제안하며 전화를 끊었다. 동시에 서가에서 두툼한 고위 공직자 인명록을 꺼내 우주센터 부소장 윌리엄 허셜 항목을 찾아본다. 그의 인상은 부드럽고 합리적이었다. 융통성도 있어 보였다. 엘리트 의식에다 권위적인 조지 헤일 소장과는 달랐다.

그런 선입견 까닭인지 '윌리엄 허셜' 이력을 읽어 가는 스테파노의 입술이 슬그머니 벌어진다. 조지 앨러리 헤일이 20세기 초대형 망원경의 대가라면 프레데릭 윌리엄 허셜은 18세기에 초보적 망원경을 갖고 세계 천문학계를 주름잡은 사나이다. 거의 2세대를 앞선다. 태생은 독일 하노버인데 19세 때 일찌감치 영국으로 이민, 음악교사로 생업을 삼다가 별 보기에 빠져 들어 어느덧 음악은 집어치운다. 음악을 별로 승화시킨 것이다.

허셜은 손재주가 좋아 직접 금속을 녹여 반사경을 만들고 거울 표면을 갈아 망원경을 만들었다. 거기다 평생 독신인 여동생 캐럴라인이 조수 뒷받침까지 하니 금상첨화다. 1781년경 통 길이 6미터짜리 당시 최대 망원경으로 그는 천왕성을 최초 발견한다. 이어 길이 12미터짜리 망원경이 개발되자 지구 은하 모양을 둥근 원반과 같다고 발표했다.

천왕성의 이름을 보는 순간 스테파노는 얼마 전 저녁 식사 자리에서 정약종 아우구스티노와 나눴던 한담이 떠오른다. 밤하늘에 별들이 꽉 차 있던 역시 별밤이었다. 검정 비단에 보석처럼 빛나는 하늘을 쳐다보던 정약종이 뜬금없이 농담을 건넸던 것이다.

"스테파노 님, 이승의 당신들 나라에서는 어렸을 때 별자리 이름, 특히 태양계 아홉 개 행성들 이름을 어떻게 외웠나요?"

"응, 우리 때는 태양계를 구성하는 목성 토성 천왕성 등 9개 행성 모두가 발견되기 전이라 그런 암기법을 배우지도 않았지요."

"그럼 지금은 어때요?"

정약종은 집요했다.

"글쎄, 요새 우리 고향 초등학교 교육 방법을 들여다보지 않아 모르겠지만 뭐 꼭 외울 필요가 있을까요? 스마트폰 몇 번 누르면 지구 행성 이름쯤 금방 알 수 있는데 말입니다."

스테파노의 이런 썰렁 응수에 정약종은 갑자기 노래하듯 "수, 금, 지, 화, 목, 토, 천, 해, 명." 하고 운율조로 말한다.

"그게 뭔데요? 주문 아닌가요?"

스테파노의 반문에 정약종이 점잖게 대답했다.

"그건 태양에서부터 가까운 순서로 수성, 금성, 지구, 화성, 목성, 토성, 천왕성, 해왕성, 명왕성이 있으며 그 아홉 개의 태양계 행성을 외우기 위해 각 행성의 첫 글자를 따서 만든 한국식 초등학교 암기법을 말하는 겁니다. 제가 어렸을 때도 근대식 학교라는 게 없어 몰랐던 일인데 요즘 대한민국의 경제 성장을 이끈 세대는 그렇게 외웠다네요. 중학교 입시 단골손님이라 어렸을 때 이런 식 노래로 외워두면 평생 잊어버리지 않는답니다."

두 사람이 다 허허허 크게 웃었다. 20세기 후반 한국이 정치 경제적으로 도약한 게 그런 별난 암기법에서 유래했는지 모른다. 배달민족 5천여 년 긴긴 역사를 불평등과 가난 속에 찌든 조선에서 살았던 정약종의 경우 비약적으로 발전한 현대 한국은 너무 자랑스러웠다.

그의 생각에 조선은 세종대왕 아니, 세조 때까지면 충분했던 왕조였다. 그 이후 반 상의 계급, 가난, 모략, 당파 싸움으로 역동의 산업혁명기를 흘려보낸 세월이 너무 아까웠다. 오죽하면 정약종처럼 살 만한 양반까지 이승보다 사후 천국을 갈망했었을까? 순조 이후 대원군까지 천주교 박해는 한민족의 수치였다.

빈곤과 착취의 시절 천주교는 새로운 대안이었다. 사랑과 평화, 평등과 박애라는 단어가 교리 곳곳에서 숨을 내뿜었다. 1786년 정약종 의원이 가톨릭에 입교하기 전 이미 조선에 자생적 천주교의 기틀은 마련되어 있었다. 정약종의 배다른 맏형 약현의 처남인 이벽에 의해서였다. 키가 8척에 무쇠 백 근을 든다는 장사, 성호 이익으로 부터 머리가 뛰어나 장차 큰 인물감이라는 평가를 받았었다.

이벽은 병자호란 직후 청나라에 인질로 잡혀 가는 소현 세자를 수행, 심양에 갔던 그의 고조 할아버지 이경상이 귀국하며 가져온 한문 천주 교리를 읽고 또 읽었다. 그런 낙원 세상, 그런 천국 이념이 있다는 게 믿겨지지 않았다.

'만민은 평등하며 하느님과 이웃을 사랑하면 젖과 꿀이 흐르는 천국에 간다.'라는 한마디가 그의 가슴을 정조준해 꽂혔다. 정약종의 매제 이승훈이 북경 사절단 일원으로 따라 갔을 때 그로 하여금 현지 성당에서 한국인 최초로 세례를 받게 한 것도 이벽이었다.

한바탕 너털웃음 끝에 정약종이 갑자기 회한에 잠기자 스테파노는 조용히 기다렸다. 자신이 태어났던 조선의 가난과 핍박, 지금의 발전한 대한민국을 오버랩 시키며 현대 한국의 치열한 교육열과 묘한 암기법까지 자랑스러워할지 모른다고 이해했다.

조만간 천왕성 발견자 윌리엄 허셜과 식사 자리가 마련되면 이 암기법을 꼭 전해줘야지, 자신이 발견한 별 이름을 한국 초등학생들이 나름 개발한 독특한 방법으로 외워 일생 간직한다면 얼마나 즐거워할까, 생각하며 스테파노는 인명록을 서가에 꽂았다.

7. 마이클 박(朴)

　　바오로 감사원장은 성경을 읽다 말고 뜻밖의 손님을 반갑게 맞이했다. 신약 성경 절반쯤은 사실상 바오로 자신 얘기로서 대체로 사실과 부합하지만 본인 생각에 가끔 미진한 구석이 드러난다. 그래서 틈틈이 구약과 외경들을 뒤지고 옛 구약 시대 선지자들을 노인 공동체인 실버 타운에 찾아가 면담하는 등 정성껏 보완하는 게 요즘 그의 취미 생활이다. 좀 지루했던 탓일까, 이날따라 정약종 원로원 정보위원장과 이승훈 대배심법원 수석 판사의 동반 방문이 아주 즐겁다.

　　"어서들 오시게. 여기 저기 불려 다니느라 바쁠 텐데 나까지 이렇게 찾아 주어 고맙군. 우리 이판사가 아우구스티노와는 친구 사이지. 두 사람 함께 보니 오늘 횡재 만났네."

"여기서는 친구지만 지상에서는 처남 매부 사이였습니다. 오는 길에 들러 시간 나면 같이 찾아뵙자 고 제가 청을 넣었지요."

두 사람은 권하는 자리에 앉으며 바오로 원장의 환대에 답했다. 언제 보아도 위엄은 있지만 불편한 자리가 아닌 바오로 원장 스타일이다. 저런 분이 어떻게 초대 교회 시절 예루살렘에서 그리스도 교회를 심하게 핍박했었는지 궁금할 정도다.

바오로 이름으로 바뀌기 이전 그의 이름은 사울로, 유태교 최고회의 지령을 받아 그리스도인들을 가차 없이 잡아들여 감옥으로 보냈다. 심지어 지금 원로원 사무총장 스테파노가 2천 년 전 예루살렘 유태교 최고회의에서 주님을 향한 명연설을 날린 뒤 처형 지시를 받은 결정까지 지지했었다.

선지자 바오로 이전 박해자 사울로가 악명을 떨치던 초대교회 시절 최초 순교자의 영예를 안기는 순간이었다. 예수님 다음의 순교 영광, 그걸 사울로가 축하해준 셈이나 다름없다. 그래서인지 바오로와 스테파노 관계는 누구보다 돈독했다.

"디모테오 비서실장은 안보이네요? 겸사겸사 보고 싶었는데."

정약종이 말하자 바오로가 이마에 주름살을 짓는다.

"응, 내가 우주센터에 직접 좀 가보라고 일렀네. 스테파노 총장 전언에 의하면 앨러리 헤일 소장의 종적도 지금 묘연하다는군. 말인즉

슨 새 우주 망원경 설치 장소를 찾으러 출장 여행을 떠났다는데 행선지를 아는 이가 없다네. 혹 하느님 수행을 한 것은 아닌지 몰라. 그랬으면 다행인데, 헤일 소장은 일벌레 성격이라 건강을 많이 해치고 독선적이 되었다는 성토들이지. 도대체 이런 뒷담화 자체가 마땅치 않아. 야고보 총리가 행정부 산하 기강을 좀 더 다잡아야 하지 않나 걱정일세."

"초대 교회 시절 박해 받던 기억들을 모두 잊은 것 같아요. 그때 주님의 승천과 부활을 보고 12사도들은 어떤 역경에도 굴하지 않고 똘똘 뭉쳐 한결같이 순교를 불사했다고 들었습니다. 심지어 도마 같은 분은 아시아 선교를 위해 멀리 인도까지 가서 순교했지요. 초대교회 정신 재건 운동이라도 벌여야 할까 봅니다."

"말씀은 없으셨지만 이번 하느님 잠적 사태도 어쩌면 그런 경향과 관련 있지 않을까요. 자숙을 종용하는 일종의 경고랄까. 아니면 대대적 개혁 주문일지도 모르고요. 차라리 다마섹 가는 길에 사울로, 아니 바오로 원장님이 겪은 것처럼 직접 주님이 발현해서 말씀 해주신다면 좋으련만 지금은 그렇지도 않아요."

이승훈과 정약종이 교대로 쏟아 놓는 우려에 바오로의 얼굴에도 검은 구름이 낀다. 까마득한 옛날 자신이 그리스도 교인들을 마구잡이로 잡아들이던 시절이 떠오른다.

어느 맑은 날 바오로의 옛 이름 사울로는 그리스도인 디아스포라를 쫓아 다마섹(현 다마스카스)을 향해 빠르게 걷고 있었다. 기왕에 해 오던 것처럼 남녀노소 불문 체포하면 감옥에 가차 없이 넘길 참이었다. 도시에 거의 도착했을 때 문득 하늘에서 빛이 쏟아져 그를 강하게 비추었다.

사울로는 땅에 엎어졌다. 동시에 하늘에서 말씀이 들렸다.

"사울아, 사울아, 네가 왜 나를 이처럼 핍박하느냐?"

사울로는 강한 빛에 눈이 보이지 않았다. 그냥 애타게 되물었다.

"주님, 당신은 누구십니까?"

"나는 네가 핍박하는 예수다. 일어나 다마섹으로 가라. 거기서 네가 할 일을 알려 줄 것이다."

주님이 말씀하는 동안 주변 사람들에게 소리는 들려도 아무 것도 보이지 않았다. 이후 길벗들의 안내로 사울로가 겨우 도시에 들어갔으나 사흘 동안 보지도, 먹지도, 마시지도 못했다. 결국 예수가 현시로 말씀한 아나니아라는 제자가 사울로를 방문, 개안과 함께 세례를 주었다. 이때부터 사울로가 충실한 사도 바오로로 변신이다.

정약종과 이승훈은 지금 그때의 이적을 말하는 것이다. 바오로 자신에게 일어났던 이적은 물론 사도들, 특히 베드로가 보여 줬던 리따에서의 중풍 환자 에네아 일어나게 하기, 요빠에서 이미 죽은 여성 제자 다비타 살려 내기 등이 얼마나 많은 사람들을 주님께 돌아오게 했는지 상기시키는 것이다.

그도 아니라면 차선책으로 복음 사업 강화를 서두를 때가 아닌지 묻고 있었다. 이를테면 지구촌 한국에서 최동혁 신부가 주님 말씀 중심의 힐링 책들을 저술, 베스트셀러로 펴내고 강연으로 인기 팽배한 것 등은 선교 사업의 바닥을 다지는 행위다.

교회가 더 큰 교회 짓기에 열중하는 대신, 넘치는 강요성 헌금을 가난한 이들에게 나눠 주는 경쟁을 촉발하자고 제안하는 것이다. 이를 효과적으로 진행하기 위해 지구촌과 천국의 정보 교류 채널을 만들면 어떻겠는지 물었다. 바오로는 이들 의견에 즉시 동의했다.

"자네들 생각처럼 지금대로라면 지구촌과 천국 모두에게 위기가 닥친다고 봐야 하네. 만물은 변하고 있어. 변화가 늘 좋게 일어난다고 긍정적으로 본 것은 아리스토텔레스의 형이상학적 관점이지 실상은 꼭 그렇지 않아. 나쁘게도 변하고 최근에는 그 정도가 심해졌어. 최악의 경우 하느님 심판을 불러올지 모르네. 비극은 사전 차단이 최선이야."

바오로의 말은 현상을 설명하는 것이다. 지금 겉으로 조용해 보이는 천국의 일상이지만 내부에서는 변화 목소리가 끊이지 않는다. 기원 후 2천여 년, 이끼 낀 우물처럼 고여 있는 천국은 아름답고 평화로운 분위기 가운데 어딘가 생기 부족, 일종의 나른한 졸림 현상으로 흘러가고 있기 때문이다.

이는 하느님의 돌연한 잠적으로 후광이 약해져 시들한 요즘 특수 상황과는 다르다. 그 이전부터 기류가 그랬다. 단적으로 천국 주민 수 답보가 이를 웅변한다. 하느님이 설계한 천국은 넉넉하고 풍요롭다. 하지만 새 주민 진입이 드물다면 얘기는 달라진다. 매일 보는 그 얼굴이 그 얼굴, 그 일이 그 일인 천국 생활을 영생한다고 생각해보라. 끔찍할 것이다. 똑같은 매일의 반복은 권태와 통한다.

하느님이 지구 창조, 우주 창조를 하시면서 생물의 번성을 강조한 이유를 되짚어 보라. 생기 때문일 것이다. 꼬물꼬물 움직이는 생명력, 곧 넘치는 생기다. 넓은 벌판에는 얼룩빼기 소가, 시냇물에는 송사리 떼가, 깊은 산에는 뭇 짐승이, 하늘에는 온갖 새가 날아야 생기가 돌 듯이 천국 마을에는 주민이 그득해야 웃음소리 만발할 게 아닌가.

그런데 듬성듬성 흩어져 있는 천국 마을은 세월이 가도 변함이 없다. 지구 사람이 죽고 죽어도 지옥행 열차만 만원이기 때문이다. 천국행은 가뭄의 콩 나기다. 지구 인구가 2015년 현재 70억 명을 과시한들, 2050년경 100억 명에 이른다 해도 사후 천국행이 별로라면 비극의 씨앗만 더 많이 잉태할 뿐이다.

"아브라함은 소돔과 고모라에 대한 최후 심판에서 하느님과 두뇌 게임까지 벌이지 않았습니까. 의인 50명만 그 도시에 있어도 징벌하지 않겠는가, 여쭤 허락을 받았고, 그 뒤 계속 줄여 황송하게도 최종 10명까지 제시합니다. 불경스럽게 하느님과 거래했지만 '좋으신 하느님'은 끝내 참으셨어요. 결국 의인 10명도 못 채워 도시는 용암에 뒤덮이고 말았는데 지금 우리가 그런 지경입니다. 지구와 천국 복음 사업에 박차를 가할 획기적 대책이 필요합니다."

이승훈이 바오로에 맞장구를 치자 이번에는 정약종 차례다.

"최후 심판은 악인과 마귀를 박멸하기 위한 마지막 수단입니다. 그 와중에 선한 사람들까지 희생되겠지요. 노아의 홍수 때 멋모르고 물에 빠져 수장된 선한 이들이 얼마나 많았을까요? 최후 심판보다는 지옥, 연옥, 천국에 관한 정보를 신비주의에 맡겨 두지 말고 지구인들에게 적극 알리는 게 낫다는 거지요. 천국과 지옥이 관념적인 게 아니고 실제 존재한다는 사실 말입니다. 그런 취지에서 어제 원로원 베드로 의장님과 스테파노 사무총장님, 저 3인이 '영계인간' 제도에 관해 논의를 해 봤습니다. 결론은 해 보자는 것이지요, 그걸 말씀 드리려 오늘 찾아뵌 겁니다. 일단 공론 시작이니까 당분간 물밑 작업이 좋겠다고 했지만 원장님께서는 아셔야 한다고 양해들 했지요."

"알겠네. 좋은 일을 벌이기 전에 소문부터 나면 배가 산으로 가기 쉽지. 나도 함구할 테니 그냥 더 말해보게."

바오로가 선선히 수긍하고 이승훈 베드로 쪽을 본다. 그도 알고 있느냐고 묻는 눈치다. 얼른 정약종이 대답한다.

"아뇨, 지금 처음 하는 얘기입니다. 여기 와서 바오로님께 보고 겸 이승훈 베드로와도 의논할 참이었지요. 이 판사가 옛날부터 아이디어가 많고 발이 넓거든요."

"한국인들끼리, 또 동시대 친척들 사이라 얘기가 잘 통하는 모양이군. 두 분 다 수재들이니까 어려운 일들 함께 처리하면 효과적이겠지."

바오로는 이해한다는 듯 조용히 웃는다.

"원장님은 혹시 18세기 스웨덴 출신 과학자 스베덴보리를 아시는지요?"

"응, 잘은 모르지만 이름은 들어봤네. 영계 탐험가로서 복음전파에 명성이 자자했던 분, 지금 천국 어디에 계신가? 기회 있으면 한번 뵈어야 할텐데."

바오로가 알은 체 하자 정약종이 말을 계속 잇는다.

"외식주의와 매너리즘에 빠진 21세기 지금이 바로 그런 인물이 필요하다고 보는데 원장님 의견을 듣고 싶은 거지요. 영계인간을 선정해서 하늘나라의 실재를 홍보하는 겁니다. 반신반의하는 사람들에게 확신을 주려면 사회적으로 존경받는 인사가 천국을 직접 보고 가서 증언하는 것처럼 효과적인 게 없다는 판단입니다. 하지만 대상 선정이 쉽지 않군요. 혹시 원장님께서 추천하실 인물이 없겠습니까?"

"글쎄, 막연히 누구라고 말할 게 아니라 현실에 비추어 어떤 종류 사람이 필요한지를 먼저 따지는 게 순서 아닐까? 직업, 나이, 국적, 활동 상황, 믿음의 강도 등 고려할 게 많을 것 같은데."

"무엇보다 믿음의 깊이가 가장 우선적 요인이 되어야 합니다. 그러니까 그리스도를 위해 순교 이상의 자기희생적 각오가 단단한 사람을 골라야 하겠지요. 그런 기초가 되어 있는 사람을 전제로 어느 특정 국가, 인종, 피부색에 빠지지 않아야 한다는 겁니다."

"말이야 쉽지만 그런 인물을 선정하는 일이 만만치 않네. 찬성하는 쪽은 그렇다 쳐도 구태여 그런 인물을 만들어 영계의 신성함을 훼손해선 안 된다고 반대하는 측은 갖가지 야릇한 이유를 댈 거야. 그러니 다방면에서 숙고할 문제지."

"그렇습니다만 지금 같은 비상 상황이라면 시간 여유가 그리 많지 않습니다. 저는 이거 저거 심하게 따지기보다 우선 저질러 놓고 봐야 한다고 보는데요. 혹시 부작용이 나오면 그때 개선하면 됩니다. 하느님이 잠적했다고 우리 할 일을 손 놓고 있기보다 하루 빨리 영계인간을 정해서 지구촌 복음화 사업을 강화하는 게 옳지요. 또 압니까? 하느님도 영계인간 소식을 반가워하실지 모릅니다. 뭔가 변화를 추구한다는 자세 자체에 대해서 말이지요."

바오로와 정약종의 대화를 가만히 듣고 있던 이승훈이 이때 작심한 듯 끼어든다.

"정 아우구스티노가 오늘 나를 대동시킨 걸 보면 마음 속 대상이 이미 좁혀져 있는 것 같은데 어떤가? 더 이상 말 돌리지 말고 시간 절약상 빨리 핵심으로 들어가세."

그제서야 정약종이 멋쩍게 웃고 대답한다.

"역시 이 베드로는 머리 회전이 화끈하게 빨라 좋다니까. 원장님, 외람되지만 결론부터 말씀 드리겠습니다. 그러니까 스테파노 총장 얘기는 마땅한 영계 인물로 한국인 중에 누가 없느냐는 것이었지요. 그것도 토종 한국인보다는 국제 감각이 남달라 한국인의 열정을 충분히 과시하면서 동시에 세계적 안목을 가진 인물 말입니다."

"한국인이어야 하는 이유는?"

"원래는 개신교 최대 국가인 미국이나 가톨릭 인구가 1억 6천만 명이 넘는 남미의 브라질에서 찾는 게 적당할지 모르지요. 인구의 85%, 7천 500만 명이 가톨릭인 필리핀에서도 가능하고요. 그럼에도 굳이 한국인으로 대상을 좁힌 이유는 간단합니다. 한국이 중국 일본 사이에 낀 지정학적 위치 때문이지요. 인구 14억 명을 넘는 군사, 경제 대국 중국 선교가 계속 걸음마 단계이고 인구 1억 3천만 명에 세계 3위 경제 규모를 자랑하는 일본은 크리스천 숫자가 겨우 45

만 명 정도, 가뭄에 콩 나듯 입니다. 반면 같은 피부, 동일 한자 문화권의 한국은 인구의 3분의 1이 크리스천이고요. 해외 파견 선교사 수만 해도 2014년 현재 1만 5천 명을 돌파, 미국 다음으로 많지 않습니까? 한국인 영계 인간이 중국과 일본에 미칠 영향은 실로 대단할 겁니다."

"일리가 있네. 한국은 어찌 보면 구약 시대 이스라엘을 닮은 구석이 많아요. 율법에 꽤 근접하면서 해석은 제각각이라 파도 많고 말도 많은 나라지. 민족성도 창의적이고 진취적이고 부지런한 것을 어떻게 그리 빼 닮았는가. 하지만 그리스도 국가로서 우뚝한 것은 분명해. 나 역시 한국인 영계인간 선정에 한 표 던지겠소."

바오로가 고개를 끄덕이며 이승훈을 바라보자 즉각 화답한다.

"한국인 영계인간은 일본 중국을 넘어 복음 황무지 북한 선교에도 큰 도움이 될 것입니다. 김일성 3대 독재 국가인 북한에 전시적인 교회, 사찰이 몇 군데 있지만 다 체제 유지용 장식품들이지요. 한국과 세계의 원조를 받기 위한 편법 수단이기도 하구요. 북한 백성들의 처참한 현실이 어느 의미에서 기독교 선교에 더 도움이 될지도 모릅니다. 조선 왕조 5백년의 비참했던 시대 상황이 천주교를 죽음도 불사하고 받아들이게 했듯이 말이지요."

"그렇다면 구체적으로 한국인 중 누가 좋을지가 관건이네. 자네나

나나 조선 땅을 떠나 온지 2백 년이 넘지 않았나. 지상과의 정보 교류가 너무 없었어. 정치 경제적으로 국제적 위상이 커진 한국을 틈틈이 들여다봤어야 하는데 소홀했거든. 어디 마땅한 사람 없을까. 빠를수록 좋다는데."

정약종이 답답한 듯 한숨을 내쉰다. 그때 이승훈이 무릎을 치고 나선다. 역시 머리 회전이 빠른 조선 땅 제1호 세례자답다. 어디서나 1등, 최초는 뛰어나고 중요하다.

1780년대 조선의 천주교가 중국에서 들여온 한문 교리 책만 갖고 씨름할 때, 그러니까 천주교를 나 홀로 터득한 이벽 요한이 벽에 부딪혀 고민할 때, 반짝 아이디어 제공자가 바로 이승훈 베드로였다.

청나라 베이징에 조선 사절단 대표로 떠나는 그의 아버지를 수행, 거기 신부에게서 세례를 받아 오겠다고 자청했던 것이다. 천주교 교리상 영세자도 신부가 없을 경우 대리 세례를 줄 수 있기 때문이다.

이승훈은 베이징에 가는 길로 그곳 성당을 방문, 예수회 소속 주교를 만난다. 누구의 소개도 없이 스스로 찾아와 영세를 청하는 이승훈을 참 신기하게 보고 주교는 한문 필담을 통해 교리 시험을 보았다. 결과는 탄탄했다. 영세 받을 자격이 넘치고 넘쳤다.

이때 상황을 이승훈이 영세 받은 다음 해 1785년 베이징에 온 구베이 주교는 로마 교황청에 보낸 편지에서 '이승훈에게 사절로 온 아버지의 승낙과 동의를 얻어 세례를 주었답니다.'라고 만 전임자 역할을 간단히 보고했다. 자신이 직접 주지 않았기 때문에 이승훈의 세례 전말을 상세히 기술하기에는 한계가 있었을 것이다.

아무튼 당시 이승훈은 베드로란 세례명을 받고 귀국, 조선 천주교 원조 이벽에게 요한이란 세례명과 함께 '대 세례'를 주었다. 자생적 한국 천주교의 금자탑이 세워진 순간이다. 그랬던 이승훈이 지금 또 활로를 터주고 있는 것이다.

"바로 어제 천국의 사무 착오로 죽어 여기 잘못 왔던 한 한국인 신부를 만나 흥미진진한 말을 들었지요. 그를 다시 지구에 돌려보낼 귀환 절차 때문에 사망 착오 경위, 돌아가서 주의할 점 등을 듣고 지적하다 나온 얘기인데 그의 친구 가운데 특이한 전도사, 부흥사가 있다는 겁니다. 괴짜 개신교 목사로서 설교 솜씨가 뛰어나 구름처럼 추종자들을 몰고 다니고 안수 기도로 병자까지 여럿 고쳤다네요. 요즘처럼 이적이 목마를 때 신통한 일 아닙니까?"

바오로와 정약종이 동시에 흥미를 보인다.

"아직도 사무 착오로 저승에 잘못 오는 사람이 있다니 한심하네요. 그것만 보아도 천국의 대대적 개혁이 시급합니다. 아무튼 그 괴짜 목사 얘기를 자세히 해 봐요. 이적이 없으면 바티칸 교황 출신도 복자, 성인 반열에 오르기 힘든데 기도발이 먹히고 안수 효과를 본다면 대단합니다. 그 사람 성별, 이름, 출신 지역, 나이는 몇 살이나 되었나요?"

먼저 바오로가 물었다.

"마이클 박이라고 한국계 미국인입니다. 개척교회 중심으로 미국에서 사역을 하는데 최근 이름이 알려지면서 한국은 물론 유럽 각국에까지 초청 받아 목회 강연을 하지요. 나이는 50대 중반, 부인과 아들 하나의 엔지니어 출신입니다."

이승훈의 대답에 정약종이 다시 묻는다.

"그럼 단순한 토종 한국인보다 글로벌 감각이 꽤 있겠군. 미국 국적을 가진 한국인이라, 나이도 적당하고 아주 딱 알 맞는 것 같은데 그 사람 이적이란 게 증명할 수 있는 것인가? 증인은 있고?"

"뭐 죽은 사람을 살려 내고 앉은뱅이를 일으키며 눈 먼 사람이 보게 하는 그런 수준은 아닌가 봐. 하지만 심장병, 두통, 관절염 환자, 우울증 병자들에게 그의 안수가 효능을 보인 것은 확실하다네. 머리에 손을 얹고 이마를 쓸어 주며 아픈 무릎, 배에 손을 대고 기도하면 곧 치유된다는 거야. 더 큰 장점은 철저히 작은 교회주의자인 점이지. 큰 교회 초청보다는 작은 교회 먼저 찾아 가고 자신의 개척 교회도 1천 명 신도를 넘지 않게 관리한다네. 적당히 커지면 나누는 천주교식인데 그보다도 더 작게 쪼개는 것이지."

이승훈의 차분한 설명에 바오로가 고개를 끄덕인다. 마음에 드는 눈치다.

"원래 신학교 출신인가?"

정약종이 계속 묻는다.

"아니 원래 한국에서 서울대 이공계열을 졸업하고 도미, 뉴욕 콜럼비아 대학 물리학 석사를 취득한 뒤 쭉 엔지니어 계통에서 일했대. 최종 경력으로 미국 항공우주국 나사에서 우주정거장 제작 등에 참여했다네. 아마 거기서 광활한 우주를 들여다보며 신의 외경을 느꼈는지 모르지. 어느 날 갑자기 나사에 사표를 내고 신학대학에 재입학, 사제의 길로 진로를 바꾼 거라네."

"이승훈 베드로 얘기를 들으니 일단 합격인데 만나보고 결정해야 하겠지. 만일 선정된다면 대단히 중요한 사람이야. 천국과 지구의 대화 통로니까. 고인 물이 썩는다고 천국과 지구가 예수님 부활 승천 이후 2천 년 간 내부적 문제를 많이 일으켜 왔음에도 별로 개선되지 못한 현실 아닌가. 개혁하려면 정확한 정보가 필요해. 단 개혁 대상의 주체인 천국 행정부 쪽에 먼저 알려져서는 곤란하겠지. 반드시 반대 목소리가 나올 테니까. 자네들도 야고보 총리의 고집과 급한 성미는 잘 알지 않나."

정약종과 이승훈은 마주 보고 슬며시 웃는다. 바오로 원장이 누구를 음해해서가 아니라 야고보 총리의 사도 시절 일화를 자기들에게 알고 있는지 묻는 것이라고 이해한다. 야고보는 원래 예루살렘에서

부유한 집 출신이다. 직업이 어부라 하나 진짜 노동자 출신 베드로 등과 같은 고용 어부이기보다 부리는 경영자 쪽으로 분류된다. 아버지 제대비오의 어장에서 삯꾼 어부들과 일할 때 그 자리에서 거들던 야고보가 예수의 부름을 받았던 것이다.

그러니까 12사도의 부름 순서로 본다면 베드로, 안드레아 형제 뒤에 바로 야고보, 요한 형제가 뒤를 따른다. 요한은 예수님의 사랑을 누구보다 듬뿍 받았고 재정적인 면에서 예수님 활동에 따른 뒤 처리를 많이 했던 것으로 알려진다.

야고보 어머니 살로메도 요새 말로 치마 바람이 좀 거셌던 모양이다. 아들 형제 일이라면 물 불 안 가린 듯싶다. 이 때문에 벌어졌던 해프닝은 지금까지 두고두고 회자된다. 예수님 섬기는 데 모자가 지극 정성이었으나 세속적인 출세에도 관심이 컸던 것이다.

"주님 당신의 나라가 오는 날, 제 두 아들을 좌우에 두고 보살펴 주십시오."

어느 날 시중 들던 살로메가 갑자기 예수님 앞에 엎드려 이처럼 청을 넣었을 때 얼마나 황당했을지 상상해보라. 출세 보장을 원하는 현대 세속 엄마와 다를 게 없다. 예수님이 지상에서 황제나 임금 자리를 차지할 것으로 오인했던 살로메가 그에게 두 아들을 청원한 것은 실소를 자아낸 토픽감이다. 예수님이 이스라엘 임금 자리에 오르면 자기 아들 형제를 오른편과 왼편, 조선식 벼슬로 따져 좌의정, 우의정의 주요 자리에 앉게 해 달라고 간청했던 것이다.

하느님 나라는 그런 게 아니라고 타일렀지만 막무가내였다. 이 결과 나머지 사도 10명과 분규까지 빚었던 사실을 바오로는 지금 기억하는 것이다. 그런 우여곡절을 거친 야고보가 지금 천국의 총리다. 좌의정 우의정 정도가 아니라 아예 영의정을 꿰찬 셈이다. 물론 이는 살로메의 부탁 때문이기보다 율법주의 구약을 넘어 신약 시대 출범에 따른 조건과 야고보의 행적을 감안한 결정일 것이다.

형식적으로는 원로원 의원총회의 투표 결과다. 당시 하늘궁전의 총리 인준 제안서는 멋졌었다. 그중 한 대목은 야고보의 순교 직전 외친 기도에서 끌어 왔다. 그는 당시 형장에 끌려가면서도 비아냥대는 유태인 형리들을 향해 "평화가 그대와 함께."라고 기도했던 것이다. 그리스도의 진수를 대변한 이 문구는 지금도 천주교 미사 축문에 어김없이 쓰인다.

야고보가 총리로서 하느님 오른편에 앉아 있는 동안 아우 요한은 지구 지하의 지옥 감시부장으로 외지에 나가 있다. 동명이인인 세례 요한 지옥 관리위원장이 도와주지만 늘 사탄들을 대상으로 씨름하는 힘든 자리다. 거친 지옥 관리자로서 그곳의 나쁘게 머리 좋은 사탄과 악마들을 상대해야 한다.

처음에 무리한 부탁으로 분규를 빚었던 어머니 살로메도 나중 예수가 골고다 처형장에 끌려 갈 때 끝까지 추종, 순교 현장을 지켰다. 결과적으로 훌륭한 사도 가족의 모범을 보였으나 그렇게 2천 년 이상 흘러오며 나타난 세월의 흠집을 보는 게 주변 안타까움인 것이다.

"저희가 돌아가는 대로 사무 착오로 저승 입구에 온 한국 신부를

마이클 박 **107**

다시 만나 보겠습니다. 그가 말하는 마이클 박이 적정 인물로 판단되면 지구 귀환 즉시 본인 의사를 타진해보라고 하지요. 그가 승낙할 경우 바로 천국 여행을 주선하렵니다. 때론 마이클 박 목사의 신성을 좀 더 보완시켜 이적 범위까지 넓혀 주면 효과가 클 테지요. 물론 하느님 재가 사항이지만."

"시간이 없네. 어차피 일을 벌였으면 지금 당장 시작하게. 출타 중 하느님이 귀환 즉시 보고할 수 있게 바싹 당겨 봐. 아이디어가 좋으니까 주님도 반겨 하실 걸세."

"그럼 결과가 나오는 대로 즉시 연락 올리겠습니다."

정약종 아우구스티노와 이승훈 베드로는 말을 끝내고 바오로 원장실을 나오며 마음이 급해진 느낌을 받는다. 뭔가 상층부 기류가 빨리 움직인다는 생각 때문이다.

8. 달콤한 유혹

동료들이 퇴근한 빈 사무실에서 이훈락 장로는 멍 하니 천국 입국 심사부 중앙의 대형 스크린을 보았다. 지구촌의 영화관 대형 스크린과 꽤 닮았지만 엄청나게 크다. 아내 김성미 권사와 대학 선후배로 만나 교회 사역을 하면서 연애하던 시절 서울의 일류 극장들을 무시로 드나들었지. 한때 영화감독을 꿈꾼 일도 있었다. 아니 촬영 기사라도 좋았다. 머리 회전이 빠르고 손재주가 좋은데다 기계 만지는 솜씨가 뛰어났으니까.

김성미는 열심히 사는 그런 그를 사랑했다. 마침내 대학을 졸업하자 생활이 불안한 영화판보다 안정된 직장인 재벌 컴퓨터 회사에 취직했다. 원래 소질이 있는데다 유명 강사들을 찾아다니며 열심히 사사 받은 결과 한국, 아니 세계 어디 가도 빼어날 최고의 컴퓨터 도사가 되었다. 회사에서 승승장구 30대 중반 젊은 나이에 임원 승진과 더불어 K목사 주례로 사귀던 김성미와 결혼했다. 이어 곧바로 머리 좋고 예쁜 남매를 둔 것은 보너스랄까.

하지만 거기까지였다. K목사 권유로 갑작스런 성지순례를 떠났다가 그만 부부가 함께 변을 당한 것이다. 천국 입국 심사부, 오늘 이 자리까지 오게 된 경위가 생각하면 너무 단순하다. 지상에서 자기만큼 그리스도 신자로서 충실한 삶을 산 사람도 드문 터에 왜 그런 변을 당해야 했을까. 원인을 알 수 없는 점은 지금껏 그를 괴롭히는 트라우마였다.

지난 며칠이 악몽 같았다. 감히 천국 시스템에 손을 대다니, 자신의 만용이 믿어지지 않는다. 트라우마에 대한 무의식적 반발이라고 그는 꿈에도 생각하지 않았다. 죄 짓는 게 불만 또는 불행의 원인 불명을 해소하는 방법일 수는 없다. 아무튼 그는 해치웠다. 고민하고 고민하던 끝에 결단을 내린 것이다.

서울 강남 소재 S교회 K목사가 요청한대로 그의 지구촌 이력서 중 일부 나쁜 항목을 수정한 것이다. 작업은 간단했다. 천국 입국 심사부 컴퓨터에 저장된 K목사 이력서 글자 몇 개와 문장 몇 구절을 손질함으로써 가능했다. 그리고 방금 전에 그 내용을 스크린에 띄워 거듭 확인했다. 이제 K목사는 사망과 동시에 바로 천국 주민이 될 것이다. 처음 발단은 아내 김성미였다.

"여보, 아이들의 장래와 보은을 생각합시다."

어느 날 그날따라 일이 밀려 피곤하게 퇴근한 날, 베네딕토 수녀원에 다니는 아내 김성미 권사가 진작 집에 돌아와 있다 은근히 남편에게 말을 걸어왔다.

"뜬금없이 무슨 말이오?"

이훈락이 묻자 아내는 더 은밀하게 접근한다.

"솔직히 우리가 인간으로 살아 있던 한국 서울에서나 천국에 와서 누구 못지않게 하느님께 충실한 삶을 살아온 것 아닌가요? 성지 순례 중 테러 때문에 천국에 왔으니까 어떻든 우리는 순교한 셈이나 다름없다고 봐요. 위험지역에 성지 순례단을 이끌고 갔던 책임자로서 말이에요."

"그게 어때서. 당연한 일 하다가 좋은 곳에 왔는데 무슨 말이오?"

"잘 아시면서 왜 그래요. 그러니까 우리가 조금만 궤도 수정을 해보자는 거지요. 우리 애들을 생각해서 꼭 해야만 해요."

몇 마디 대화가 더 오고 간 뒤 이훈락은 아내 김성미의 본뜻을 알아챈다. 처음에 그는 펄쩍 뛰었다. 지금까지 그렇게 살아오지 않았다. 믿음의 그리스도 신자로서 부족함이 없이 살아왔다고 자부했다. 그 결과 죽어서 바로 천국에 왔던 것 아니던가.
또 천국에 와서도 핵심 부서인 입국 심사부에서 근무하고 아내는 베네딕토 수녀원에서 봉사하며 연고 있는 한국 유명 교회 목사의 수호천사가 되지 않았는가. 그런 처지로 자기 담당인 K목사의 인생 자료, 이력서를 고치자니 터무니없는 말이었다.

"안 돼, 어떻게 그런 죄받을 일을 생각하지?"

이훈락 장로는 펄쩍 뛰었다.

"이게 꼭 우리 좋다고 하는 얘기인가요. 성장기 한국에서 교회를 확장하기 위해 저지른 목사님의 사소한 과오쯤 뭐가 그리 큰 잘못인가요. 대형 교회 건축과 신도 수 확장은 결과적으로 하느님 나라 식구를 그만큼 늘렸다는 얘기인데 헌금 낭비나 교회 정치 등 세속적인 잘못 몇 개 저질렀다고 뭇매 때리는 것은 옳지 못해요. 그보다는 지옥 갈 사람들을 선도해서 천국에 끌어 온 공로가 더 큽니다."

아내가 논리적으로 설득해도 이훈락은 끄떡하지 않았다. 복음 사업 활발히 한 것과 비리는 엄연히 달랐다. 매섭게 거절할 뿐이다.

"K목사의 수호천사가 그런 부당한 청탁이나 받아 갖고 다닌다는 것을 부끄럽게 아시오. 도대체 수녀원에서 뭘 배웠단 말인지. K목사님도 그러면 안 돼요."

여기서 아내 김성미의 결정타가 터졌다.

"아니, 그럼 당신은 은혜도 모르는 사람 아닌가요? 우리가 죽었을 때 우리 애들을 거둬준 분이 누굽니까. 그걸 잊었다면 천사는커녕 인간도 못됩니다. 자신의 호적에 올려 친자식처럼 키우고 정성껏 교육시켜 지금 서울 유수의 대형 교회 잘 나가는 담임 목사까지 만들어 준 사람을 모른 체 사소한 비리만 따지면 안 되지요.

그러니까 우리 경우 애교로 보고 약간의 손질쯤 괜찮을 거에요. 친자식보다 우리 아이에게 교회를 물려준 은인 목사님입니다. 그런 분을 우리가 돕지 않는다면 벼룩 낯보다 못하지. 당초 세례 요한 지구촌 관리 위원장님이 왜 저에게 그분 수호천사를 맡겼을까요? 깊은 뜻이 있을 거에요. 필요악이란 말도 있습니다."

아내의 속사포가 터지자 이훈락은 두 손을 들고 말았다. 지구나 천국이나 여자 당할 장사는 없나보다. 도리 없이 자료에 손을 대고 말았다. 하지만 지금 텅 빈 사무실에서 홀로 스크린 앞에 앉아 있는 기분은 씁쓸했다. '엘리 엘리 사막타니(주여 저를 버리시나이까).' 속절없이 중얼거리며 성호를 긋는 수밖에 없었다.

그때 갑자기 스크린 왼쪽 위 귀퉁이에 작은 불빛 몇 개가 깜빡이다 사라지는 게 보인다. 아니, 완전 작동 중단시킨 스크린에 웬 깜빡이인가, 호기심에 스크린 엔터를 한번 친 이훈락은 후닥닥 놀라 자리에서 일어선다. 저건 분명 어디선가 해킹이 들어온 것이다. 누군지 천국 입국 심사 자료에 해킹을 시도하고 있는 게 틀림없었다. 자료 인출인지, 왜곡인지, 의도가 아직 불분명했다. 하지만 무슨 경우든 과거 보지 못한 이상이 생긴 것은 확실하다.

이훈락 장로는 고민에 빠졌다. 얼른 이를 상부에 보고하자니 막상 일이 커지면 자기가 손댄 것도 함께 드러날 가능성이 컸다. 생각 끝에 마음을 다 잡는다. 보고는 나중에 하더라도 지금 외부에서 침투, 작업 중인 해킹 주체 및 위치와 목적을 알아보는 게 급했다. 이훈락 장로의 손길이 빨라졌다. 자판을 부지런히 두드리는 동안 뛰던 가슴이 진정돼 갔다. 잘 하면 저지른 과오를 악질 불량 해킹을 잡은 공로로 보상받을 수도 있겠다는 기대가 교차한다.

어둠이 번진다. 태양도 없이 밤과 낮이 바뀌는 게 처음 천국에 왔을 때 얼마나 신기했는지 모른다. 이훈락 장로 부부는 천국에 도착한 날 그 황홀함에 놀랐다. 두 남매를 두고 온 슬픔도 처음에는 못 느낄 정도였다. 아니, 죽었다는 사실이 믿겨지지 않았다.

지구에서 모처럼 휴가를 맞아 산천경개 좋은 곳으로 가서 즐기던 풍경이 이만한 데 찾기 힘들다. 그러다가 고운 옷으로 치장한 천사들이 나타나 천국 생활에 대한 오리엔테이션을 하고 할당된 집으로 갔을 때 마침내 그들이 어디에 있는지 실감했었다. 그리고 서서히 자녀들을 향한 그리움이 솟기 시작했다.

만일 지금 이 자리에 재준, 재인 두 아이와 함께 있다면 얼마나 더 행복할 것인가. 성지 순례 테러 때 그들도 같이 죽었으면 좋았지, 하는 생각을 하다가 황급히 지우고는 했다. 말이 안 되는 소리다. 그애들은 지상에서 살다 올 자신의 생활이 있는 것이다. 태어난 만큼 멋지게 살고 오는 게 도리다.

두 시간 여 손목이 뻐근할 정도로 자판을 두드리고 나니 뭔가 가닥이 잡히는 것 같았다. 해킹의 목적은 분명했다. 천국 컴퓨터의 다운 의도이기보다 기존 자료의 대규모 수정이었다. 천국 입국 심사 자료를 조작, 천국에 오고 싶은 사람들이 지구에 널려 있다는 의미다.

성공한 재벌, 교수, 성직자, 권력자, 시위꾼, 예술가, 심지어 과학자들까지 가담한 듯 했다. 이들이 개인적으로 일을 추진하기에는 힘이 미치지 못한다. 결국 지구에 또 하나 신종 직업, 그것도 고수익 업종으로 천국행 열차권을 파는 직업이 탄생했음을 의미한다.

자료 수정을 해주고 엄청난 대가를 챙기는 것이다. 고도의 컴퓨터 실력자라면 시도해 볼만 하다고 이훈락 장로는 생각한다. 자신은 여기 앉아서 죄책감을 갖고 겨우 한 건의 자료 수정을 했는데 지구 해킹꾼들은 돈 받고 죄의식 없이 대규모 범죄를 저지르고 있다.

이는 단연코 막아야 한다. 천국의 실력이 이들을 능가하지 못한다면 체면이 말이 아니다. 자신의 범죄는 보은 차원에서 불가피하게, 단 한번 벌인 일이지만 지금 드러난 거대한 해킹 범죄는 천국과 지구 질서의 근본을 무너뜨리는 행위다.

이훈락은 뻣뻣해진 목을 좌우로 돌려 풀어 주며 의지를 다진다. 내일 아침 일찍 출근하는 대로 해킹 장소를 확인, 오히려 이쪽에서 그쪽 컴퓨터를 망쳐 버릴 것이다. 천국의 컴퓨터 실력을 물로 보다니 가소롭다. 어떤 녀석들이고 상대할 자신이 있다. 이훈락은 천국에서 당당히 명장 메달을 탄 실력자다. 흘낏 시계를 보니 자정을 가리킨다. 일단 귀가해서 내일 준비를 착실히 하기로 한다.

너무 늦으면 아내 김성미가 안절부절 하겠지. 자신에게 범죄 지시를 해 놓고 마음고생이 심한 것을 이 장로는 안다. 아무리 아이들 때문이라 해도 범죄는 범죄다. 역시 여린 여인의 마음이다. 그 여림 때문에 보호 본능 차원에서 그녀를 사랑했고, 결혼했고, 드디어는 컴퓨터 조작까지 저지르게 된 것이다.

비록 은혜 입은 K목사, 한국 기독교 발전에 지대한 공헌을 한 그가 원활하게 천국에 올 수 있게끔 돕기 위해 한 짓이지만 엄연히 해선 안 될 일이었다. 큰 공을 세워 지은 죄를 다소나마 덜어야 했다. 그 다음 하느님 은총을 빌어야 할 것이다. 자신을 너무 일찍 천상에 데려 온 트라우마 핑계도 대어 볼 것이다.

9. 엘리사벳

성인봉을 오르는 산길은 매우 가파르다. 해발 984m 수준이지만 동해 바다 한가운데 불쑥 솟은 작은 섬이라 만만치 않다. 숲은 우거지고 산새 소리가 요란했다. 당초 생각에 바다를 조망하며 등산한다는 설렘으로 독도 관광 대신 성인봉 산행을 택했지만 예상이 빗나갔다. 오르고 또 올라도 까마득한 산길과 우거진 수풀뿐이다. 바다는 보이지 않았다. 울릉도는 조선의 미욱한 왕들이 버렸던 한낱 바위섬인 줄 알았는데 의외로 수목이 울창하고 수려하다.

하긴 해안도 절벽, 내부도 벼랑 투성이, 변변한 평지라고는 겨우 나리분지 정도로 인구 1만 명이 살기에도 급급하다. 유명한 울릉도 호박엿, 큰 호박 심을 밭떼기조차 산을 조각조각 기운 듯 힘들게 얼굴을 내민다. 도동, 저동 등 뱃길이 열린 항구에서 조금만 벗어나도 인적이 괴괴하다. 오직 잎새에 이는 바람소리, 파도소리가 고작이다.

"오! 헬프 미, 살려 줘요."

해발 800m는 족히 넘을 정상 바로 못 미쳐 팔각정 인근에서의 다급한 여인 비명 소리다. 인적은 아예 없다. 대학 2학년 봄방학 때, 그러니까 79년 12·12 사태 이후 정국이 얼어붙고 대학가가 정중동 속에 잠겨 있을 때 최동혁은 정신적 갈등이 심했다. 전두환 군사 쿠데타가 성공하면서 갈수록 어수선해지는 시국이 그의 진로를 사정없이 흔들었다.

우수한 성적으로 입학한 서울대 공대 엘리트 코스를 그대로 밟을 것인지, 시끄러운 세상을 등지고 하느님이 부르시는 신학대학으로 옮길 것인지 고민을 거듭했다. 부모님과 주변 친척들 기대가 은연중 그를 옥죄어 왔다. 갈등이 나날이 깊어갈 때 나 홀로 울릉도 여행에 나섰던 것이다.

그리고 묵호에서 배를 타는 순간부터 시달렸던 뱃멀미가 지겨워 섬 일주와 독도를 돌아보는 바다 관광 코스 대신 성인봉을 택해 혼자 오르다 난데없는 비명 소리에 기겁한다. 촌각을 다투는 소리다.

순간 최동혁은 등에 진 배낭을 벗어 던지고 소리 나는 쪽을 살핀다. 길 아래쪽 10여m 지점에 건장한 두 사내가 한 여인의 옷을 벗기려는 모습이 들어온다. 밀고 당기는 모습이 처절하긴 해도 이미 승부는 난 셈이나 다름없다. 어, 이럴 수가. 위기의 순간이었다.

무술이라면 최동혁은 자신 있다. 장정 두 서넛쯤 쉽게 제압이 가능하다. 유도와 태권도로 단단히 무장한 실력이다. 중학교 때부터 자신의 갈 길을 어렴풋이 짐작한 그는 누구 권유 따위 받지 않고 도장에 다니며 무술을 연마했다.

자신이 정상적 사회인과 거리가 멀 것이라는 짐작에 호신술이라도 착실히 익혀 두자는 생각이었다. 그렇게 6, 7년 하다 보니 무술 관장까지 혀를 내두를 정도 실력이 됐다. 따져 보면 호신술을 익힌 사연이 얄궂다.

최동혁의 어릴 때 집은 서울 근교 구파발 지나 고양 쪽 신작로 변에 있었다. 차들이 오가며 뿌린 먼지로 늘 잿빛 횟가루를 뒤집어 쓴 것처럼 변색이 된 그런 지붕 얕은 집이다. 부모님은 거기서 농사를 지으며 한편으론 큰길가를 이용, 작은 구멍가게를 열어 놓았다.

어느 여름날, 그러니까 그가 중학교 갓 입학했을 무렵쯤이다. 등에 바랑 맨 스님 한 분이 가게로 들어와 사탕 한 봉지를 샀다. 어머니에게 돈을 건네다가 가게에 나와 있던 최동혁을 본 것이다. 습관적으로 흘낏 한 번 눈을 주고 시선을 돌리더니 무엇에 끌린 듯 다시 보았다. 그리고 고개를 돌렸다가 또 보고를 계속했다. 스님의 이런 행동에 언짢아진 최동혁이 서둘러 가게 밖으로 나가 버리자 스님이 최동혁의 어머니에게 나지막하게 입을 연 것이다.

"아이구, 정말 똑똑한 아드님 두셨군요. 관상이 참 좋습니다. 공부 잘 하지요?"

"공부야 말할 것 없고 둘도 없는 효자랍니다."

어머니의 자랑을 흐뭇하게 듣던 스님이 말을 계속했다.

"그렇다면 저에게 맡기실 생각은 없으신지요?"

최동혁의 어머니는 깜짝 놀랐다. 웬 마른하늘에 날벼락 같은 소리인가. 더구나 처음 보는 스님이다. 엉뚱했다.

"무슨 사연이 있는지 모르지만 지나는 말씀치곤 듣기 거북하네요. 우리가 아들 형제를 두었는데 저 아이가 맏이로 대를 이을 재목입니다. 말씀을 거둬 주세요."

불교 신자 어머니는 점잖게 거절했다. 농담으로 치부하기에는 너무 진지해서 함부로 대하기가 어려웠다. 또 스님 얼굴과 몸에서 범상치 않은 기가 흐르고 있음을 느끼기도 했다.

"아닙니다. 무례인줄은 알지만 아드님은 평범한 일상을 살 인생이 아닌 것 같아요. 얼굴에 씌어 있습니다. 보통 사람처럼 살다가는 단명하거나 치명적 실수를 하던가, 뭔가 안 좋은 일이 일어날지 모릅니다. 그냥 넘길 일이 아니지요."

스님은 물러나지 않았다. 드높은 하늘에서 바야흐로 낙하 준비를 마친 꿩 본 한 마리 매 같았다. 누구에게도 빼앗기지 않고 확실히 채가겠다는 의지가 충만해 보였다. 리차드 바크의 『갈매기의 꿈』이 높이, 더 높이 날아 멀리, 더 멀리 보는 것을 지향하는 것과는 반대다. 이 매는 그저 먹이를 향해 지상으로 빠르게 낙하하려는 것이다. 기세에 눌려 어머니가 한발 물러선다.

"데려다가 어찌 하시려구요?"

"큰스님으로 키우겠습니다. '사판(事判)' 아닌 '이판(理判)' 자리에 확실히 대성시키지요. 아니 이판사판 가릴 것 없이 다 할 수 있습니다. 저 정도 관상과 재능이라면 학승으로도, 사찰관리 행정가로도 뭣이든 잘할 수 있어요. 제가 지금 탁발은 나왔지만 그리 만만한 실력은 아닙니다. 맡겨만 주세요."

"스님이 된다면 덕승, 학승이 낫겠지요. 이판사판 세상인데 하고 마구 덤비다가는 아무 것도 못할 겁니다. 어느 절에서 나오셨는지요?"

"진관사, 보현사 등 소속을 따지는 뜻은 잘 알겠습니다만 그게 뭐 그리 중요합니까? 북한산 일대 절들, 나아가 전국 사찰치고 제 발길 닿지 않은 곳이 없습니다. 그래도 소속이 꼭 필요하다면 제가 마땅한 곳을 정해 아드님도 맡겨 놓고 저도 숙식하며 불도를 함께 공부하면 되지요."

"그렇다면 절부터 정해 놓고 나중 다시 오셔서 말씀하는 게 좋겠네요. 제일 중요한 건 본인 의사인데 그것도 확인해야 합니다. 오늘은 안녕히 가십시오."

스님이 떠나가고 한참만에야 최동혁은 가게로 돌아왔다. 그를 보고 어머니가 생긋 웃었다. 별로 기분이 나쁘지 않았다.

"동혁아, 너 스님 되라네. 생각 있니?"

"웬 스님? 나 과학자 된다고 진작 얘기했잖아요."

최동혁이 퉁명스럽게 대답하자 어머니가 바싹 다가선다.

"알아, 학교에서도 서울대학 갈 몇 안 되는 우수 학생으로 널 꼽고 네 희망이 먼 하늘을 연구하는 천체 물리학자라는 것도. 그런데 엄마는 스님 권유를 받고 좀 켕기는 게 있어서 그래."

"뭐가 켕겨요?"

"옛날 네 외할아버지 할머니께서 하신 말씀이 있어. 내가 어려서부터 좀 신기가 있었는데. 어떤 무당이 우리 집 앞을 지나다 나를 보고 외할머니한테 무당 만들어 주겠다고 했다가 혼 줄이 빠져 도망갔다는 거야. 외양간에 계시던 네 외할아버지가 그 말을 듣고 쫓아 나오셨거든. 한 손에는 곡괭이, 또 한 손에는 부지깽이를 들고 시퍼런 눈으로 내달으니 그럴 수밖에. 그런데 가끔, 아주 가끔 내 눈에 귀신, 또는 영 같은 게 보일 때가 있었어.
네 아버지가 젊은 날 한때 동네에서 대학 나온 처녀와 좋아 지낸

적이 있는데 그 사실을 귀띔해준 것도 실은 내 안의 어떤 영이었어. 아주 드물게지. 너무 드물게, 가뭄에 콩 나듯 보이니까 내가 설혹 무당이 되었어도 영험은 그리 많지 않았을 거야. 실력 없는 무당이 안 된 건 다행이나 이따금 내가 무당 노릇 했으면 어땠을까 생각은 들었거든. 그런데 오늘 너를 스님 만들겠다는 얘기를 또 들으니 묘한 생각이 드네."

"그럼 나도 신기가 보이나 보지. 모전 자전인가. 난 싫어."

"너 많이 유식해졌구나. 그냥 그렇다는 얘기야."

모자 대화가 끝난 다음 날부터 최동혁은 태권도 도장을 찾았다. 혹시라도 집을 떠나 혼자일 때 자신하나 지킬 호신술이 필요하다고 생각한 것이다. 물론 스님의 말 따위에 영향 받은 것은 아니다.

그러나 웬일인지 마음이 꺼림칙했다. 배워두면 다 쓸 데가 있겠지. 학교 수업은 전체 수석이나 다름없으니 빈 시간에 무술 연마쯤 못할 게 없었다. 수업이 끝난 가을 날 오후 찾아간 도장은 텅 비어 있고 관장님은 문간에서 졸고 있다 최동혁을 반색하고 맞았다.

원래 하루 한 시간짜리 지도 약속이지만 두 시간도, 세 시간도 마다하지 않았다. 도장에 다른 제자는 당분간 보이지 않고 최동혁이 유일하다시피 했으니 그럴 수밖에 없었는지 모른다. 하지만 꼭 그래서만은 아니었다. 그냥 관장 열의가 대단했다.

마치 신들리듯 그를 지도하는 기합 소리가 우렁차고 힘찼다. 다른 제자들을 끌어들이는 수단이 바로 최동혁과 씨름하는 것이라고 생각한 것 같았다. 배우는 제자 처지로서 이보다 더 좋을 수 있는가. 두 사람은 한 덩어리가 된 듯 했다.

2, 3년 정도 그런 식으로 매트 위에서 뛰고 구르다 보니 실력은 일취월장으로 표나게 늘었다. 그렇게 태권도 몇 단인가 따고 났을 때 관장은 이제 너는 됐다고 최동혁을 놔주었다. 그 때쯤 도장은 잘 굴러가기 시작했다. 공부도 잘하는 수재 최동혁의 출현과 일취월장 실력이 입소문 나면서 도장 입소 희망자들이 줄지어 나타난 것이다.

다음은 유도다. 여기서는 당초 환영 받지 못했으나 차츰 그의 태권도 실력이 유도에 응용되며 분위기를 띄우자 이곳 관장 역시 눈 여겨 보기 시작했다. 그리고 그 뒤 과정은 태권도 수련과 비슷이 진행된다. 학업과 병행한 몸 단련에 빈틈이 없자 여기 관장도 혀를 내두르고 말았다. 마치 친동생 지도하듯 온갖 열의를 다 바친 것이다.

그럼에도 고교 상급반에 올라갈수록 최동혁의 마음이 허전해진 것은 역시 신의 섭리일까. 유도 도장과 집을 오가는 길 언덕에 작은 성당이 있었다. 학교 수업을 마치고 도장으로 직행, 두 시간 이상 땀을 흘리다 돌아오는 귀가 길이 처음에는 뿌듯했다. 심신이 함께 강해지는 느낌을 받았다.

하지만 어느 날부터인가 가슴 한구석이 텅 비어가는 공백감을 느끼기 시작한다. 채워도 채워도 채워지지 않는 이 허전함은 도대체 무엇인가? 지향 없는 갈증은 끝이 없어 보였다. 그런 고민의 나날 문득 그의 눈에 언덕 위의 하얀 천주당 건물이 들어왔다. 절로 발길이 향한다.

입구의 성모 마리아상을 지나 성당 문을 열고 들어선다. 저녁 무렵 교회 채색 유리창에 비친 석양이 하늘의 빛을 여과 없이 전달하고 있다. 텅 빈 교회, 정면 십자가에 못 박힌 예수상이 보인다. 저도 모르게 무릎을 꿇었다. 양 손 모은 채 침묵의 긴 시간이 흐르자 그만 눈물이 쏟아지기 시작했다.

얼마나 그렇게 오래 앉아 있었는지 모른다. 살며시 닿는 손길이 어깨에 느껴졌다.

"학생, 집에서 걱정할 테니 이제 그만 가 보게."

흠칫 고개를 들어보니 신부님이었다. 작은 미소가 하느님을 닮았다는 생각이 든다. 눈가에 묻은 눈물 자국이 하늘나라 발행 증명서인 양 이제는 가슴을 펴고 신부님 뒤를 따라 밖으로 나왔다. 어느새 별 밤이었다. 총총한 별들이 자신을 축복해준다는 떨림이 온다.

"신부님, 신자가 되려면 어떻게 해야 하나요?"

"응, 6개월쯤 교리 공부를 하고 난 뒤 세례를 받아야 하지."

"당장 내일부터라도 받고 싶어요."

"기간을 정해 놓고 하니까 그때 다른 희망자들과 같이 받으면 되네. 집에 가서 기다리면 교회에서 연락을 해주지."

별빛을 찬란히 머금은 능소화 꽃나무 아래서 신부님의 얼굴이 평화롭다. 내 갈 길이 스님이 아니고 천주교 쪽이라고 타이르는 모습이다. 내게 큰스님을 만들어 주겠다고 장담했던 탁발 스님과 닮아 보이기도 한다. 생각도 해 보지 않은 현실이 지금 너무 자연스러운 게 차라리 이상하지 않은가. 성당 마당 입구 두 그루 향나무에서 뿜어 대는 향기가 마치 하늘에서 내려오는 축복 같았다.

돌연 그 축복의 기분을 울릉도 성인봉 산중 여인의 비명 소리가 순식간에 앗아간 것이다. 아니 비명 소리가 몽롱한 나홀로 등반 중 찰나적으로 가져왔던 그의 최근 사를 더 풍성하게 했는지 모른다. 아무튼 지금 그 향기는 간 곳 없고 현실은 너무 각박했다. 작은 성당, 신부님, 능소화, 총총한 별 밤, 하늘 향기는 사라지고 살벌한 산중 대결이 기다리고 있다.

대한민국 동해 외딴 섬 울릉도 성인봉의 해발 800m 지점, 등산 길목에 한 외국 여인이 '오, 헬프 미'를 외치고 있다. 그리고 주변에 그 여인을 구해줄 사람은 최동혁 자기 밖에 없다는 사실이 신기했다. 하느님이 호신술에 능한 자기를 이 자리에 보냈다는 예감이 든다. 순식간에 현장으로 달려간다.

약간 경사진 좁은 평지에 여인은 쓰러져 있고 바야흐로 한 녀석이 바지춤을 내리는 중이다. 다른 한 녀석은 여인을 반듯이 눕히려 애를 쓴다. 여인은 탈진했는지 거의 무저항 상태다. 최동혁의 거센 발길질이 엉거주춤 바지춤을 잡고 있는 녀석의 배와 무릎을, 여인을 눕히는 녀석의 턱에 정확히 가격된다.

두 녀석이 동시에 바닥에 구른다. 반격은 불가능했다. 이어 두 번째, 세 번째 가격이 연타로 들어간 때문이다. 당분간 움직이지 못하게 그들을 조치한 최동혁이 쓰러진 여인에게 눈길을 돌린다.

"아 유 올 라이트?"

최동혁은 여인을 들어 올리며 물었다. 파란 눈의 미모다. 실신하듯 늘어져 있던 그녀가 가만히 눈을 뜬다.

"나 괜찮아요. 쌩큐 쌩큐."

"한국말 알아요?"

"대강 알아요."

"다친 덴 없어요?"

최동혁은 묻다가 아차 했다. 여인의 허리 옆구리에 피가 흥건히 배어 나온 것을 본 것이다. 칼에 찔린 상처 같았다. 급히 옷을 헤집고 상처를 살펴본다. 깊이 들어간 것 같지는 않지만 피는 조금씩 계속 나오고 있었다. 여인의 얇은 바람막이 머플러를 이용, 단단히 상처를 조여 매 지혈한 뒤 최동혁은 여인을 들쳐 업었다.

날렵한 작은 몸매의 처녀라선지 깃털처럼 가볍다. 병원을 향해 내달렸다. 경사진 산길은 그의 단련된 육체와 한 생명을 살려야 한다는 의무감에 장애가 되지 못했다.

칼침은 오른쪽 옆구리를 엇비스듬히 걸쳐 들어갔으나 다행히 간과 췌장은 비켜 간 듯하다는 진단이 나왔다. 하지만 육지에 가서 큰 병원 정밀 조사는 필요하다는 것이다. 기타 찰과상 등 병원 치료를 대충 마친 뒤 그녀에게서 들어본 피해 사연은 한심했다.

미국 미주리 콜롬비아 대학 재학 중 한국에는 세계평화봉사단(피스코)원 신분으로 왔다. 1년 남짓 충청도 산골 마을 중학교 영어교사로 재직하며 이웃 대전에서 일하던 미국인 남자 친구와 어울려 울릉도 산행을 단행했다가 변을 당한 것이다.

산길에서 괴한들이 나타나 협박을 시작하자마자 남자친구는 눈 깜짝할 새 도주한 무심한 작자였다. 경찰서에 우선 그 친구 안위를 부탁하고 피습 장소와 범인의 인상착의를 알렸다. 좁은 섬에서 범인 검거는 시간 문제일터— 그렇게 최동혁은 나중 자신의 수호천사가 된 엘리사벳을 처음 만났다. 가슴 뛰던 20대 막 들어서였다. 자신이 천주교 신부가 되리라는 생각은 아직 꿈도 꾸지 않을 때다.

10. 하비에르

세례 요한과 프란치스코 하비에르가 탄 하늘의 승용차 '날쌘 틀'이 조용히 천국의 아름다운 산하를 내려다 보며 저속으로 날고 있다. 볕은 따듯하고 바람은 산들대고 대기는 향기로 가득 찼다. 높은 산을 저 멀리 배경으로, 야트막한 동산과 호수, 들판은 온통 초록과 노란색의 향연이다. 천국의 행복한 일상이 조용히 지나는 오후다.

이런 데서 굳이 형체가 보이지 않는 '영(靈)'의 모습으로 지낼 이유가 없다. '영'은 상호간에 보일 수도, 보이지 않을 수도 있다. 본인이 굳이 잠행을 원하면 안보이게, 오고 가는 이웃 '영'들과 인사라도 나누고 싶다면 보이게 다니면 된다.

하지만 이곳 교통수단인 '날쌘 틀'을 이용하는 한 육신 입은 몸매, 형체를 안보일 수 없다. 다시 말해 '날쌘 틀'은 승차자와 함께 들어 내놓고 다니는 게 규칙이다. 교통안전을 위해서다.

지금 세례 요한과 하비에르의 '날쌘 틀'은 시속 100km 정도 최저 속도로 날고 있다. 드라이브하기 썩 좋은 날씨에 할 얘기가 많은데 급히 날 필요가 없다.

"난 사실 지상에 있을 때 시야가 좁았습니다. 기껏해야 갈릴리 호수 또는 광야에서 어부와 목자들을 상대로 '주님이 오신다.' '구세주가 오신다.'고 외쳐 대며 맞이할 준비하라고 외친 게 고작이었으니까요. 하지만 하비에르 국방위원장님은 활동한 물이 달랐지요. 안 가본 길, 못 가본 길을 개척하려 온몸을 던지지 않았습니까.

세례 요한 지구촌관리위원장이 '날쌘 틀'의 운전대를 잠시 고정시키고 두 팔을 쫙 펴서 기지개를 켜며 말한다. 한껏 편안하고 안락하다는 표시다. 아니, 2천여 년 전 예수님보다 6개월쯤 먼저 태어나 구세주 나타나심의 증인으로 나섰던 시절이 순간적으로 떠오른 모양이다. 그때 제사장이었던 아버지 즈가리야와 어머니 엘리사벳은 아들 갖기를 소원했다.

하지만 이미 100세의 늙은 나이라 포기하고 있었는데 어느 날 갑자기 하늘의 대천사 가브리엘이 즈가리야에게 나타나 아들 탄생을 예언했다는 것이다. 믿지 못했으나 이는 곧 사실이 되어 아들 요한을 낳고 그로 하여금 광야에서 미친 듯이 예수 도래를 알린 선지자 역할을 하게 했던 것이다. 뿐만 아니라 예수에게 요단강에서 세례를 주고 마침내 '세례 요한'의 이름을 얻는다.

그러나 자신의 일생은 거기까지, 헤롯데 왕의 잔치 제물로 바쳐져 하늘나라에 오고 말았다. 늦둥이 아들의 이런 짧은 일생을 부모들이 어떤 마음으로 보았을지 생각할수록 회한이 깊으리라.

"그때 광야에서 메뚜기가 주식이셨다고 들었습니다. 들 꿀로 어렵게 영양을 보충하셨다고도 하고요. 그런 처지로 '하늘나라가 멀지 않았다.'고 외치고 다닌 겁니다. 메아리 없는 하늘의 소리를 전달하려 온갖 고생을 해 가며 구세주 도래의 예언자 역할을 충분히 잘 하신 선배님께 감히 어찌 제가 비교될까요. 과찬 마시고 처음 예수님을 뵐 때 느낌이 어떠셨는지 직접 뵙지 못한 저로서는 부럽기도 하고 정말 궁금합니다."

하비에르는 요한의 기분을 알 것 같았다. 대대손손 이어 온 대제사장 즈가리야의 귀염둥이 아들로 태어나 제사장 자리는 아랑곳 않고 집권층이던 사두가이 파와 바리사이들이 싫어한 말만을 하고 다니다 미움을 사서 일찍 지상을 떴다.

"황홀했지요. 광야에서 외치는 내 소리를 들은 사람들 가운데는 혹시 내가 도래할 구세주인가 묻는 이가 없지 않았습니다. 그럴 때마다 나는 앞으로 오실 사람의 아들이 구세주로서 실제는 하느님의 아들이다, 나는 그 분의 발뒤꿈치에도 미치지 못한다고 해명했지요.
막상 예수께서 나를 만나 세례를 청했을 때 나는 내가 했던 말들이 거짓이 아니었구나, 그야말로 하느님의 아들, 구세주를 만났구나 하는 황홀감에 떨 수밖에 없었지요. 그분을 만난 순간 내 지상에서의 역할이 다 끝난 것을 느꼈습니다."

"왜 함께 사역하실 생각은 안 했습니까?"

"내가 광야에서 보여 주었던 행적과 일부 이적들 모두가 그분께서 비롯된 것을 아는데 자칫 혼란을 주어서는 안 된다고 생각했습니다. 그보다도 하비에르 님, 오늘 내가 하비에르 님을 만나자고 한 까닭이 더 궁금하지 않습니까?"

두 사람이 드라이브를 즐기는 '날쌘 틀'은 어느덧 원로원 의사당 상공에 이르렀다. 눈 아래 보이는 로마네스크식 원로원 건물이 웅장하다. 세례 요한은 다시 호수 쪽으로 방향을 틀며 말을 이어갔다.

"지금 지구촌 선교 사역은 거의 바닥 수준이라 해도 지나치지 않습니다. 이슬람은 똘똘 뭉쳐 공격적 포교를 계속한 결과 공식 신자 수 18억 명을 돌파했지요. 불교, 힌두교 등은 평화의 미소로 잔잔히 민중을 뚫고 지평을 넓히는 행보가 무섭습니다.
그런데 그리스도교는 이전투구, 허례허식, 성직자 비리, 금전 사고, 성추행 사건 등으로 영 일이 없어요. 유럽의 냉담자들이 늘어 가더니 최근에는 그 풍조가 지구 최강국 미국에서도, 아시아의 그리스도 선진국 한국에서도 간단없이 번지는 실정입니다. 대책이 절대적으로 필요한 시점인데 야고보 행정부는 뜨듯 미지근해요."

"지구 크리스천들이 표면적 숫자로는 늘고 있기 때문일 겁니다.

빠져나간 숫자는 그냥 두고 새 등록자만 계산하니까요."

"바로 그게 문제입니다. 옛날 사두가이나 바리사이들처럼 외형에 집착해선 안 돼요. 외관상 숫자가 크게 늘고 있는데 무슨 걱정이냐고 야고보 행정부 답변은 매번 그런 수준입니다."

"그럼 제가 특히 할 일이라도? 최선을 다 하겠습니다만."

하비에르가 구체적으로 파고든다.

"지구촌 선교 사역에 하비에르님이 앞장서 열정을 불러 일으켜 달라는 겁니다. 지구촌 관리를 위임 받았다고 나 혼자 방방 뛸 일이 아니에요. 그동안 잘한다고는 했지만 혼자 힘으로는 역부족입니다.
　하비에르 의원님은 중세 암흑기 지상에 계실 때 동방 사역 길을 과감히 열었던 놀라운 경력이 있지요. 그 결과 '사역하는 발은 썩지 않는다.'는 등 하비에르 님과 관련된 일화가 지금껏 지상에서 전설로 남은 것 아닙니까."

　프란치스코 하비에르의 젊은 날은 신비스럽다. 스페인 나바레 왕국 귀족 가문에서 태어나 19세에 파리대학에 유학, 30세까지 머물며 파리대학 인문학 석사 취득 등 유복한 삶을 살다가 홀연 몽마르트 언덕 7인 서약을 통해 강성 '예수회' 창립에 동참한다.
　물론 이냐시오 로욜라라는 탁월한 영적 지도자를 만난 게 계기가 되었지만 대학 시절 기숙사 같은 방을 쓰며 초기에는 탐탁하지 않게 여기던 그에게 어느 날 갑자기 빠져 든 일은 역시 이해하기 힘들다. 성령 임재였을까.

원래 공격적 선교를 목표 삼은 예수회는 창립과 더불어 다섯 가지 엄격한 계율을 선포했다. 그중 상위 계율이 선출된 지도자의 종신 사역 보장과 교황을 비롯한 상급자에게 절대 복종한다는 것이었다.

예수회 발기인 7인 가운데 영신 훈련을 끝까지 미룬 사람도 하비에르였다. 그런 그가 어느 날 갑자기 육신의 유혹을 막겠다고 스스로 온 몸을 밧줄로 꽁꽁 묶는 고행을 자청했다.

아마도 하비에르는 성자 아시스의 프란치스코를 닮고 싶었는지 모른다. 귀족 가문 출신의 탈을 벗고 신앙에 매진하려면 가진 모든 것을 내려놓아야 한다고 각오를 다졌을지 모른다. 나아가 죽음을 불사해야 하는 동방 선교 선택은 자신의 신앙에 대한 도전 내지 시험쯤 여겼을지 모른다.

어렵사리 인도 고아에 도착, 인근 진주 해변 등지에서 선교하던 하비에르는 마침내 아시아의 끝자락으로 생각되는 지팡구, 다시 말해 일본 규슈의 남단 가고시마까지 가게 된다. 지금 가고시마 시내 한복판 공원에 우뚝 선 하비에르 동상이 그때 그 시절 하비에르의 모험을 증언하고도 남는다. 그는 거기서 또 걷고, 배를 타고 하룻길을 북상, 사실상 일본 선교의 요람지가 되었던 히라도를 방문한다.

오늘의 성지 순례객들이 히라도 언덕의 하비에르 기념 성당 한 귀퉁이에서 샘솟는 맑은 생수를 한 모금 마시고, 이웃해 내려다 보이는 두 개의 일본 신도(神道)식 사찰 지붕 넘어 망망 바다를 보고 있노라면 인간과 신의 결합이 얼마나 위대한지 절로 알게 될 것이다.

그러나 결과적으로 예수회의 지팡구, 일본 선교는 신통치 않았다. 일본의 지역 영주들은 그저 그에게 총과 대포 기술 전수를 기대했고 백성은 잡신에 빠져 몽매하기 그지없었다. 여기서 세월만 잡아먹는다는 판단이 서자 하비에르는 미련 없이 진로 전환을 시도한다. 중국이다. 거대 제국 중국 선교를 통해 아시아 복음 꿈을 완성하고자 했다.

하지만 하비에르는 불과 46세 나이로 중국 상천도에서 열사병으로 죽고 만다. 1552년 12월 3일이다. 중국 선교는 시작도 하기 전에 무너지고 만 것이다.

허무했으나 충실한 사제로서의 그를 하느님은 버리지 않았다. 썩지 않는 시신의 이적을 일으켜 그의 공로를 치하한 것이다. 그가 죽자 상천도의 포르투갈 선원들은 생석회를 뿌려 시신의 빠른 부식을 시도한다. 성자로서 존경해온 그를 가능한 빨리 뼈만 간추려 본국, 또는 그의 제2의 고향 인도 고아에 보내려 했기 때문이다.

그러나 두 달 뒤 가묘를 파 본 선원들은 깜짝 놀랐다. 시체가 전혀 썩지 않고 그대로 보존되어 있던 것이다. 이는 여러 경로를 거쳐 인도 고아에 도착했을 때도 여전했다. 방부제 미이라 처리를 하지 않은 자연 상태 그대로였다.

"나는 하비에르님이 천국에 오셨을 때 갑자기 온 천지가 환하고 짙은 향기로 가득 찼던 것을 잊지 못합니다. 꿀벌은 윙윙대고 파랑새는 하늘을 날고 물망초는 호숫가에서 가히 없이 웃고 있었지요. 하비에르 님 뒤에 오신 분으로 조선의 정약종 아우구스티노 님이 그 이상 멋있는 대접을 받았다고 하지만 나로서는 두 번째라 첫 감흥이 역시 더 기억에 많이 남습니다."

약 5백 년 전 일을 어제처럼 잘도 기억하는 세례자 요한의 얼굴에 그에 대한 신뢰가 한없이 묻어난다. 세례 요한은 세대에 따라 드물게 선출되는 원로원 의원직에 하비에르가 추천될 때, 또 나중 국방위원회 위원장 선출 때에도 한결같이 그에게 강한 지지를 보냈었다.

"선교는 그리스도께서 태어나신 유태지역은 물론 구 로마 제국 시대 광활한 영토 안팎 사람들에게 다 같이 절실했어요. 우상 숭배가 들불처럼 무섭게 번져 나갔으니까요. 제가 선택한 것은 이방 전도였는데 이를 갖고 지나치게 평가하니 쑥스럽습니다."

하비에르가 계속 겸양하자 세례자 요한이 정색하고 나선다.

"그렇게 말씀하니 더 고맙습니다. 하느님은 애당초 이방 전도에 대해 비상한 관심을 보였어요. 그리스도 복음의 첫 깃발은 예루살렘 등 중동 지역에서 올랐지만 사랑과 선, 평화와 봉사는 어느 특정 민족, 지역이 독차지할 게 아닙니다. 예수님은 어느 특정 민족 대변자가 아닙니다. 당시 하느님을 유일신으로 섬기는 유태민족이 갸륵해 일단 거기서 출발한 거니까요."

"그렇다면 다른 종교를 믿는 사람들도 사랑과 선행, 봉사와 평화만 잘 지키면 천국에 올 수 있다는 뜻 아닙니까? 교리에서는 이교도에 대해 상당히 엄격한 잣대로 판단하는 것 같은데요. 십계명 제1조가 하느님만 숭배입니다."

"물론 그렇지요. 이 점에 대해 야고보 행정부가 완고한 태도인 게 나는 좀 마땅치 않습니다. 타 종교라도 우상 숭배가 아닌 유일신을 믿는다면 하느님 이외 다른 분이 존재할 수 없지 않습니까? 명칭이야 어떻든 궁극적인 한 분의 존재는 하느님밖에 없으니까요."

"그때와 지금은 상황이 다릅니다. 무엇보다 제가 지금은 지구에 있지 않다는 거죠. 천국에 앉아서 지구촌 선교에 제가 할 일은 제한적일 수밖에 없습니다. 더욱이 제가 소속했던 예수회는 너무 전투적이라고 비판을 받는 처지이기도 하고요."

하비에르는 여전히 자신 없는 모습이다. 지구에서 고행과 죽음의 항해를 마다하지 않던 과거를 생각하면 울고 싶을 만큼 한심하기 짝이 없다. 그때 홀연 변화가 찾아 왔다. 가슴 치는 느낌을 받은 것이다. '날쌘 틀' 운전대를 잡은 채 자신을 응시하는 세례자 요한의 눈을 돌아본 그가 따지듯 외친 것도 그 순간이다. 자신도 놀랄 만큼 큰 소리다.

"그렇다면 제가 다시 지구에 살아날 수 있습니까? 그렇게 해주시겠습니까? 만일 그렇게만 된다면 최선을 다하지요."

세례자 요한이 운행 중인 '날쌘 틀'을 갑작스레 멈춘다. 언제 그렇게 높이 올라왔는지 내려다보이는 들판과 호수, 시내 모습이 까마득히 멀다. 주위는 바람 소리 하나 들리지 않을 정도로 고요하다.

왜 갑작스레 고도를 높였는지 요한의 의도를 알 것 같다. 그는 지금 중대한 비밀 얘기를 하고 싶어 한다. 이목을 피하고 싶어 한다.

"아직은 아무에게도 말하지 않은 기밀입니다. 하지만 요즘처럼 그리스도교가 지구에서 외형적으로 번성하고 내면에서 시들고 있다면, 아니 외면 받는 처지라면 뭔가 깜짝 놀랄 이적으로 지구 복음 사업 활기를 되찾아야 합니다. 획기적 기폭제가 필요하단 말이지요. 예수님 부활 같은, 누구도 부인 못할 기적을 보여 주지 않고서는 사람들이 천국과 지옥의 실체를 믿으려 하지 않습니다. 믿는 척하며 딴짓들 하는 사람들에게 겁을 줘야 합니다."

"그렇다면 제가 지상에 다시 태어나는 겁니까? 아니면 시신의 부활입니까?"

하비에르는 침을 꼴깍 삼킨다. 이건 빅뉴스다. 생각조차 못했던 일을 지구촌 관리위원장인 세례 요한이 말하고 있다. 그는 허황된 얘기를 할 인사가 아니다. 그만큼 지구 복음 사업에 비상수단이 필요한 때로 판단한 것 같다.

"후자 쪽을 말합니다. 성령에 의하지 않고 다시 태어난다는 것은 금기 사항이지요. 성령에 의한 '아기 예수' 탄생은 한 번으로 족합니다. 이를 깨는 것은 신성 모독으로 비칠지 몰라요. 방금 말했던 것처럼 탄생 아닌 부활의 기적을 보여 주는 겁니다."

"그럼 왜 꼭 저입니까?"

"이유의 첫째는 지금까지 얘기한 지상에서의 괄목할 하비에르 님 선교 업적이겠지요. 그때 모험과 용기, 열정과 신앙을 높이 사는 겁니다. 더 중요한 것은 하비에르 님은 죽어서도 시신이 썩지 않은 채 남아있고, 그런 사실이 널리 알려져 있다는 것입니다. 지금도 참배객들이 줄을 잇고 있어요. 많은 사람들이 이를 확인한 게 중요합니다. 시성된 성자 가운데 온전히 시신을 보존한 분들을 찾으면 없지 않겠지만 하비에르 님의 경우 홍보 효과가 아주 크지요."

"그럼 제가 지구에 남겨 놓고 온 육신을 부활시켜 세상을 놀라게 하는 거군요. 460여 년이 지난 시신이 부활한다면 확실히 쇼크일 겁니다. 예수께서 돌아가신지 사흘 만에 부활하셨는데도 믿지를 않았는데 이 경우 진위 여부 논쟁이 치열할 테지요. 그런데 세례 요한님과 제가 그런 이적을 결심했다 해도 실제 이뤄질 수 있을까요? 하느님만이 가능한 기적 중 기적일 텐데."

하비에르의 말에 요한이 크게 고개를 끄덕였다.

"그래요. 가장 중요한 게 바로 하느님 재가를 받는 겁니다. 인도 올드 고아시 소재 '봄 지저스' 대성당 중앙제단 오른쪽에 하비에르 채플이란 방을 따로 만들어 유해를 썩지 않게 보관시켜온 것도 사실은 하느님 역사이지요. 아무리 지구촌 선교 확장을 위한 방안이라고 해도 부활 같은 하느님만이 하실 일을 우리가 꺼내는 것 자체가 외람됩니다. 그만큼 사안이 중요하다는 뜻입니다."

"요컨대 누가 방울을 다는가가 중요하군요. 하느님께 감히 말씀드릴 사제가 누구일까요? 세례 요한님께서 하시겠습니까?"

하비에르가 마음을 정한 듯 세례 요한을 다그친다. 이제는 말을 꺼낸 요한 위원장이 오히려 당황한다. 생각해보면 무모한 일일지 모른다. 유네스코 세계문화유산에 등재된 인도 유일의 기독교 관련 유적지인 '아기 예수'란 뜻의 '봄 지저스' 대성당, 거기에 유해를 썩지 않게 모신 것만 해도 특단의 특혜다. 거기다 몇 백 년만의 부활이라니, 기독교 역사에 전무후무한 일을 과연 누가 하느님께 진언할 것인가.

"그럼 우리 둘은 마음을 정한 것으로 알고 동지를 규합해봅시다. 일하지 않는 하인을 게으르다고 야단치신 예수님 말씀들을 기억하면 우리가 적극 일을 벌이는 게 큰 사건은 아니지 싶습니다. 문제는 시간이 별로 없는데 동조자 모으는 게 급하군요.

거기다 요즘 천국의 날씨, 분위기가 계속 우울합니다. 하느님 잠적 뒤 줄곧 그런 상황이라 천국에 우리가 모르는 다른 걱정거리가 생긴 건지, 천국 운영 시스템에 큰 구멍이 뚫린 건 아닌지 모르겠어요. 야고보 총리에게 물어 봐도 어물어물 시원한 대답을 못합니다."

세례 요한의 말에 하비에르가 가만히 웃으며 속삭이듯 말했다.

"하느님 소식을 확실히 듣지 못해 그럴 겁니다. 빛과 향기의 원천이 하느님이신데 안 계시니 아무래도 모든 일의 강도가 떨어지거든요. 조만간 소재지가 밝혀지면 나아집니다. 이럴 때일수록 우리가 더 일을 많이 해서 낙심한 야고보 총리 등을 떠밀어야 하겠지요."

11. 페르가몬 별

디모테오 감사원 비서실장과의 통화가 끝나자 에드윈 허블 우주센터 수석 연구원은 곧 외출 차림을 했다. 조지 헤일 소장이 사무실에 나올 때까지 기다리고 있기에는 사안이 너무 중요하다고 판단한 것이다. 헤일의 출장은 무소식 상태로 계속되고 있었다. 허셜 부소장역시 외출서 돌아오지 않고 일이 생겨 곧장 퇴근한다는 전갈만 보냈다. 소장, 부소장이 부재인 지금 우주센터 책임자는 허블이다.

야고보 총리를 면담 가능한지 비서실에 체크했으나 여직원의 대답은 면담 예정자가 많아 대기 시간이 꽤 걸릴 것이라는 냉랭한 어조다. 총리 비서실장 실라도 자리에 없었다. 잠시 어쩔까 생각하다 바르나바 중앙정보부장실에 전화하자 비서실 대답이 감사원장 면담을위해 갔다는 것이다.

그렇다면 잘 됐다고 허블은 생각한다. 정보부장과 감사원장이 함께 있는 자리에서 사안을 설명하면 야고보 총리와 빨리 연결이 될지 모른다. 오랜만에 음성을 듣는 디모테오 감사원 비서실장은 가볍게 바오로와의 면담 시간을 잡아 주었다.

"어서 오게. 우주센터는 잘 돌아가고 있는가?"

허블을 맞는 바오로 감사원장 얼굴에 반가운 기색이 역력하다. 비서실로 들어서기 무섭게 바오로가 직접 자기 방문을 열어 주며 환영했다. 이날따라 더 친절하게 느껴진 것은 방금 전 통화한 야고보 총리실의 냉기 때문일지 모른다. 바오로의 대인관계는 속도감이 충만하다. 바르나바 정보부장도 일어나 손을 잡는다.

"네, 저희는 괜찮습니다만 지금 혹시 두 분께 방해가 되지 않나 걱정입니다. 평안들 하셨지요? 원장님, 부장님."

허블이 격식을 차려 인사한 뒤 바르나바 정보부장에게 우선 방문 말 고리를 튼다.

"바르나바 부장님, 이 자리에서 말씀드려도 될지 모르겠는데 시급한 일 같아 여기까지 쫓아왔습니다. 사무실로 연락하니 이리 오셨다고 해서요. 나중 사무실에 돌아가서 정식 보고할까요?"

"아니, 나 역시 당신 직속상관이 아닌데 여기서 말 못할 게 뭐 있겠소? 더욱이 감사원장님이 몰라서 될 일은 천국에 없어요. 그냥 편하게 얘기하죠."

바르나바가 시원스레 대답한다. 바오로 원장과 두 사람은 사실 특수 관계나 다름없다. 바오로가 다마섹 가는 길에 하늘에서 들려오는 예수님 음성을 듣고 그때부터 추적자 신분이 쫓기는 사도, 도망자로 바뀐 뒤 누구보다 가깝게 사역해온 동업자 사이다.

특히 바르나바가 자신이 사역하던 안티오키아 지역 교인들을 바오로에게 '그리스도인'이라고 부르기 시작하고 예루살렘 대기근 때 여기서 푼푼이 모은 돈을 보내 준 것은 성경사에 길이 남고 있다. 어려운 사람끼리 서로 돕는다는 크리스천의 상부상조 정신이 이때부터 뿌리를 내린 것이다. 순간적으로 머리에 떠올랐던 지나간 두 사람 관계를 씻어 내듯 허블은 재빨리 대답했다.

"그럼 말씀드리겠습니다. 실은 제가 일상적인 우주 망원경 관찰 기록을 살펴보다가 이상한 징후를 발견했습니다. 대뜸 느낌에 천국의 안보 관련 사항 같아 총리실에 보고하려 했지만 잘 연결이 안 돼 정보부장님께 연락했었지요."

"이상한 징후?"

허블의 말에 바오로와 바르나바가 동시에 입을 연다. 그러지 않아도 방금 허블이 도착하기 전 두 사람은 지구 지하 지옥의 두목 아마토에 관해 의견을 교환하고 있었다. 최근 그가 지구의 불신자는 물론 냉담 교인들까지 파고들어 반예수 운동을 치열하게 벌린다는 정보가 입수된 것이다.

"지하 지옥 두목 아마토의 수상한 행동이라면 우리도 지금 걱정하던 중이네. 무슨 구체적 움직임이라도 포착했다는 뜻인가?"

바르나바가 긴장한 얼굴로 다시 재촉한다. 아직 정보부에는 잡힌 게 없지만 예감이 별로 안 좋다. 하느님 출타 중에 사건이 터지는 일은 과거에도 종종 있었다. 빛의 강도가 약해지면서 어둠의 그림자가 살며시 끼어드는 것 같다. 천국보다 지구에 대형 사건 사고가 많이 터졌었다.

멀지 않은 예만 해도 두 차례에 걸친 세계 대전, 나치 독일의 유태인 600만 명 홀로코스트, 제국주의 일본의 30만 명 난징 대학살, 가짜 무슬림 테러 단체에 의한 세계 곳곳 양민 학살, 종족 분쟁 등 지구 독재자들의 무자비한 횡포에 천국 행정부가 대책 없이 우왕좌왕했던 일이 선하다.

모두 하느님 미복잠행 중에 일어난 사건들이다. 이보다 더 곤란한 것은 감히 지하 지옥의 두목 아마토나 우주 지옥별 페르가몬 사령관 루시퍼 따위가 하느님께 맞서 꿈틀대기 시작한다는 사실이다. 전쟁까지 시도하는 불경은 결단코 막아야 한다.

"페르가몬 지옥별의 빛이 점점 붉어지고 있습니다. 원래 바탕색은

청색이고 그 위에 붉은 색이 덧칠해져 천국과의 거리를 조절하고 있는데요, 뭔가 그 별에 변화가 있다는 증거입니다."

"별빛이 붉어지면 어떤 현상이 벌어지는가? 어떻게 빛의 색깔로 거리 조절을 예측하는가?"

천문학의 문외한인 바오로와 바르나바에게는 어림없는 이야기다.

"원래 별이 갓 만들어질 때는 수소와 헬륨의 기체 덩어리로 내부 대폭발을 계속, 붉은 빛을 띠다가 점점 식어 가면서 푸르러지는데 당초 관측 지점에서 멀어지면 그 푸른빛의 강도가 더 심해지지요. 제가 지구에서 별의 거리를 잴 때도 바로 이런 색깔 변화와 우주 팽창 원리를 원용했었습니다. 그러니까 푸르러지던 별빛이 어느 날 붉은 색을 띠기 시작했다면 어떤 이유에서든 거리가 가까워진 것이니까 천문 물리학자들에게는 놀라운 이변이지요."

"그래서 허블 연구원이 걱정하는 바가 무엇인가?"

"페르가몬 지옥별 색깔이 붉어진다는 것은 폭발이 임박했거나 천국 쪽으로 이동하고 있다는 증거입니다. 하지만 천재 악령인 루시퍼가 애써 제작한 반우주선 페르가몬 별을 쉽게 폭발하게 둘 리 없지요. 그렇다면 루시퍼가 어떤 목적을 갖고 지옥군의 정예가 근무하는 페르가몬 별을 천국에 접근시킨다는 가정이 성립합니다."

"천국 공격을 위한 예비 단계란 말인가?"

"그걸 모르겠습니다. 저로서는 판단이 어렵기 때문에 일단 페르가몬 별이 이동한다는 사실과 천국에 미칠 영향, 이에 따른 사전준비에 도움이 되지 않을까 보고드리는 거지요. 국방부와 천국군 사령부에도 알려 뭔가 방어 태세를 취해야 한다고 봅니다만. 막상 근접 거리에 온 뒤에 조치는 어려울지 모릅니다. 폭발이든, 공격이든 천국이 영향 받기 쉬우니까요."

바오로는 허블의 예리한 정보 분석에 속으로 혀를 찬다. 사안의 심각성이 매우 크다고 판단한다. 에드윈 허블에 관한 개인 정보는 바르나바 정보부장 못지 않게 감사원도 갖고 있다. 그는 20세기 지구 천문학계의 총아였다. 조지 엘러리 헤일과 윌리엄 허셜이 선배로서 워낙 초기 천문학계 거두였기 때문에 천국 우주센터 서열이 밀려 있지만 사실상 차기 소장감으로 부족함이 없다.

우선 인물 배경이 믿음직하다. 미국 시카고대학을 과학과 어학 복수 전공으로 마치자 곧 국비 장학생으로 영국 옥스포드 대학에 유학한다. 법학을 공부, 변호사 자격증을 따지만 30세 무렵 뒤늦게 시카고대학 천문학 박사과정에 재도전한 것이다. 여기서의 뛰어난 실적이 그에게 당시 세계 최대 천체 망원경을 보유한 윌슨 산 천문대 연구원 발탁 계기가 된다.

그 이후 그의 족적은 빛났다. 그때까지만 해도 은하(galaxy) 개념이 모호한 시절 그는 우주의 기본 구성단위가 '은하'라는 별의 집합인 사실을 밝혀냈다. 거듭된 관측 결과다. 섬 사이에 바다가 흐르듯 은하와 은하 사이는 우주 검은 공간이 바닷물처럼 흐른다. 또 은하마다 적어도 1,000억 개 이상 별들을 갖고 있다는 발견은 무한 우주에 대한 외경감에 종교적 색채를 가미하는 데 부족함이 없었다.

이어 모든 은하들이 지구로부터 계속 멀어지고 있다는 사실을 발견했고 나아가 더 먼 별들이 더 빨리 멀어지고 있다는, 그러니까 은하의 후퇴 속도와 거리가 정비례한다는 이른바 '허블의 법칙'을 발견하기에 이른다. 오늘 보고도 거기 바탕을 둔 것이다.

심지어 20세기 최고의 위대한 물리학자인 아인슈타인이 일반상대성이론을 통해 이 사실을 허블보다 10여 년 빠르게 증명해놓고서도 그냥 간과했던 것을 한탄했다는 일화는 전설로 전해진다. 그는 우주가 정적 상태라고 지나치게 믿었기 때문에 이런 실수를 저질렀다고 후일 윌슨 산 천문대를 방문했을 때 허블에게 깨끗이 승복했다. 책상머리 이론에 앞선 관측의 중요성이 새삼 부각된 것이다.

"허블 박사, 지금도 우주는 쉴 새 없이 팽창하고 있겠지. 이름 없는 별들이 계속 생기는 한편 블랙 홀로 빨려 들어가거나 대폭발로 우주 먼지가 되어 사라지는 별들도 수없이 많을 테고. 생성과 사멸, 광활한 우주 팽창 현상은 장엄한 서사시 같은 거야. 하느님만이 주재할 수 있는 일이지.

일부 지구 과학자들이 빅뱅 이전의 수축을 우려하는 이도 있지만 기우라고 보네. 그런 와중에 페르가몬 지옥별이 천국과 지구 쪽으로 역류해 온다면 분명 사연이 있을 거요. 참 잘 와 주었네. 우리도 지금 지구 지하 지옥 두목 아마토의 준동에 관해 걱정하고 있던 참인데. 루시퍼와 아마토 사이에 뭔가 연관이 있는 것 같군."

바오로 원장이 허블에게 치하하자 바르나바도 바로 호응했다.

"그래요. 아주 중요한 정보였습니다. 야고보 총리에게 즉시 연락해야 할 것 같습니다. 나도 사무실로 돌아가 더 알아보지요. 아, 지구촌 관리위원장 세례자 요한에게도 알려 아마토를 좀 더 관찰하라고 해야겠습니다. 추가 정보 여부도 체크하고요."

바르나바가 이 말과 함께 자리를 뜨려 하자 황급히 허블이 말린다.

"아니, 잠깐만요. 한 말씀 더 드릴 게 있습니다만."

바오로가 바르나바에게 손짓으로 앉을 것을 권한다.

"2, 3일 전부터 지구에서 가장 가까운 알파우리센타 별 너머 안드로메다 은하 쪽으로 평소 보이지 않던 별 하나가 관측되기 시작했습니다. 가장 가깝다고 해도 4광년 거리, 그러니까 빛의 속도로 달려 4년을 가야 하지요. 그 너머 어디라면 굉장한 거리이긴 합니다."

허블이 조심스럽게 말을 꺼내자 바오로와 바르나바가 역시 궁금한 얼굴로 바라본다. 이들은 영적 삶을 사는 천국 주민이라 거리 감각이 육신의 너울을 쓴 지구인과 달리 다소 애매하다. 자신들도 뚝딱하면 원하는 자리에 나타날 수 있다고 믿는 까닭이다. 실제 영혼의 최고 속도는 광속 4분의 1정도, 생각보다 빠른 편은 아니다.

"그게 왜 이상한가? 별은 갑자기 생기고, 없어지고 하지 않는가?"

바르나바가 뜨악한 얼굴로 묻는다.

"아뇨, 별의 생성에는 그 전제로 어떤 징후가 분명히 나타납니다. 비록 거리가 멀어 희미하게 비칠지라도 수소와 헬륨 따위 먼지가 핵융합을 일으키면서 번쩍하는 폭발이 있은 뒤 별이 생기거나 사라지지요. 어느 날 느닷없이 새 별 하나가 두둥실 하늘에 뜨지는 않습니다. 우리는 매일 밤 전체 우주를 관측합니다. 일일이 망원경으로 들여다보기도 하고, 빈 시간에 자동으로 찍혀 보관한 컴퓨터 자료를 분석하기도 하며 양자 병행 작업을 하지요."

"그러니까 그 별의 정체가 수상하다는 말이네. 혹시 페르가몬 같은 또 다른 지옥별을 루시퍼 사령관이 만들지는 못하겠지. 거리 계산은 해 봤나?"

이번에는 바오로가 구체적 질문을 한다.

"아직 못했습니다. 별빛이 너무 희미하고 붉은 색 광도가 얕아 만만한 거리가 아닌 것 같아요. 설렁 설렁 계산하기보다 좀 더 관찰한 뒤 정확히 해 보렵니다. 말이 4광년 거리 알파 우리센터 너머 안드로메다 은하 쪽이라고 했지만 그 거리는 무려 250만 광년이나 됩니다. 광속 4년 거리에서 250만 년 거리, 그 사이 어디 있는 것을 쉽게 계산할 수 없지요."

허블의 대답에 바오로가 고개를 끄덕인다. 아직 우려할 대상은 아닌 것 같다. 헌데 갑자기 바르나바 정보부장이 머리를 갸우뚱 한다. 무슨 생각이 떠오른 모양이다. 눈빛까지 빛났다.

"혹시 하느님의 행차지 아닐까. 하느님은 잠행을 원칙으로 하지만 떠나시기 전 누구에겐가 귀띔은 하지, 이번처럼 아무도 모르게 나가신 경우가 없습니다. 그게 꺼림칙해서 알 듯 모를 듯 빛을 뿌린다거나, 하느님 후광이 갑자기 더 빛을 낸다거나, 그것도 아니면 수행한 아마쿠사 시로 장군이 우리가 모르는 천국 누군가와 긴급 연락을 취하는 신호일 수도 있겠지. 사무실로 돌아가서 그게 확실한 별인지부터 알아보고 연락해주게."

12. 산골 수녀원

깊은 산, 깊은 계곡이다. 기암절벽은 차라리 요사스럽다. 구불구불 활개 치며 하늘보다는 땅과 사람 곁에 살고 싶다는 듯 옆으로 퍼져 나간 솔나무 가지가 풍성해 보인다. 아니, 저건 꼭 옛날 조선 궁궐의 강원도 산골서 베어 왔다는 금강송을 닮지 않았는가? 그리고 보니 여기 계곡 자체가 심심산천 한국의 산골 골짜기 같다.

어쩌다 천국에 이런 심상치 않은 계곡이 만들어졌을까. 골짜기 상공에 들어선 정약종의 생각이 별안간 비약한다. 그래, 이건 조선에서 누가 말해주지 않았는데도 최초로 하느님 섬기기를 결심한 한반도 가톨릭 신도 1호 이벽 선비의 넋을 기리기 위해 하느님이 조선식으로 특별히 만들어 놓은 상훈의 땅일 것이다.

정약종에게도 혼자만 간직한 하느님과의 비밀은 있다. 조선 땅 살벌한 당파 싸움 여파로 애꿎은 천주교가 박해를 받고 형장에 끌려와

무도한 임금과 벼슬아치 노론파 일당을 향해 세속의 말이 아닌 하늘의 말씀을 전하기 바로 전날 밤 꿈에 현시가 보였던 것이다. 천사가 나타나 그에게 말했었다. "정약종 아우구스티노, 그대는 죽어 천국에 들 것이며 앞으로 거기서 중요한 일을 맡을 것이다."

진작 그는 순교를 각오한 몸이다. 자습으로 천주교 진리를 터득한 큰 매형 이벽 요한이 자신에게 한문 천주 교리를 전했을 때만 해도 그는 자유분방한 천둥벌거숭이 학자이자 시인, 문필가였다. 성리학과 주자학이 판치는 불평등 사상과 이념의 시대에 정약종은 여유 만만하게 노자와 장자, 불교 경전 등을 뒤지다가 마침내는 신선사상까지 넘나들고 있었다.

그것조차 이런 저런 이유로 시들해졌을 무렵, 그에게 전해진 천주교 교리는 가뭄 끝의 단비였다. 읽어 갈수록 몸에 짝 붙는 옷처럼 자신을 맵시 나게 한다는 사실에 전율했다. 정약전 형님과 정약용 아우가 박해에 사실상 항복 선언을 하고 귀양길에 오른 것쯤 그에게 대수로울 게 없었다.

그는 형장에서 의연했다. 사랑과 평화, 사람이 지켜야 할 천주교의 근본 덕목인 10계명을 호령치는 관헌에게 되돌려 설파할 때 태어난 보람을 느꼈다. 바로 이런 사상과 진리를 알리기 위해 자신은 이 세상에 왔고, 그것을 몽매한 조선 관리에게 호령 친 것만으로 그의 이승 할 일은 충분하다고 생각했다. 궁극적인 실재, 모호한 진리의 실체를 느낀 변화의 결과였다. 그런 영적 체험은 육체적 고문의 아픔을 능가했다. 깨달음의 승리였다.

그런데 꿈의 현시가 자신을 천국 예약 주민으로, 그것도 큰일을 맡게 될 것이란 경사스런 예언까지 곁들여 보여 주니 두려울 게 없었다. 그 꿈 속 천사가 누구였는지는 모른다. 무척 예뻤다고 느꼈다.

그래서 천국에서 그의 승천 축하 파티를 열어 주었을 때 혹시 만나지 않을까 두리번거렸던 일이 생각난다. 고맙다, 말 한마디쯤 건네고 싶었다. 이승에서 혹독한 고문을 이겨내게끔 자신감을 주었던 게 어디 보통 일인가? 하지만 그런 우연은 쉽게 일어나지 않았다.

우연은 제멋대로고 기대 밖에 존재한다. 오늘 아침 일이 그렇다. 감사원 디모테오 비서실장에게서 연락이 온 것이다. 혹시 베네딕토 수녀원에 가보지 않겠느냐는 제안이었다. 거기 교육부장인 마더 테레사를 만나면 누군가 소개해 줄 테니 만나보라는 것이다.

호기심이 발동한 정약종은 급한 일을 처리한 뒤 바로 출발했다. 그동안 바쁜 핑계로 찾아볼 엄두조차 못냈던 곳이다. 위치 추적을 통해 수녀원 소재지가 산악지대인 것은 알았지만 막상 와 보니 이곳은 조선의 강원도 풍경과 너무 닮았다. 구름도 울고 넘을 험한 재들이 여기저기 위용을 뽐내고 있었다. 흐르는 개울물 소리가 요란하다 치면 영락없이 작고 큰 폭포들이 나타났다.

정약종이 탄 '날쌘 틀'은 산봉우리를 스치듯 느리게 날아간다. 일부러 관광이라도 올 판인데 모처럼 기회를 만끽하자고 여유를 부린다. 천국에 이런 비경이 있다는 것을 왜 미처 몰랐을까. 일에 치어 여유가 없었기 때문인지 모른다. 아니면 자신이 이승 향수병에 빠질까 걱정해 주변에서 쉬쉬한 탓일 수도 있겠다.

실제 이 조선식 골짜기는 자생적으로 기독교를 수용, 발전시킨 한민족에게 내린 하느님의 특별 선물이다. 이벽, 이가훈, 김범우 등

18세기 조선의 천주교 씨알들과 기타 믿음에 앞장섰다 순교한 1만여 무명 신도들을 기리기 위해서다. 조선 순교자 성지인 셈이다.

정약종이 경관을 감상하며 만감을 교차하던 중 문득 시선을 멈춘다. 계곡 중턱 꽤 넓은 평지가 보이고 거기 아담한 수녀원이 나타난 것이다. 주변은 온통 진달래 꽃밭이다. 어디선가 많이 본 풍경이다. 머리를 갸우뚱하는데 무릎이 절로 처진다. 아, 한양 근교 장흥, 송추 골짜기 진달래가 4, 5월이면 요란했었지. 정약종은 성호를 긋고 '날쌘 틀'을 착륙시킬 곳을 찾는다.

이끼 긴 베네딕토 수녀원 정문은 고색창연했다. 수녀원 담장 곁에 핀 접시꽃이 활짝 손님을 반겼다. 정문 옆 작은 연못가에 핀 파르스름한 물망초는 수줍게 웃으며 자기를 보고 앵 돌아서는 느낌이다. 수녀들의 뒤 모습처럼 애잔하다. 뒷마당에 몇 그루 꺽다리 메타세쿼이아가 수호신처럼 위엄을 뽐내며 이를 커버한다.

초인종 대신 문설주에 걸린 설렁줄을 보고 피식 웃음을 흘린다. 아니, 이것까지 조선식을 본떴는가. 몇 번 흔들어 대자 아담한 노 수녀님 한 분이 나오는데 쪼글쪼글한 얼굴에 미소가 가득하다.

"어서 오세요. 깊은 산 속인데 이렇게 찾아 주셔서 감사합니다. 더욱이 디모테오님의 간곡한 당부까지 있었지요. 저는 테레사라고 합니다. 수호천사들의 교육을 맡고 있어요. 지상을 떠나 온지 얼마 안 돼 그간 뵙지 못했지만 그래도 정약종 아우구스티노의 함자는 진작부터 존경해 마지않았습니다."

마더 테레사라고 하면 지구에서 유명했던 것만큼 천국에서도 모르는 이가 없다. 그녀의 놀라운 지상 활동이 수시로 전해졌고 천국에 와서도 변함없이 바빴기 때문이다. 본명은 아그네스 곤자, 원래 마케도니아 출신인데 정치적 이유로 아버지가 독살 당하자 18세가 되던 해 수녀 되기를 결심하고 인도로 떠난다.

인도 캘커타 수녀원에서 2년간의 수련 기간을 거쳐 첫 서원을 하고 다시 6년 뒤 종신 서원을 마친 게 테레사 27세 때 일이다.

그녀의 안내로 수녀원 오솔길을 천천히 걸으며 정약종은 최근 읽었던 한국 여류 작가의 『유럽 수녀원 답사기』중 프랑스 아르정탱 베네딕토 항목을 문득 떠올린다. 재미 만점, 학습 만점이었지만 다소 황당한 내용도 없지 않았기 때문이다.

그러니까 한국의 자유분방한 한 유명 여류 작가가 아르정탱 베네딕토 수녀원을 방문한 뒤 18년간 냉담 신자에서 회개하고 십자가 앞에 되돌아왔다는 얘기다. '돌아 온 탕아'를 만들 만큼 느낌이 강한 곳인가. 하루 매회 25분씩 8회나 하는 기도 시간, 그 시간에 아득히 들려오는 그레고리안 성가에 취했음인가? 하지만 그녀가 천주당 발길을 끊었던 이유는 단순했다. 자칫 오만일 수도 있겠다.

대학 재학 중 시위에 참가, 경찰에 쫓기는 시위 대열을 따라 서울 명동 대성당에 피신해 들어갔는데 당시 강론하던 신부님이 정의롭지 못한 시국 얘기보다 성당 신 개축기금을 집중 거론하는 것에 정나미가 떨어져 등 돌리고 말았다는 것이다. 군사 독재 정권 시절이니 그럴 만하다. 사제라면 정의와 약자 편에 서야 마땅하니까. 그날 신부님 나름 사정을 무시하면 당연히 이해할 수 있다.

그러나 다음에 나오는 또 다른 냉담 이유는 이상했다. 주일학교 교사 자격으로 피정 갔던 그녀가 한밤중에 동료들과 수녀원 담을 넘어 술집에 가고, 진탕 취해 돌아 온 것까지는 젊은 날의 치기로 보자. 하지만 술 취한 채 마주쳤던 원장 수녀님의 꾸짖듯 준엄한 얼굴이 싫어 성당 발길을 끊었다는 게 과연 합리적인가. 수녀원장이 원내 질서 준수를 피정자에게 요구하는 것은 당연하다.

정약종을 응접실에 안내한 테레사 수녀는 곧장 조선 인삼차를 대접한다. 옛날 양주 두물머리 본가에서 맡던 인삼 향이 그대로 배어 나온다. 천천히 주변을 살피니 번듯한 소파와 탁자 이외 한편으로 보료와 병풍, 자개장들이 배치되어 서울 북촌 어느 유복한 한옥에 초대받은 느낌이다. 창 너머 화단은 백일홍, 봉선화, 도라지, 분꽃, 창포 등 토종 한국 꽃들이 계절과 상관없이 만발해 있다.

찻잔 사이로 테레사 수녀와 정약종이 천국 생활에 대한 한담을 잠시 나누고 있을 때 노크 소리가 들린다. 테레사 수녀가 일어나 문을 열자 젊고 나이든 미모의 두 수녀가 들어온다. 정약종은 순간 흠칫한다. 두 여인 모두 천국에 와서 처음 보는 동양미 감도는 서양 미인들이지만 그래서 놀란 게 아니다. 2백여 년 전 자신이 형장에서 처형되기 전날 꿈에 현시로 나타나 천국을 약속했던 바로 그 천사가 나이 지긋한 노수녀와 닮았던 것이다.

"인사하세요. 데클라 원장 수녀님과 엘리사벳 수녀님입니다. 먼저 엘리사벳 님은 천국에 온지 얼마 안 되지만 지금 이 수녀원에서 가장 역동적으로 지구촌 사역 일을 돕는 분이지요. 특히 정약종 님 고국인 대한민국 최고의 엘리트 최동혁 신부의 수호천사로 비밀 임무를 수행 중입니다.

데클라 원장님은 까마득한 초대 교회 시절 터키 코냐 지방에서 바오로 님 설교에 반해 개종하고 복음 사역을 하셨지요. 당초 가족 반대로 재판에서 화형 처분까지 받았지만 갑자기 하늘에서 폭우가 내려 불이 꺼지는 기적으로 살아나신 분, '바오로와 데클라 행전'이란 '외경'에도 원장님 일화는 기록돼 나옵니다.

이족 정약종 님은 따로 소개드릴 필요가 없겠지요. 천국에서 최고 최대 환영식 기록을 아직 보유하신 분이니까."

테레사 수녀의 자상한 양쪽 소개가 끝나자 방안 분위기는 마치 오랜 친구들이 만난 것처럼 자연스러워진다. 날씨와 여행 등 가벼운 화제로부터 수녀원 얘기, 원로원 일상 등 점차 천국 생활 전반으로 옮겨져 갔다. 적당히 화제가 무르익자 먼저 테레사가 자리에서 일어날 채비를 하며 말했다.

"사실은 세 분간의 자유로운 대화를 보장해 달라는 디모테오 님 부탁이 있었는데 그만 제가 수다를 떨었나 보네요. 데클라 원장님과 정약종 의원님, 엘리사벳 모두 개인적으로 얽힌 사연이 많을 거라고 들었습니다. 다른 처리할 일도 있고 저는 이만 물러갈까 봐요."

테레사 수녀 말에 데클라 수녀원장과 엘리사벳이 화들짝 놀란다. 정적 속의 수녀원, 방문객이 그리운 깊은 산골 기도원에서 모처럼 익어가는 수다가 즐거웠는데 웬 홍두깨인가라는 표정으로 두 수녀가 황급히 만류한다. 특히 데클라 그랬다.

"지도 수녀님 나가시면 저도 가야지요. 정 아우구스티노 님의 오늘 볼 일은 원래 엘리사벳을 만나는 거 아닌가요? 저는 귀빈이 오신다기에 원장으로 당연히 마중 나와 인사하고 원로원 일등 바깥 냄새를 좀 맡고 싶었을 뿐입니다. 우리 조금만 더 있다 함께 나가요."

정약종도 만류한다. 현시 가운데 자신의 천국행을 일러준 추억 속 데클라와 직접 대면한다는 감동을 조금이라도 더 간직하고 싶다. 그 말 때문에 처형이 오히려 황홀했던 기억을 쉽게 날리고 싶지 않다. 거기 얽힌 사연을 좀 더 풀어내려면 일단 테레사 수녀가 남아 좌중 분위기 메이커 역할을 해야 할 것이다.

"저도 수녀님께 늘 궁금하던 의문을 오늘 풀어 보고 싶은데 그냥 좀 계시지요. 지상에서 첫 수녀 되기를 결심하신 뒤 봉사할 사역지로 왜 꼭 인도였습니까? 고향인 마케도니아에서 인도까지는 머나 먼 길이고 주변에도 얼마든지 봉사할 곳이 많았을 텐데. 혹시 예수회 출신 프란치스코 하비에르 님의 영향을 받으신 건 아닌지요."

"글쎄 그분은 잘 알지 못하던 때 결정했네요. 인도에서 사역하신 것은 더 몰랐고요. 나중 알게 되었지만 그분이 사역하던 곳은 고아 지역이었는데 저는 캘커타로 바로 갔거든요. 실은 제 고향 성당 신부님께 인도에 파송된 몇몇 선교사들이 편지를 보내곤 했어요.

그곳의 비참한 가난과 사역의 어려움을 낱낱이 적어 보냈지요. 그럼 신부님이 눈물을 흘리면서 더 많은 선교사들이 가야 한다고 편지를 저에게도 보여 주었습니다. 그때 저는 결심했어요. 내가 평생을 바칠 곳이 인도구나, 이것도 성령님의 지도구나 생각했지요."

"하지만 인도에 가서도 편안한 수녀원에 머무르지 않고 굶고 병들어 죽는 빈자들의 거리, 캘커타 시내로 나갔지요. 이른바 노방 수녀님이 되신 겁니다. 그때까지만 해도 수녀들에게 그런 길거리 봉사 자유가 주어지지 않아 교구 대주교님은 물론 로마 교황청에게까지 탄원, 어렵게 허가를 받고 시작했다고 들었어요."

엘리사벳 역시 그 점이 궁금했었던지 질문 꼬리를 놓치지 않는다. 데클라 원장은 조용히 미소 짓고 방관한다.

"만일 노방 전도 기간 중 성과가 없으면 도로 수녀원에 복귀, 갇힌 수도 생활을 했겠지요. 하지만 수녀님은 수없이 많은 샌들이 닳아빠지게 발품 팔아 봉사하고 눈물 기도로 위기 때마다 구원을 받았습니다. 또 그렇게 자리가 잡히자 다른 수녀들 합류도 늘어나고 현지 호응이 커져 처음 약속한 1년을 아주 멋지게 보냈고요. 덕분에 수녀님이 만든 '사랑의 선교회'란 거리 봉사 수녀회가 가톨릭 사상 처음으로 교황청 승인을 받게 되었습니다. 자랑할 성과지요."

정약종이 엘리사벳 말에 토를 달아주어도 테레사는 여전히 말을 아낀다. 반면 엘리사벳은 더 신이 나 질문 공세를 계속한다. 자신의 이력까지 설명해가며 파고들었다.

"저는요, 젊어서 성폭행 직전까지 갔던 후유증 때문에 죽음을 맞아서 그런지 사고와 부상, 질병에 대한 두려움이 많아요. 그런데 테레사 수녀님은 질병과 사고가 들끓는 빈민촌 거리 전도를 전혀 무서워하지 않았습니다. 죽어가는 인도 아이, 빈민들을 몸소 씻기고 먹이고 임종을 지키고, 도대체 어디서 그런 담대한 용기, 겁 없는 행동이 나왔는지 궁금합니다. 외람되지만 그런데도 지상 나이 87세 천수를 다 했으니 부러울 따름이네요."

"하느님의 쓰임에는 각자 몫이 따로 있다고 생각합니다. 엘리사벳 님은 30대 중반에 일찍 지상을 떠나 천국에 와서 할 소명이 있었고 저는 지상에 보다 오래 남아 해야 할 소임이 있었던 차이 정도지요."

여러 질문에 테레사가 모처럼 뭉뚱그려 대답하자 정약종이 다시 나선다. 일견 엘리사벳을 거드는 듯 반 수긍과 반 비판의 어정쩡한 코멘트다. 결혼 생활 경험 없이 일찍 세상을 마감한 엘리사벳이 가엽다고 생각하며 말했다.

"물론 각자 역할은 따로따로입니다. 하지만 테레사 수녀님은 69세 때 노벨 평화상까지 받고 장수를 누리신 반면 누구는 무명초처럼 젊은 나이에 가볍게 사라진다면 지구적 시각에서 불공평한 면이 없지 않지요. 물론 일찍 지상 생활을 청산함으로써 하느님 곁에서의 천국 생활을 더 빨리 한다는 은혜는 인정합니다만."

"엘리사벳이 지금 하는 일은 여기서 수녀님들 교육을 맡고 있는 저보다 훨씬 더 주요한 일입니다. 그것만으로 충분히 상쇄되고 남는 다고 봅니다. 하느님 역사에 중요하고 덜 중요하고, 영광스럽고 덜 영광스러운 일은 없어요. 길게 보면 하느님은 다 자기 능력에 맞게 좋은 일을 주십니다.

또 제가 지상에서 넘치게 보상받은 것은 하나의 전시 효과로 볼 수 도 있어요. 다른 성직자들을 자극하는 효과적 방법이지요. 불쌍한 약자 돕기에 더 많이 나서라는 계시라면 어떨까 생각합니다. 지상의 영광은 물거품 같은 것, 천상에서 무슨 큰 의미가 있나요?"

말을 마치자 테레사 수녀는 데클라 원장에게 눈짓을 했다. 함께 자리를 뜨자는 신호로 보였다. 당황한 쪽은 정약종 아우구스티노다. 바야흐로 기회를 보아 데클라 수녀원장에게 2백여 년 전 처형 전 날 꿈에 현시로 나타났던 사연을 물으려던 참이다. 그 때 당사자가 데클라 원장이었는지, 지금 자기를 기억하는지 알고 싶었다.

"저 잠깐만…." 정약종이 입을 여는 순간 테레사 수녀는 재빨리 데클라 원장을 앞세우고 이미 문밖으로 나간 뒤였다. 쫓아 나가 붙잡을까 생각했지만 채신없게 보여 할 일없이 주저앉고 보니 이제 정약종과 엘리사벳만이 남았다.

디모테오 감사원 비서실장이 정약종에게 들어보라고 한 얘기 보따리가 풀릴 차례다. 차 한 모금을 마신 엘리사벳이 그때부터 쏟아놓은 말은 한편의 드라마였다. 어떻게 자신이 최동혁 신부의 수호천사가 되었는지, 그를 통해 어떤 천국과 지구에 얽힌 심각한 비리를 밝혀냈는지 차근차근 설명했다. 특히 그녀와 최 신부 사이 한 쌍의 젊은 날을 읊은 스토리는 재미 만점의 산문시 그대로였다.

서울 명동 대성당 소속 최동혁 신부라면 정약종도 최근 지구 소식지를 통해 가끔 들어 본 지구촌 복음 사업의 선두를 달리는 유명 인사다. 유려한 강연과 품위 있는 저술로 지상 세계, 특히 한국에서 인기 만점이다. 로마 교황청이 주목하는 세계 1백대 보람 사제 명단에 당당히 이름을 올려놓기도 했다. 같은 배달민족 일원으로서 그의 이름은 정약종에게 늘 뿌듯한 감정을 주어 왔다.

그러니까 엘리사벳이 울릉도에서 괴한들에게 피습 당하고, 육지로 수송되고, 서울 가톨릭 성모병원에 입원, 가료를 받고 한국을 떠난 것은 사건 발생 약 6개월쯤 지나서다. 그동안 줄곧 그녀의 구원자 겸 후원인인 최동혁이 옆에 그림자처럼 따라다녔다.

울릉도 피습 뒤 처리와 엘리사벳의 입원 및 간호에 열을 다 한 것도 서울대 공대 재학생 최동혁이었다. 심지어 엘리사벳과 동행, 성인봉 등산길에 나섰다 피습되자 나 홀로 뺑소니를 친 그녀의 미국인 남자 친구이자 피스코(평화봉사단원) 동료를 붙잡아 경위를 듣고 엘리사벳에게 사과시킨 것도 최동혁이었다.

환자 대 보호자 역, 피습자 대 구원자 역으로서 만난 두 젊은이 관계는 국적을 떠나 날이 갈수록 묘한 감정으로 번져 갔다. 하지만 병상에서 사랑의 결실을 맺기에 6개월은 길지 않았다.

결국 두 사람 사이에 어떤 약속이 오고 가기 전 엘리사벳은 미국 부모의 재촉으로 한국을 떠났다. 귀국 후 몇 번의 편지를 주고받았으나 그녀와 최동혁은 제각기 먼 나라에 살며 다시 일상으로 돌아가 데면데면 해진다. 핑크 빛 봄날은 간 것이다.

그사이 최동혁은 잘 생기고 공부 잘하고 역동적인 한국의 젊은이들처럼 새 여자친구를 사귀었으나 얼마 안 가 무참히 실연의 아픔을 겪는다. 본인은 괜찮지만 집안이 별 볼일 없다는 여자 친구 쪽 결별 이유가 가슴을 찔렀다.

그게 계기였다. 최동혁은 난데없는 실연 아픔 속에서 언젠가 괴짜 스님이 어머니에게 자신을 두고 했다는 말이 생각났다. 승려가 되어야 성공하겠다는 그 말이 가슴 속 어딘가에 깊이 잠자고 있다 문득 되살아 난 것이다. 어머니의 어렸을 적 신기 얘기까지 생생했다. 무술 연마 중 고교 시절 들렀던 언덕 위에 작은 성당의 성모 마리아상과 그 옆에 만발했던 능소화도 떠올랐다. 그 순간 그는 간절히 천주 하느님을 갈구한다는 사실을 깨달은 것이다.

최동혁은 대학 졸업과 함께 과감히 가톨릭 사제가 되기로 결심한다. 서울대 출신 공학사가 신학대학에 편입, 좋은 성적으로 조기 이수하자 곧장 미국 유학길이 트였다. 에모리 신학대학 석 박사 과정을 밟는 가운데 그의 영성은 날로 깊어 갔던 것이다.

이쯤해서 최동혁의 과거를 짚어 가던 엘리사벳이 서서히 자신 얘기로 말머리를 돌린다.

"우연이 우연을 낳는다고 하잖아요. 저의 집은 미국 중부의 대도

시 '세인트 루이스'에 있었어요. 미시시피강이 '톰 소여의 모험'을 싣고 바다처럼 흐르는, 서부 개척시대 전초 기지다운 활력이 넘치는 곳입니다. 20세기 초 현대시의 막을 연 T. S 엘리엇이 태어나서 어린 시절을 보낸 곳이기도 하구요.

거기서 자동차로 두 시간 거리인 콜롬비아 시티의 미주리 콜롬비아 주립대에 다니다가 한국에 왔었는데 울릉도에서 찔렸던 칼침 후유증이 5년쯤 뒤에 재발했지요. 의사 말로는 사건 때 췌장 쪽을 약간 건드린 것이 제대로 아물지 않았다는 겁니다. 저는 귀국해서 대학을 마친 뒤 줄곧 지역 신문사 기자로 근무하며 사회문제를 다루었지요. 특히 복지 향상에 관한 기사를 많이 썼습니다."

수호천사 엘리사벳은 과거 회상이 즐거운 듯 말하면서 얼굴에 미소가 떠오른다. 어쩌면 가슴에 품고 있던 회한을 모처럼 풀어낸다는 후련함일지 모른다. 혹은 최동혁과 같은 나라 출신 정약종이란 존경할만한 천국의 고위직을 모처럼 만난 반가움일 수도 있다. 정약종은 이미 천국에서 깊은 지식과 신앙, 고른 공동체 사상을 갖고 있는 신진 지도자로서 자리를 잡아가고 있었다.

"오랜 상처가 덧나 죽게까지 되었는데 평소 예증은 전혀 없었다는 말인가요?"

정약종은 말을 이어 가기 위해 간간이 장단을 맞춘다.

"이따금 배가 살살 아플 때가 있긴 해도 특별히 걱정할 수준은 아니었어요. 소화불량 정도로 알고 간단히 소화제를 먹고 잊어버리고는 했지요. 그런데 어느 무더위가 기승을 부리던 날 지역 신문 기사 취재를 위해 콜롬비아 시 변두리 하이드 파크란 동네를 갔었습니다. 미주리의 여름은 엄청나게 덥지요. 섭씨 40도를 오락가락하면 에어컨을 켜도 나중에는 더운 바람만 나옵니다. 오죽하면 월마트 같은 대형 건물로 피신하라는 지역 방송을 하겠습니까.

하지만 거동이 불편한 노약자는 그것도 어렵지요. 이 경우 전기까지 나간다고 생각해보세요. 그야말로 살인적입니다. 하이드 파크에 히스패닉 노인 부부가 사는 집이 있었는데 거기서 바로 그런 일이 벌어진 겁니다. 에어컨 고장 신고 몇 시간이 지나도 오지 않는 수리공 때문에 그만 노부부가 더위를 먹어 죽고 말았어요. 문제는 제보받고 현장 취재를 갔던 저마저 거기서 쓰러졌다는 얘기지요."

"엘리사벳의 경우 더위 때문만은 아니겠지요?"

"그럼요. 역시 전의 칼침 상처가 결정적으로 덧난 겁니다. 물론 혹서에도 불구 무리하게 움직인 게 상승작용을 했겠지만 실신의 근본 원인은 옛 상처였어요. 그 길로 입원하고 수술 받았으나 모르는 새 그동안 증상이 악화돼 결과는 시한부 인생 통보를 받았습니다.

저는 울고불고 기도하다 마음을 다스렸어요. 평생 좋아하던 여행이나 실컷 하겠다고 아픈 몸을 추슬러 나그네 길에 나선 겁니다. 미국 전역을 마구 방랑자처럼 헤맸지요. 그러다가 플로리다주의 유명

휴양지인 데이토나 비치에서 옛날 울릉도 성인봉 산행길 생명의 은인이었던 최동혁 학생을 만나게 됩니다. 아까 우연은 우연을 낳는다고 했지만 정말 꿈만 같았어요. 신에 대한 고마움과 야속함을 동시에 느낀 순간이었습니다."

"그 장면이 선명하게 떠오릅니다. 감동적인 영화 씬 같았겠네요."

정약종의 적절한 대화 베이스 넣기에 엘리사벳의 긴 얘기가 더 힘을 얻는다. 실감이 느껴질 정도다.

"여러 곳을 다녀 봤지만 데이토나 비치는 정말 꿈의 해변입니다. 천국에 비유해서도 손색이 없어요. 거기 특유의 단단한 모래밭에서 한 동양 사나이가 석양을 등 지고 갈매기 모이를 주고 있는 모습은 한 폭의 명화 이상이었습니다. 어쩐지 낯이 익다 싶어 주춤주춤 다가서던 저는 깜짝 놀라고 말았지요. 최동혁, 바로 그 사람이었습니다. 오, 하느님, 저는 그 순간 무릎을 꿇었습니다. 우연이 우연을 낳은 게 아니라 이건 하느님의 섭리였음을 알게 된 거지요."

"최 신부 역시 감동 먹었겠지요?"

"그럼요, 두 사람은 누가 먼저라고 할 새 없이 얼싸 안았습니다. 동시에 마음속으로 이건 기적이다, 기적이다라고 외친 겁니다. 최 신부님은 그때 에모리 신학대학원에서 박사 학위 코스를 마치고 논문 제출 뒤 등 떠밀리듯 데이토나 비치에 달려왔다고 했어요. 성령의 계시 아니고 가능한 일일까요. 두 사람 다 외로운 처지로서 우리는 거리낄 게 없었습니다. 그리고 그 분께 제가 말했어요. '나는 얼마 못 산다, 내가 죽어 혹시 천국에 간다면 반드시 하느님께 부탁 드려 당신의 수호천사가 되어 지켜보겠다.'라고. 그렇게 지상에서 우리 사이는 끝이 난 겁니다."

정약종 의원은 엘리사벳의 사연을 듣고 있는 동안 가만히 최동혁 신부를 생각해본다: 잘 난 한국인으로 태어나서 평범한 삶을 마다하고 사제의 길로 들어서기 전 꽤 좋은 경험을 했다고 느낀다. 18세기 중반 암울했던 조선 땅에 살며 사상적으로 방황하던 자신과는 시대적 배경이 다르기는 했다.

"그럼 최 신부 수호천사 역할을 맡게 된 게 그리 오래되지는 않았군요. 그래도 테레사 수녀님 말씀에 의하면 그와 관련된 상당히 중요한 일을 하고 있는 것 같습니다."

정약종은 이제부터 본론이 나올 차례라고 보고 서두를 떼어 본다. 디모테오 비서실장이 그냥 엘리사벳과 최 신부의 과거 연인 관계를 들어보라고 자기를 오늘 이 자리에 보낸 것은 아닐 것이다.

"네, 어쩌다 보니 그렇게 된 것 같아요. 언젠가 여기 베네딕토 수녀원에 데클라 원장님을 뵈러 디모테오 님이 오셨다가 우연히 차 심부름을 했던 저를 보았습니다. 바오로 감사원장님 심부름을 오셨던 것 같아요. 얘기 끝에 용기를 내 제가 청을 드렸습니다.

혹시 제가 지상 누군가의 수호천사가 되고 싶다면 가능한지 여부였지요. 누구냐길래 최동혁 신부라고 했더니 갑자기 얼굴이 빛나시는 거에요. 그러지 않아도 그 사람 수호천사를 찾고 있던 중이라고요. 그만큼 중요한 사제라는 겁니다."

"왜 꼭 디모테오 님인가요? 직접 원장 수녀님께 말씀드리지요."

정약종이 말하자 엘리사벳이 살짝 웃는다.

"데클라 원장님이야 바오로 감사원장님과 옛날 화형식을 같이 치른, 말하자면 화형식 동기 사이로 알려진 분인데 부탁드리기 좀 껄끄럽지 않을까 생각했어요. 차라리 비서실장이신 디모테오 님이 자연스럽지요. 원래 수호천사 지정은 지구촌 관리위원회와 감사원에서 필요성을 합의한 지상 인물에 대해 수녀원이 적당한 천사를 천거하면 결정되는데 아무래도 감사원 쪽 말이 더 잘 먹히거든요."

엘리사벳 말이 하나같이 아귀가 들어맞는다. 영리하구나, 라고 정약종이 생각하는데 그녀의 다음 말이 결정타를 매겼다.

"그 이후 저는 곧바로 최 신부의 수호천사가 되고 얼마 전에는 지상에 가서 그에게 중요한 임무를 맡기고 왔어요. 옛날 생명의 은인에게 부담 주는 게 썩 내키지 않았지만 천국의 일인데 도리 없지요. 또 제가 쉽게 그분의 수호천사 된 이유도 그런 것이었으니까.

그렇게 임무를 준 뒤 일이 끝나는 대로 최 신부 방 창가 새장 속의 연락책 파랑새에게 말하라, 그럼 제가 찾아가겠다고 약속했었습니다. 어려운 일을 최 신부님이 흔연히 승낙해 고마웠어요. 속으로 반신반의했는데, 그 파랑새가 오늘 저에게 연락을 해 온 거에요."

정약종은 그 임무가 흔한 일이 아닐 것이라고 판단했다.

13. 향상문

이승훈 중앙행정법원장은 출근하자마자 천국 입국장 '향상문' 관계자에게 엊그제 사무 착오로 사망 통고를 받고 와서 대기 중인 이채구 신부를 최대한 빨리 법원에 출두시키라고 호출했다. 입국 여부 최종 확인이 법원 소관이라 가능한 일이었다. 그러나 돌아온 대답은 엉뚱했다.

이채구 신부는 사무 착오 사망자이기 때문에 천국 입국이 원천적으로 불가능, 법원 출두가 안 된다는 것이다. 착오 경위와 책임 소재를 따지기 위해 그와 대면이 불가피하다고 해도 담당자는 막무가내였다. 정 필요하면 직접 와서 확인하라고 잡아뗐다.

하지만 이 신부의 비밀 호출은 이승훈 베드로에게 나름 이유가 있었다. 영계인간 선정 문제를 아직 공개적으로 다룰 때가 아닌데다 이 신부가 '향상문'에서 법원까지 오고 가며 살핀 일련의 천국 모습들을 스냅 사진처럼 가슴 속에 담았다가 지구에 귀환해서 사람들에게 흘린다면 천국 홍보가 절로 되는 것이다. 착오를 천국 선전 기회로 삼자는 의미다. 그런데 이렇게 불통 천국 관료라니 기가 막힌다.

이승훈은 더 이상 통하지 않자 정약종에게 저간의 사정을 알렸다. 바오로 감사원장에게 큰 소리를 쳐 놓고 나온 처지에 미적거릴 시간이 없다. 영계 인간 후보로 '마이클 박' 목사가 적격자라면 빨리 본인 승낙을 얻어 하느님 귀환 즉시 보고하자고 바오로 원장은 거듭 당부했었다. 이승훈의 하소연을 들은 정약종은 곧 '향상문' 수문장 오네시모에게 바오로 원장 안부와 함께 직접 협조를 요청했다.

오네시모는 바오로 감사원장을 그 옛날 로마 감옥에서 처음 만났다. 한 쪽은 복음 전파자로서, 또 한 쪽은 주인 돈을 훔친 죄인으로서 이질적 만남이었다. 오네시모는 바오로의 후원자인 필레몬의 노예였으나 감옥에 들어온 뒤 바오로의 복음을 듣고 감명, 진실한 그리스도 신앙인으로 변했다. 바오로 역시 오네시모의 믿음을 확인하고 필레몬에게 사면을 요청, 천국의 관문 책임자까지 오르게 한 것이다.

과연 오네시모는 정약종의 설명을 듣자 당장 이 신부의 지구 귀환을 연기시키고 법원 출두 지시를 내렸다. 또 시간 없다는 지구촌 관리위원회 재촉을 꺾고 당분간 말미도 얻어냈다. 멀쩡한 사람을 착오로 죽여 놓고 재촉은 성화같다고 실소했지만 사실 귀환이 늦어질 경우 뜻밖의 소동이 지구에서 빚어질지 모른다.

이미 장례식 끝난 뒤면 무덤에서 시체가 살아나야 하고 아예 화장한 경우는 돌아가도 영혼이 들어갈 몸이 없어진다. 자칫 구천의 떠도는 방랑자가 되어버린다. 그렇다 해도 오네시모에게 오늘 향상문 부하 직원의 일 처리는 답답했다.

언제부터인가 천국 운영 시스템이 삐걱대기 시작한 것이다. 융통성, 신축성은 간 곳 없고 규정과 예규에 묶여 복지부동했다. 오늘 일만 해도 그렇다. 대배심 법원 수석 판사가 피치 못할 사정이라고 요청했으면 뒤처리를 깔끔히 한 뒤 보냈어야지, 규정 핑계로 고집 세게 거부한 것은 보신 위주에 다름 아니다.

오네시모는 법원 측의 소환 이유에 대해서는 바오로의 관심 사항임을 염두에 두고 캐묻지 않았다. 보통 일이 아닐 거라고 간단히 생각했다. 정약종 아우구스티노에 대한 평소 존경과 믿음이 작용한 것은 물론이다.

"부흥사로 유명한 '마이클 박' 목사에 대해 더 좀 알고 싶어 오시게 했습니다. 그분의 현재 목회 활동은 물론 일반 사생활까지, 인간 됨됨이 모두를 알고 싶군요. 괜찮다면 그분께 천국의 주요한 일을 맡기고 싶어 그러니까 솔직하게 말씀해 주세요."

이승훈은 '향상문' 관계자가 급히 하늘 승용차 '날쌘 틀'에 태워 데리고 온 이채구 신부를 자신 사무실에서 직접 상대하기 시작했다. 정약종이 옆에서 조용히 지켜보고 있다. 천국 입국장 '향상문' 숙소에서 보던 밋밋한 풍경과 달리 난데없이 하늘을 날아 법원으로 오는 도중 본 꿈결처럼 아름다운 천국 모습에 이 신부는 몹시 들뜬 얼굴이다. 하지만 답변은 진솔했다.

"어려서부터 죽마고우지요. 매일 못 보면 병나는 사이는 아니지만 친구 중 누구보다 믿음이 가는 사람입니다. 사목 활동이나 인간 생활이나 족히 모범이 될 만합니다."

이채구가 차분히 대답하자 이번에는 정약종이 나선다. 일단 이 사람은 믿을 만하다고 판단했다.

"하지만 마이클 박 목사는 어려서 친구이지 성인이 되어서는 오래 떨어져 지낸 사이 아닌가요. 대학 졸업과 동시에 그는 미국 유학을 가고 거기서 직장 잡고 결혼까지 했는데 그동안 어떻게 변했는지 자신 있게 말할 수 있습니까?"

"물론 그렇지요. 하지만 사람 평판, 특히 친구 사이의 평판이란 속이지 못합니다. 그게 또 잠시가 아닌 일생에 걸친 평판이라면 더 더욱 그렇지요. 마이클 박과는 초등학교에서부터 대학까지 친구로 지냈고 그 이후 미국 생활 소식도 누구보다 자주 듣는 사이입니다. 믿음과 능력 면에서 틀림없습니다."

이채구 신부는 영문도 모른 채 답변하며 아무쪼록 천국의 고위직이 분명한 앞자리 두 사람에게 좋은 인상을 주고 싶었다. 천국에 와서 한국인을 만난 게 신기하고 좋았다. 도대체 누구기에 이처럼 당당한가. 향상문 관계자는 법원 출두 지시니까 가보면 알 거라고 내용을 얘기해주지 않았다.

"그렇다면 말씀드리겠습니다. 우선 우리 소개부터 하지요. 저는 천국의 대배심법원 수석 판사 겸 중앙법원장 이승훈 베드로라고 합니다. 그리고 이분은 원로원 의원 정약종 아우구스티노 님이지요. 두 사람 다 18세기 조선 시대에 천국에 왔습니다."

이승훈의 설명에 이채구는 화들짝 놀란다. 아니, 여기서 이런 유명 인사를 만나게 되다니 기적이 따로 없다. 자기도 모르게 말이 튀어나온다.

"그렇다면 조선 순조 시대 신유박해 등을 거친 우리나라 천주님 개척자들, 정약종, 이승훈 순교자님이시군요. 정말 영광입니다. 이런 데서 만나 뵐 줄은 꿈에도 생각 못했습니다. 물론 순교하신 뒤 천국에 오셨으리라고 생각은 했지만요."

"우리도 우연찮게 신부님을 알게 되어 반갑습니다. 지금 서울 어느 성당에서 근무하시다 오신 것으로 알고 있습니다만."

"네. 서울 반포 4교회 주임 신부로 일하다가 그만 하느님 부름을 받고 왔습니다. 그 지역은 조선 시대 세종대왕 넷째 아들인 임영 대군 일가가 살던 장안마을 터로 풍수는 명당인데 인재 때문에 삼풍백화점 붕괴 사고가 났던 곳이기도 합니다. 지금은 서울의 아주 금싸라기 요지지요. 아무쪼록 편하게 대해 주십시오."

한결 마음이 놓였는지 이채구의 인사가 장황하다. 동네 풍수까지 들먹이는 여유를 보이자 정약종은 빙그레 웃고 이승훈이 계속 말한다.

"그럼 신부님은 오늘 지구로 귀환한다는 사실을 모르십니까?"

이채구는 또 다시 깜짝 놀란다. 금시초문이다. 지구로 귀환한다면 살아 돌아간다는 말인데 얼굴이 화끈 달아오른다. 반포 4교회 옆 그리운 서리풀 공원, 누에다리, 몽마르트 공원을 다시 산보하고 채강, 채영 동생들을 볼 수 있다니 꿈만 같다.

천국을 잠깐 엿본 것도 좋지만 50대에 들어선 그에게 이승은 아직 그리운 대상이었다. 이번에 서울 강남 성모병원에서 간암 진단을 받고 덩어리 두개를 잘라내러 수술실에 들어갈 때 하느님께 모든 것을 맡겼던 것은 사실이다. 그러나 그때도 가능하면 더 살고 싶었다. 사랑스런 채영 누이, 머리 좋은 채강 남동생도 다시 보고 싶다.

"참으로 부끄러운 일이 발생했어요. 사무 착오로 다른 분 대신 이 신부님이 잘못 온 겁니다. 정말 죄송합니다. 그래서 여기 일이 끝나면 신부님을 지구에서 다시 깨어나게 합니다. 아마 깊은 혼수상태에 빠졌다가 돌연 정신이 드는 형식을 취하겠지요. 지상에서 크게 이상하게 생각할 분위기는 만들지 않을 겁니다."

이승훈의 말을 받아 미소 짓던 정약종이 마침내 본론을 얘기한다.

"저희로선 부끄러운 일이지만 신부님은 별로 나쁘지 않았지요. 천국 구경도 슬쩍 해보고 다시 지상 생활을 하게 되니 일석이조인 셈입니다. 물론 저희들 천국의 행정 착오를 변명할 생각은 추호도 없습니다. 거듭 사과드리며 하는 말씀인데 대신 이 신부님께 훌륭한 미션을 하나 드리고 싶군요."

"천국의 일을 제가 맡아 한다는 말인가요? 제 천직이 사제입니다. 어려운 일이라도 맡겨만 주신다면 최선을 다 하겠습니다."

이채구가 황급히 대답한다. 이승의 삶을 다시 계속하는 마당에 무슨 부탁인들 못 들을까. 개똥밭에 굴러도 이승이 낫다지 않나.

"먼저 신부님이 말씀한 마이클 박과는 지구 귀환 즉시 연락이 가능합니까? 그분과 관련된 일을 좀 빨리 처리해야 해서요."

"네, 물론입니다. 원래 주소는 미국 LA이고 유럽과 아시아를 수시로 누비고 있긴 하나 지금은 대한민국 서울에 몇 달 예정으로 머무는 중이지요. 며칠 전에도 제 병문안을 왔었고요. 그때 외국 나간다던 얘기는 못 들었으니까 바로 만날 수 있을 겁니다."

이채구와 정약종의 대화가 계속된다.

"돌아가시면 마이클 박을 만나 얘기를 전해주십시오. 천국에서 마이클 박을 '영계인간'으로 선정, 하늘의 일을 맡기고 싶은데 의향이 어떤지 타진하는 겁니다."

"영계 인간이란 뭡니까? 어떤 일인지 좀 더 소상히 말씀해 주세요. 설마 인간이 천국에 산다는 뜻은 아닐 테고."

"수시로 천국을 오고가며 천국과 지옥 관련 일을 보고 듣고, 지상 사람들에게 이를 전해 하늘의 복음이 얼마나 진실성 있는지 알리는 겁니다. 성경 말씀을 몇 천 년 전 옛날 얘기처럼 하는 게 아니라 현재와 미래 얘기임을 주지시키는 것이지요.

한마디로 애매한 믿음의 소유자들에게 확신을 주는 사업입니다. 냉담자는 물론 불신자들에게 충격이 크겠지요. 요즘 기독교가 때로는 표층적, 때로는 심령적 종교로 전락한다는 비판에 대해 보다 사실적 대응을 하려는 뜻이기도 하구요."

"그건 참 거룩한 일입니다. 의향을 물어볼 것도 없지요. 마이클 박 목사는 그런 일이 있다는 것을 몰라서 그렇지 아는 순간 바로 승낙할 겁니다. 그런데 죄송하지만 왜 꼭 그 사람입니까? 저도 신부로서 사제 길을 걷고 있는데 왜 저는 안 됩니까? 그가 개신교 목사이고 저는 천주교 신부라는 차이밖에 없는데 말입니다."

얘기가 의외로 반전하자 정약종과 이승훈은 멈칫하며 서로 얼굴을 바라본다. 이 신부 말은 구태여 마이클 박을 설득할 것 없이 자신이 직접 하고 싶다는 강력한 의사 표시다. 잠시 뜸을 들인 뒤 이승훈이 달래듯 말했다.

"신부님 뜻은 알겠습니다. 그 일에 의향이 있으시단 말씀인데 영계 인간이란 일단 죽었다가 되살아나는 겁니다. 일종의 가사 상태로 하늘나라에 와서 보고, 듣고, 지구로 귀환하는데, 그 과정에 오류가 생기면 영영 죽을 수도 있습니다. 물론 그럴 리야 없겠지만 이번 신부님만 해도 착오로 하늘나라에 온 것 아닙니까. 그 착오는 또 생길 수 있어요. 그래도 좋습니까?"

"저야 오늘부터 어차피 덤 인생입니다. 지금 이 순간 제 목숨은 다시 태어난 두 번째 인생인데 보람 있는 일을 주신다면 못할 게 없어요. 저에게도 기회를 주시면 안 됩니까?"

이채구의 간곡한 청을 듣자 이번에는 정약종이 말했다.

"저희끼리 결정할 문제가 아닙니다. 조만간 바오로 님, 베드로 님, 스테파노 님 등 이 사업 관련 고위직들과 만나 거론은 해 보지요. 마이클 박은 이분들과 상의를 끝낸 일입니다. 우선 저희 말대로 하시면 이 신부님 얘기는 나중 따로 말씀드릴 기회가 있을 겁니다. 만일 잘된다면 내 생각에 마이클 박은 국제 선교에, 이 신부님은 한국 내 활동이 어떨까 싶긴 하네요."

"제가 중국어와 일본어는 꽤 하니까 동아시아 지역을 망라해도 무방할 것 같습니다. 아무쪼록 그렇게 되게 힘써 주십시오."

이채구의 간절한 얼굴을 보며 이승훈이 대화를 끝낸다.

"지구에 귀환하시면 우리가 곧 수호천사를 보낼 겁니다. 그에게 저간의 사정을 말해 주면 되지요. 오늘은 이만 헤어집시다. 귀환 시간이 빠듯하니까 무리할 필요 없지요. 다시 깨어난 지구에서 더욱 분발해 심층적인 사제가 되길 기도합니다."

14. 의료센터

루카 천국 의료센터 소장의 이마에 주름살이 요즘 부쩍 많이 늘었다. 신약 성경 4대 복음서의 하나인 '루카 복음'을 쓸 때보다 더 힘들다는 생각이 든다. 그때는 바오로 사도를 통해 예수님의 복음을 전해 듣고 완전히 빠진 덕에 무슨 일을 해도 힘든 줄을 몰랐다. 자신이 의사로서 바오로의 육체적 질병을 봐주었다면 바오로는 영혼 관리자로 자신의 정신을 치유한다고 믿었다. 그래서 예수님 행적을 전승과 기록으로 찾아내 정리하는 데 큰 힘이 들지 않았다.

비유태계 시리아 출신 의사로서 인텔리 계층이었던 그는 의료 기술뿐만 아니라 글을 읽고 유려하게 쓰는 문학적 재능까지 겸하고 있었다. 그럼에도 유태인 랍비나 바리사이, 사마리아 사람들이 손가락질 할 경우 과거 같으면 참기 어려웠을 것이다. 하지만 일단 예수님 복음을 전해 듣고 난 뒤 그는 어떤 모욕 앞에서도 웃음을 보이는 여유를 갖게 되었다. 그게 완전한 기쁨이라는 것을 바오로 사도의 말씀으로 알았다.

루카 복음서 머리말에 그런 모습이 분명하게 드러난다.

- 처음부터 목격자로서 말씀의 종이 된 이들이 우리에게 전해준 것을 '그대로' 엮은 것입니다. 존귀하신 테오필로스 님, 이 모든 일을 '처음부터 자세히 살펴본' 저도 귀하께 순서대로 적어드리는 것이 좋겠다고 생각했습니다. 이는 귀하께서 배우신 것들이 '진실'임을 알게 해 드리려는 것입니다. -

여기서 '그대로'든지 '처음부터 자세히 살펴본', 또 '진실'이라는 문구 등은 자기가 기술한 복음서가 얼마나 사실에 입각했는지를 부각시키고 믿어도 좋다는 뜻과 같다. 세상에 공포될 복음서를 쓰면서 이만큼 자신 만만하다는 것은 성령에 의하지 않고는 불가능할지 모른다. 루카 복음서 하나만 읽어도 예수 말씀과 이적의 실재는 충분히 증명되고 남는 것이다.

하물며 마티아, 마르코, 요한복음서 등이 다 비슷비슷하게 기록한 예수님 행적까지 고려한다면 성경의 신빙성은 넘치고 넘친다. 실제 루카는 복음서를 쓰는 기간 내내 무엇인가 가슴 속에 꿈틀대어 써나간 한낱 기술자였음을 고백한다. 그 '무엇'이 바로 성령일 것이다.

20세기 영국의 세계적 시인 W. B 예이츠가 만년에 무의식 상태에서 쓴 시, 「비잔티움 항해」 등이 그 비슷한 과정을 통해 탄생했다. 53세에 만혼인 예이츠가 때때로 가슴 벅차 중얼대는 소리를 그대로 적어낼 수 있었던 젊은 아내 조지 하이드 리즈의 신들림, 신기가 없었던들 많은 그의 주옥같은 시가 세상 빛을 보지 못했을 것이다. 대 필자 역할이 저자 못지않다는 뜻이다.

예이츠보다 거의 2천 년이나 앞선 시대에 의사로서 문학적 재능 까지 겹쳤던 루카가 복음서 기술에 눈을 떴다는 것은 인류의 행운이 다. 성경사에 남을 계시의 산물이다. 그러나 루카 자신은 막상 하늘 나라에 오자 상황 변화를 절감한다. 그것도 최근 몇 년 심해졌다. 뭔 가 변화 필요성에서 자신 분야의 가능한 일들을 정리해 야고보 총리 에게 전달, 추진하려 했으나 반응이 없다.

마음속 갈등이 커지던 차에 돌연 하늘궁전 마티아 총괄실장에게서 한 통의 봉투가 조용히 혼자 뜯어보라는 전갈과 함께 전해졌다. 그 러나 루카가 잔뜩 긴장해서 뜯어 본 내용은 허망했다. 달랑 작은 메 모지에 글자라고는 아라비아 숫자 '5,000 아니면 3,000'과 '?' 물음 표가 전부였다. 이게 웬 수수께끼인가. 얼마 동안 끙끙거리다 보니 문득 짚이는 것이 있었다.

계절이 분명치 않은 천국이지만 그래도 약간의 온도 차이, 빛의 강 도, 철 따라 나오는 과일, 바람의 방향 등을 통해 4계절 구분은 그어 져 있었다. 겨울에는 가끔 눈발이 날리고 아주 먼 곳에 눈 쌓인 설 원과 스키장까지 있다는 말을 들었다. 한여름에는 주룩주룩 비 오는 날 창밖을 내다보며 우수에 젖기도 하고 생동하는 봄 꽃, 지는 가을 낙엽을 즐겼다. 지난 이른 봄이었던가, 복사꽃 활짝 핀 천국의 산야 가 한껏 화려할 때 루카는 느닷없이 하늘궁전 초대를 받았다.

말인즉 마티아 총괄실장이 머리가 좀 아프니 왕진 겸 하늘궁전 뜰 에서 봄 꽃맞이 다과회가 어떠냐는 초대였으나 막상 그날 루카는 하늘궁전 대청마루에 꿇어 엎드려 하느님 말씀을 듣는 희귀한 경험을 했다. 천국에 온 첫 날과 의료센터 개장일 이래 세 번째 일이다. 그날 은은하게 감정을 매만지는 향기가 대청마루에 가득했었다.

"루카, 너는 꽤 긴 세월 의료센터 소장 일을 맡아 왔다. 그동안 느낀 점은 없느냐?"

천장에서 내리는지, 사면 벽을 통해 흐르는지 분간하기 어려운 장중하면서 고즈넉한 음성이 루카를 부드럽게 감쌌다. 하느님이구나, 순간 루카는 전율했다. 하지만 정신은 분명했다. 생각이 많았었기 때문이다. 누구에게인가 말하고 싶어 못 견뎠던 나날을 생각하면 이야말로 성령이 준 기회였다. 루카는 목소리를 가다듬었다.

"하느님, 어떤 말씀이라도 허용하시겠습니까?"

"그래, 오늘은 네 진솔한 말을 듣기 위해 마티아에게 너를 부르라 했다. 네 생각을 짐작하고 있으니 서슴지 말라."

"감히 말씀드리겠습니다. 천국의 많은 영들이 병들어 시들고 있습니다. 어찌 처리해야 하나 매일같이 고민입니다."

"왜 그런 일이 일어난다고 보느냐? 원인과 대책을 말해보라."

하느님 말씀은 군더더기가 없었다. 루카는 오히려 그게 좋았다. 마음에 배짱도 생겼다.

"비록 육체는 떠나고 없지만 정신은 오히려 지상보다 더 활발히 활동하는 게 천국 생활입니다. 환경이 좋으니까 생각은 더 많아지고 생각이 많으면 골치 아픈 일도 생깁니다. 세월에 따라 기능도 약화합니다. 그런데 그동안 천국은 천사들의 삶을 환경적 요소로만 따졌지 정신적 요소에는 등한했지요. 천사들도 움직이는 생물이면 변화가 필요합니다.

무생물이 아닌 한 매일이 매일 같으면 따분해집니다. 예수님께서 승천하신 지난 2천 년 동안 천국에 변화가 있었습니까? 거의 없습니다. 주어진 일터에서 소정의 일을 기계처럼 하고 나머지는 너나없이 쾌락한 생활을 즐기는 게 전부지요. 정신적으로 병들고 타락한 천사가 나와도 방치하거나 기껏해야 실버타운, 심하면 지옥 추방이 고작이었습니다. 치유 노력을 소홀히 했지요."

루카의 긴 설명에 하느님은 한마디로 물었다.

"어찌 하면 좋겠느냐?"

"영혼 치유에 더 관심을 가져야 합니다. 곳곳에 의료센터 지소를 설치하고 직원도 늘려야 하겠지요. 맡은 일, 여가 생활도 간단없이 바꿔 줄 필요가 있습니다. 또 한편으로 저희는 나름 영혼 타락 예방 백신을 개발했어요. 한 번 맞으면 적어도 100년은 유효한데 그 유효 기간을 더 늘리도록 연구에 박차를 가하려 합니다. 영혼 손상 환자를 저희는 마이너스 5도 자리에서 마이너스 1도까지로 5등분하고 있습니다. 그런데 현재 치료 수준은 마이너스 2도 환자까지가 최선이지요. 그 이하 나쁜 환자는 치료가 불가능합니다."

"그게 다인가?"

"천국에서는 보통 지상에서의 육신을 껍데기로 쓰고 생활합니다. 피차 보이지 않는 영혼을 대하기보다 그게 더 자연스럽기 때문이지요. 처음 만남에서의 인상도 중요합니다. 그래야 또 그 사람, 아니 그 영혼의 취향 같은 것도 짐작할 수 있고요. 그런데 이따금은 그 겉옷, 그러니까 육신이란 껍데기가 고장 나는 경우가 있어 그 수리도 만만치 않습니다. 그런 거야 더 노력해 해결해야 하겠지만……."

루카가 주저하자 주위가 적막해진다. 하느님은 묵묵히 기다리신다. 하느님 처소, 하늘 궁전 대청 금빛 마루에 무릎 꿇은 루카의 머릿속에 갑자기 한 얼굴이 떠오른다. 한국인 정약종 아우구스티노다. 바오로 원장 정기 검진 차 감사원에 갔다 우연히 만나 오늘 화제의 핵심인 영혼 손상 문제를 토론했었다.

아무도 상상치 못했던 얘기를 정약종 아우구스티노는 덤덤한 듯 무심히 말하는 것이었다. 아, 이런 식이라면 나중 내 복음서를 추가

로 더 써야 할 순간이 올지도 몰라고 루카는 이 날 사무실에 돌아
와 머리를 싸맸었다. 담대한 얘기를 그대로 수용 못하고 머뭇댄 자
신의 옹졸함이 부끄러웠다.

"계속하라."

마침내 하느님이 채근한다. 루카도 내친김이라고 생각했다. 대청
의 드높은 천장 채색 유리에 비친 황홀한 빛과 조금씩 기분을 떠올
리는 상긋한 향기가 루카 주위를 감돌아 용기백배해진다. 정약종과
의 토론 내용이 새록새록 떠오르며 입술을 통해 절로 흘러 나왔다.
열심히 기도하는 중 터져 나오는 방언 같았다.

"지금까지 말씀 드린 것보다 더 중요한 게 천국 내 그리스도 복음
강화 교육이라고 봅니다. 의료센터 일과는 무관한 것 같지만 실은
아주 관계 깊은 일이기도 하지요. 믿음이 약해지면서 영혼 병이 생
기니까요. 예방과 치료 차원 모두를 위해 복음 재교육이 필요합니
다. 천사들은 일단 천국에 오면 이젠 '됐다'고 안심합니다. 정신적으
로 늘어지지요. 그러니까 복음 사업을 지구만의 일로 치부, 천국이
외면해선 안 됩니다. 여기서도 재교육을 해야 합니다."

루카는 이 말 끝에 또 뜸을 들이려다 곧 마음을 바꾼다. 하느님의
인내심을 시험해선 안 된다. 내친 기회다. 이런 호기가 언제 또 올지
기약할 수 없다. 정약종이 말한 것을 왜 나는 주저하는가?

"또 하나, 타 종교와 관련된 일이지만 감히 말씀 드리지 않을 수 없습니다. 천국을 반드시 그리스도인만 오는 곳이라고 생각하고 제한하기보다 폭 넓게 개방해야 합니다. 예컨대 불교, 유교, 힌두교, 이슬람교 등에서 깨달은 이와 사랑을 베푼 사람들은 모두 와야 하지요. 종교와 종파를 가려서는 안 됩니다. 타 종교와의 긴밀한 유대관계가 적그리스도 세력에게는 독이니까요.

유일신을 믿는 종교라면 결국 따져 올라가 하느님 한 분뿐 아니겠습니까. 우리가 먼저 문호를 시원스럽게 개방해야 하지요. 진정한 종교라면 궁극적으로 추구하는 진리는 다 같을 겁니다. 이는 또 그리스도인들을 긴장시킬 계기가 됩니다. 천국의 안일한 삶이 주는 영적 손상을 막을 특효약이 될 거구요. 저와 같은 생각의 소유자가 천국에 여러 분 있습니다. 아직 조심스럽기는 하지만."

루카는 여기서 하느님 처분을 기다리기로 한다. 따져 보면 너무 불경스러운 말이 될지 모르는데 오늘 잘도 겁 없이 떠들었다.

"정말 그것뿐인가?"

한참을 기다려서야 대청 공간이 진동했다. 침묵의 시간이 길어지자 루카는 혹시 하느님이 화를 낸 것 아닌가 몸이 떨려 왔다. 바로 그 순간 장중한 하느님 옥음이 들린 것이다. 이미 다 알고 계신 것이다. 루카 심중의 계획을, 감히 발설하지 못하는 자신의 밑바닥 하고 싶은 얘기를 알고 계신 것이다. 정약종 생각도 아실 것이다. 루카는 결심했다. 그러나 여전히 고개는 숙인 채다.

"천국에도 수명이 있어야 합니다. 영생이란 것은 지상에서 추구하는 하늘나라 특권이지만 이로써 부작용이 커진다면 수술할 필요가 있지요. 왜 천사들은 영원히 살아야 합니까? 악령도 마찬가지고요. 병든 영혼으로 영생한다는 것은 욕입니다.
 적어도 영혼 손상 마이너스 3도 해당자부터는 사라져서 광활한 우주의 에너지, 새로운 별들의 생성을 돕는 각종 자원으로 회귀해야 합니다. 우주에서 태어났던 생명이 우주로 돌아가 주님이 또 다른 생명을 잉태시킬 자원으로 재생하는 거지요. 지금의 무제한 영생은 이치에 맞지 않습니다. 비록 지구 인간처럼 '생, 노, 병, 사'를 겪지 않는다 해도 천사 역시 영적으로 부활한 생명이라면 적어도 '생사'는 분명해야지요. 리싸이클이야 말로 진정한 영생이며 팽창하는 우주의 복음이 될 수 있습니다."

"얼마를 보느냐?"

긴 설명에 짧은 물음. 하느님이 화를 내지는 않았다.

"저로서는 5천 년이면 어떨지……."

"그만 가 보거라."

루카의 등에 진땀이 강물처럼 흘렀다. 3천, 5천에서 너무 길게 불렀나? 긴장해서 샘솟던 땀 줄이 갑자기 강물로 변한 것이다. 하느님과의 대화, 총리라고 몇 번이나 해 보았을 것인가. 대개는 마티아를 통해 작은 쪽지로 하느님 뜻이 전달된다고 했다.

하물며 행정 체계상 저 아래인 의료센터 원장이 하느님과 직접 꽤나 긴 대화를 나눈 것이다. 기적이다.

루카가 하늘궁전 대청을 물러 나오자 기다리고 있던 마티아 총괄실장이 싱긋이 웃으며 마중한다. 어려운 고비를 잘 넘겼다는 위로의 표정이다. 반면 하느님 앞에서 고개조차 못 들었던 앙갚음을 하기라도 하듯 루카가 똑바로 그를 바라보며 쏘아붙인다.

"도대체 귀띔이라도 해주면 어디 덧납니까? 저를 이렇게 당황케 만들고 심중의 말을 얼떨결에 쏟아내게 한 게 마티아 님의 행정술이기라도 합니까?"

"이왕 오신 김에 제 머리 아픈 거도 좀 봐주고 가시죠. 루카 님 골치는 제가 오늘 시원하게 풀어 드리지 않았습니까?"

그것은 사실이다. 하고 싶은 말, 생각은 산처럼 높아졌는데 아무에게도 말 못한다는 '임금님 귀는 당나귀 귀' 신세가 되었을 때 괴로움을 겪어 보지 못한 사람은 모른다. 정약종의 돌출 제안을 갖고 그동안 얼마나 마음 속 씨름을 했는지 모른다. 다 맞는 말인데 어디 풀어놓을 데가 없었던 것이다. 그 고민이 오늘 확 풀렸다.

"오늘 일로 제가 천국의 공공의 적이 되지 않을까 겁이 납니다. 가능한 한 비밀이 지켜졌으면 좋겠는데 그렇게 해주시겠지요?"

"저야 물론 그럴 겁니다만 하늘궁전을 다녀가신 루카 님이 그냥 계실 수 있을까요? 아마 조만간 야고보 총리를 찾게 될지 모릅니다. 주님께서 어떤 생각을 하시는지 잘 판단하기 바랍니다."

마티아 실장의 넘겨짚는 말에 루카의 밝아졌던 머리가 다시 복잡해지는 것 같다. 직접 지시는 아니더라도 이건 꼭 어떤 액션을 취하라는 말과 다름 아니다.

의료센터 사무실로 돌아온 루카는 곧 야고보 총리실에 연락을 취했다. 평소 천국의 '일인지하 만인지상', 즉 제2인자라는 서열 때문이 아니라 왠지 쉽게 접근이 안 되니 짐이 되는 것은 사실이었다. 또 실제 면회가 잘 되지 않기도 했다. 실라 비서실장에게 특청하기 전에는 좀처럼 접근을 허용하지 않는 것이다. 주인 탓 아닌가?

공교롭게 실라 실장이 자리에 없는 가운데 오늘은 딱 한 가지 중요한 의제를 짧은 시간 내 보고 드리겠다고 면회 신청을 해서 겨우 승낙 받았다. 그것도 의료센터 소장이 아닌 4대 복음서 기록자 자격으로 만나기를 희망했다. 총리실에서 이마저 외면하기는 힘들었으리라. 루카 복음은 2천 년 넘게 객관적인 중심 성경으로 각광 받고 있다. 지구에서 가장 많이 팔린 책이 성경이다.

"그래 오랜만이요. 그동안 일이 너무 많아 자주 만나지 못한 걸 미안하게 생각합니다. 특별 면회까지 신청한 것이 심상치 않은 내용인가 보군. 시간 절약 상 간단히 요점만 정리합시다."

야고보 총리가 루카를 맞이하며 내놓은 첫마디다. 부드럽지만 말투나 표정에 여전히 권위가 묻어난다. 2천 년 총리라는 세월의 무게로 보아야 할까? 하지만 씁쓸했다. 초대 교회 시절 복음 전파 동역자로서 함께 일하던 사람에게 심하다는 느낌이다.

루카가 주섬주섬 가방에서 보고서가 쓰인 A4 용지를 꺼내 들려 할 때 비서실장 실라가 노크 소리와 함께 문을 열고 들어왔다.

"와, 루카 님, 꼭 일이 있어야 만납니까? 잠깐 다른 부서에 간 사이에 오셨군요. 그동안 잘 지내셨지요? 얼굴이 옛날 안티오키아에서 복음 전파와 의료 시술을 함께하며 행복하던 그 모습 그대로인데 뭐 좋은 일이라도 있으십니까?"

"실라 님이야 말로 더 젊어지시는 것 같네요. 총리님은 눈코 뜰 새 없이 바쁘시고 실라 님은 여유가 있어 보이시고 자칫 말 많은 이들 입방아에 오를까 걱정입니다."

"말에 가시가 있군요. 저도 일을 열심히 더 하라는 뜻으로 듣겠습니다. 아무튼 루카 님 순발력은 감당키 어려워요. 해박한 말솜씨도 여전하구요. 그때 안티오키아에서 사람들이 진맥과 복음 말씀을 한꺼번에 듣겠다고 우리 쪽은 내팽개쳐 두고 루카님한테 쏠려 갈 때 우리가 얼마나 허탈했는지 압니까? 저희가 완패했었지요."

두 사람 설전에 야고보 총리가 눈살을 찌푸린다.

"이 사람들 지금 업무 시간인데 옛날 얘기들로 지새울 판인가."

"루카 님을 뵈니 옛날 생각이 절로 나서 하는 말입니다. 글쎄, 고
린토에서는 단속하려던 로마 군인을 겁 없는 루카 님이 멋지게 떼어
낸 적도 있다니까요. 바오로 님, 루카 님, 디모테오 님 등과 동아리
가 되어 길거리 복음 사업을 하고 있을 때 기세등등한 로마 군인이
수상하게 보고 우리 쪽으로 걸어오는 겁니다. 예수님 승천하시고 얼
마 안돼 박해가 막 시작될 때라 아주 당황했지요.

그때 루카 님이 갑자기 저보고 길바닥에 누우라고 했지요. 눈치껏
네 활개로 나자빠지자 루카님이 의료가방을 열고 저를 치료하기 시
작했습니다. 저도 장단 맞춰 배가 아프다고 데굴데굴 구르기 시작했
고요. 로마 군인이 와서 보니까 영락없는 위급환자에 마침 길 가던
의사가 치료하는 모습이라 흘낏 보고 그냥 가 버린 거죠. 그때 루카
님 참 멋쟁이었습니다."

실라가 신이 나서 옛날 일을 떠들어대자 야고보 총리 얼굴이 한층
더 찌푸려진다. 그 당시 일을 생각하면 야고보는 바오로에게 뒤지는
감이 없지 않다. 반면 실라는 태평하다. 비서실장 직책을 맡고 있지
만 야고보 총리와 거의 대등하게 말할 수 있는 과거 배경, 조건, 능

력을 자타가 공인하는 처지다. 2천여 년 전 총리 임명과 동시에 실라를 비서실장 발령 낸 것도 따지고 보면 견제용으로서 하느님 인사의 백미라는 평이었다.

그래도 루카는 마음이 편치 않았다. 실라가 계속 총리 입맛에 거슬리는 말을 할 경우 오늘 보고가 원활하지 않을 가능성이 커진다. 애써 잡은 면회 기회가 수포로 돌아갈지 모른다. 마침내 루카는 정색하다시피 실라에게 다음에 따로 만날 것을 요청하고 말을 중단시킨다.

"실라 님, 정말 머리가 좋으십니다. 저는 까맣게 잊고 있던 얘기인데 잘도 기억하셔서 무안을 주시네요. 만일 그때 실라 님 배가 안 아프셨다면 아마 바오로 님이 그 역할을 하셨을지 모릅니다. 그분 원래부터 고질병 있으신 거 아시잖아요. 아무튼 옛날 얘기는 나중에 따로 제 사무실에 오시면 차라도 한잔 마시면서 하겠습니다. 저한테 새로 개발한 아주 맛깔 나는 천국 차가 있습니다. 향기, 맛, 모두 일품인데 오늘 못다 푼 회포는 그때 한꺼번에 풀지요."

그때서야 실라는 빙긋 웃으며 자리를 뜬다. 모시는 총리에게 루카의 존재를 부각시켜 대접을 좀 더 받게 할 의도였는데 그게 이번에는 잘 먹힌 것 같지 않다. 야고보 총리 얼굴이 좀처럼 펴지지 않는다. 이제 루카가 용건을 말해야 할 차례다.

"천국 주민들의 정신 상태가 많이 해이해지고 있습니다. 다시 말해 치매, 무력증, 염세 등 신경질 환자수가 늘어나며 그리스도 정신이 퇴색한다는 것이지요. 특단의 대책 없이는 그런 추세가 점점 더 심화할 전망입니다."

루카가 말을 꺼내기 무섭게 야고보 총리가 입을 연다.

"그래 봤자 우울증 정도 아닌가? 언제는 그런 게 없었습니까? 늘 있는 현상일 뿐인데 문제를 확대시킬 필요가 없지요. 병이란 퍼졌다가 줄고 다시 생기는 건데 자꾸 부각시키면 골치만 아파집니다."

"우울증이 커지면 영적 손상으로 정상 천사의 기능 수행이 어려워집니다. 그 이전에 막아야 하지요. 요즘 그 증가 속도가 매우 빠릅니다. 결론은 현재 있는 치료소의 2배 정도 추가 설치가 필요하고 그것도 가급적 빨리 조치해야 한다는 겁니다."

"그렇게 되기까지 의료센터는 손 놓고 있었다는 얘기가 되네. 미리 예방 조치를 취했으면 루카 님 말처럼 그렇게 심각하게 되지는 않았겠지요."

"그동안 백신 개발에 박차를 가해 지금 상당한 성공을 거두고 있긴 합니다. 문제는 백신 개발과 예방접종 이전에 당장 환자 치료가 급하다는 거지요. 또 개발한 백신도 양과 질에서 아직 충분조건을 갖추지 못했습니다."

"예산 편성 때 미리 그런 점이 부각되지 않은 것은 의료센터 책임입니다. 결국 악화한 뒤 이를 메우려면 예산 인력 낭비가 더 커지게 되지. 다소 고려는 하겠지만 큰 기대는 하지 마시오."

야고보의 냉정한 말에 루카는 속으로 한숨을 쉰다.

"예산 편성 때 행정부에 획기적 증액을 누누이 말했었지만 관철되지 않았지요. 안건이 원로원에 가서야 다소 늘어나 현재 수준을 유지하는 정도입니다. 영적 손상이 큰 영혼을 방치하면 이들이 갈 곳은 지옥인데 더 나쁜 것은 이들이 천국에서 위장 천사로 살 경우 어떤 사고를 저지를지 모를 위험 덩어리라는 거지요."

"협박하지 마시오. 우리 천국 사법 경찰청은 놀고만 있는 데가 아닙니다. 구제 불가능한 천사는 긴급 수용해 곧장 지옥에 보내면 되고 위장 천사는 잡아들여 교화시켜야지. 오늘 얘기는 그뿐이오?"

총리가 말을 끝내려 하자 루카는 얼른 복음 교육 강화 문제를 들고나왔다. 하느님께 하늘 궁전 대청마루에서 꿇어 엎드려 드렸던 말씀을 하나씩 풀어 가려는 것이다.

"영혼 손상 환자 수를 줄이려면 의학적인 직접 치료가 중요하지만 간접 대책이 효과 면에서 더 클 수도 있습니다. 복음 재교육 캠페인을 벌이자는 겁니다. 대개 우울증이나 영혼 손상은 천국에 와서 지루하고 나태해지며 많이 생기거든요. 목표 없는 생활이 정신적 공황을 일으켜 환자가 되기 쉽다면 그 이전에 그리스도의 참사랑, 봉사, 배려 마음을 재교육시켜 정신적 공간을 메워 주자는 말씀입니다."

"그건 의료센터 일이 아니지. 더 할 얘기가 남았나요?"

루카는 흘깃 야고보를 보았다. 도대체 이 양반의 생각이 무엇인지 궁금하다. 초대 교회 시절 열정은 다 어디 갔나. 오직 하늘나라 제2인자 자리만 보이는 것 같다. 이 상황에서 천국의 타 종교에 대한 개방화, 영혼 수명 문제 등을 거론해 보았자 쇠귀에 경 읽기가 될 것이다.
나머지 보고서를 꺼내 들 명분을 찾지 못한 채 루카는 맥이 풀렸다. 영혼 치료를 받아야 할 천사가 고위직에도 꽤 있겠다는 생각이 든다. 루카는 재빨리 가방을 정리하고 총리실을 나섰다. 실라 비서실장은 또 자리에 보이지 않았다.

15. 면죄부

이훈락 요원은 "재준아—" 외마디 소리와 함께 잠에서 깨어났다. 등에 잔뜩 땀이 묻어났다. 악몽이다. 옆을 돌아보니 아내 김성미는 이미 자리에 없다. 어제 밤 늦게 귀가하자 아내는 머리맡에 쪽지를 써놓고 잠들어 있었다. 새벽 일찍 수녀원 기도회에 나가야 하니 깨우지 말라는 내용이다. 동 트기 직전 희미한 꽃향기 속에 부지런한 참새 가족의 오순도순 조잘댐이 창틈으로 새어 드는 게 정겹다.

잠시 자리에 누운 채 꿈을 되돌려 본다. 사무실에 앉아 있는데 느닷없이 사법 경찰청 제복들이 들이닥쳤다. 순식간에 자신의 두 팔목에 수갑을 채우고 끌고 나간다. 대기하고 있는 경찰차에 태우려는 순간 갑자기 나타난 아들 재준이 앞을 가로막고 나섰다. "우리 아버지는 죄가 없어. 다 내 탓이야!" 고함치며 제복들을 옆으로 밀쳐 내려 하나 수적으로 밀려 뒤로 나자빠진다.

그 사이 경찰차는 이훈락을 태우고 여유 있게 하늘로 날아오른다. 차 안에서 '재준아─'를 목메어 불러도 소리가 나오지 않았다. 답답해서 몸부림치다가 용을 쓰니 갑자기 목청이 터지면서 이훈락은 자기 고함 소리에 놀라 깨어난 것이다.

전후좌우를 살핀 결과 자기 살 길은 오직 외길이라는 생각이 다시 떠올랐다. 지난 밤 발견한 지구 해킹 꾼들이 천국 스크린 자료에 침투한 방법과 경로를 추적, 범죄자들을 기필코 색출하는 것이다. 다른 동료들이 눈치 채기 전 오전 내 작업을 끝내야 하리라. 이훈락은 출근 준비를 서두른다.

사무실은 육신을 입은 채 근무가 원칙이다. 세수에, 면도에, 화장품 바르기 등 지구 샐러리맨 생활에 못지않게 바쁘다. 또 어제 입었던 칙칙한 옷 대신에 보다 산뜻하고 밝은 색깔 옷으로 고른다. 마음의 검은 그림자를 씻어 내기 위한 기분 전환이다.

사무실은 조용했다. 창문을 가리다시피 하늘 높이 솟은 삼나무가 높은 키 말고 무성한 잎새도 자랑해야 하겠다는 듯 사무실을 온통 외부와 차단시키고 있다. 지금은 그게 모처럼 고맙다. 누가 보지 않게, 은밀하게, 위대하게, 가급적 빨리 작업을 끝내야 한다. 컴퓨터 자판 앞에서 이훈락은 정성스럽게 성호를 긋는다. 오늘의 작업이 생각대로 이뤄지기를 간구했다.

먼저 정확한 해킹 위치부터 재점검한다. 교묘히 위장한 것을 그 동안 천국 컴퓨터들이 수집한 수백, 수천만 개의 가상 주소에 대입, 비슷한 것을 찾아내기로 한다. 단 시간 내 대입 결과가 나오는 슈퍼 장치가 설치되어 있는 천국 시스템이 고맙다. 그게 잘 안되면 상대 컴퓨터에 전 방위로 침투 가능한 취약점 또는 대표적인 결함을 찾아 들어가는 포트 스캐너 방식 등을 사용했다.

때로는 천국 컴퓨터가 지구의 우범 지구 컴퓨터에 비밀리에 설치한 프로그램, 일명 루트 킷 방식을 통해 범인 여부를 확인해야 했다. 상대 해커가 자판에 남긴 로그 복원 기술은 고난도 작업이지만 이훈락 솜씨로는 얼마든지 활용이 가능했다.

나아가 스푸핑(SPOOFING) 방식은 상대 해커에 대해 자신의 정보를 완전히 조작해 들어감으로써 믿고 상대할 만한 시스템으로 둔갑시키는 것이다.

그러나 말이 그렇지 상대도 만만치 않은 실력의 해커이기 때문에 쉽게 접근을 허용하지 않았다. 이훈락이 천국 스크린에 침투한 해커들의 주소를 파악하고 그 내용을 알아내기까지는 당초 예정했던 오전은 물론 점심을 거르면서 오후 내내를 소비해야 했다.

천국의 석양이 서서히 피기 시작할 무렵 이훈락은 마침내 오늘의 작업을 대강 마친다. 긴 하루였다. 하지만 이훈락에게 그것은 꿀 같은 시간이었다. 개운한 청량감이 하늘 높은 줄 모른다. 이런 감정을 가진 게 얼마 만인가.

아내 김성미 권사의 집요한 요청에 몰려 K목사의 천국 입국 스크린 자료 수정을 한 뒤 줄 곧 죄책감에 시달려 온 것이다. 그때는 글자 몇 군데 고치는데도 식은땀이 흐르고 시간은 한없이 더디 갔다. 그러나 오늘 일은 다르다. 사명감을 갖고 지옥에 보내 마땅할 지구 해커들과 그 청탁자들의 1차 명단을 깔끔히 밝혀냈다. 개운하다. 천국 심사부 창설 이래 최대 실적 아닐까 자부한다.

그야말로 현대판 면죄부 판매 현장을 잡은 것이다. 16세기 로마 교황청이 성 베드로 성전 신축 자금 마련을 위해 판매한 면죄부는 이에 비하면 원시적인 수법이나 다름없다. 누구든지 죽은 사람을 위해 일정액을 헌금하기만 하면 그 연보 돈이 땡그렁 연보함 속에 떨어지고 그 순간 죄 사함을 받아 천국에 간다는 맹랑함이 통했던 시절이다. 당시 수도사 요한 렛텔은 거대 사기극을 잘도 벌였었다.

이에 따라 반면죄부 운동이 벌어진 것은 당연하다. 그중에도 독일의 마르틴 루터 교수가 발표했던 이른바 95개 조항의 반박문은 순식간에 세상을 강타했다. 이때부터 종교 개혁 횃불이 걷잡을 수없이 퍼져 나간 것이다. 개신교와 구교로 나뉘는 새 기독교 역사가 써졌다.

하지만 오늘 이훈락 요원이 찾아낸 범죄는 이를 무색케 한다. 막대한 뒤 돈을 받고 천국에 갈 심사 자료를 아예 위조해준다는 것이다. 바로 발전된 현대판 면죄부였다.

이훈락은 작업 중 걸어 잠갔던 사무실 문을 열고 뜰에 나와 바깥바람을 쐰다. 동료들은 거의 퇴근한 모양인데 남은 여직원 몇이 뒤늦게 이훈락에게 눈인사를 하고 총총히 귀가하는 모습이 정겹다. 이럴 때는 누군가와 진짜 마음의 말을 주고받고 싶지만 지금 그럴 사람이 없다. 천국에 와서 참 무미건조하게 살았다는 회한이 인다.

그동안 마음 한구석에서 자신에게 못할 일을 시켰다고 은근히 원망해온 아내, 김성미가 지금 갑자기 보고 싶다. 그때 문득 핸드폰이 울리고 들려오는 아내 목소리, 꾀꼬리 소리– 역시 그녀는 관심 갖는 사람의 마음을 잘 읽는 수호천사 교육을 충실하게 받았나 보다. 아니면 평소 남편의 일거수일투족을 꿰뚫는 사랑하는 아내라도 좋다.

이렇게 똑 떨어지게 만나고 싶을 때 전화를 주다니, 귀엽고 고맙다. 황급히 수화기를 귀에 댄다.

"아직 수녀원에 있나?"

"아니, 지금 집으로 가는 중이에요."

아내 김성미의 목소리가 맑다. 오늘 기도회가 잘 끝난 듯싶다.

"그럼 잠시 이곳에 들려 나와 같이 집에 갈까?"

이훈락의 제안에 아내는 기뻐한다. 마음속으로 기대하고 있었던 모양이다. 아내에게 아직 새벽 꿈 얘기는 하지 못했다. 그럴 시간적 여유가 없었다. 10분이 될락 말락할 때 그녀는 조용히 그의 앞에 모습을 드러낸다. 그녀의 자가용인 조익기 '날쌘 틀'이 분홍빛 차체를 뽐내며 마치 한 마리 새처럼 가볍게 내려앉는다. 앙증맞다.

"오늘 내가 희한한 꿈을 꾸었어."

넓은 뜨락 한 귀퉁이 고목 느티나무 아래 벤치에 둘은 나란히 걸쳐 앉았다. 김성미는 말없이 수녀원에서 만들었다는 진달래꽃 무늬의 찰떡 몇 개를 꺼내 남편에게 권한다. 남편의 다음 말을 기다린다.

"글쎄, 나를 사법청 경찰관들이 사무실로 쳐들어 와서 무지막지하게 체포하는 거야. 영장 제시도 제대로 안 했어. 잡담 제하고 나를 경찰차에 태워 막 끌고 가려는 찰나 갑자기 재준이 나타나 그들을 거세게 만류했지."

그때서야 아내 김성미는 놀란 얼굴로 외쳤다.

"우리 재준이가요? 잘 있대요?"

이훈락은 픽 웃는다. 도무지 일의 진행 상황이나 남편 안위보다 아들 현황이 더 궁금한 게 어머니들 속성인가 보다. 진달래 찰떡을 한 입 가득히 베어 물고 말을 계속한다.

"그거야 모르지. 경황 중에 밀고 당기는데 아들이 어떻게 지내는지 물어 봤겠어? 재준이는 나를 못 가게 잡아당기고 경찰들은 나를 끌어당기고, 그런 야단이 없었지."

"그래. 당신은 어떻게 되었어요? 여기 멀쩡하게 있구만."

"뭘 어쩌겠어. 끌려가며 재준이를 소리쳐 부르는데 목소리가 영 안 터지는 거야. 낑낑 애를 쓰다 깨고 만 거지. 그래 진땀 속에 당신 침대를 보니 벌써 나가고 없대. 쪽지 한 장 달랑 남기고."

"꿈은 반대야, 혹시 오늘 출근해서 좋은 일 있지 않았어요?"

"천만에, 하루 종일 죽어라 일만 했다네. 점심도 못 먹어 그런지 이 찰떡 참 맛나요. 하지만 보람 있는 하루였어. 그게 좋은 일일까?"

그 말에 김성미는 마음 놓고 다시 아들로 화제가 돌아간다.

"재준이 무슨 옷 입었어요? 목사님 가운 아니에요? 아, 그 애 제단에서 설교하는 모습 한 번 보세요. 얼마나 위엄 있고 품위가 넘쳐 나는지 당신은 상상도 못 할 거에요. 얼마 전 K목사님 수호천사 일로 서울 S교회에 갔다 슬그머니 예배 중에 한 번 들어가 봤는데 정말 대단했어요. 우리 아들이 S교회 담임 목사라니, 대견하고 자랑스럽지 않아요? 당신 너무 죄의식 갖지 말아요. 자식 일이니까.
야고보 총리의 어머니 살로메도 생전에 감히 예수님께 자식 부탁을 할 정도인데 우리 같은 보통 사람이야 뭐……. 그것도 아주 엉터리라면 모를까, K목사님은 한국에서 기독교 복음 전파에 누구보다 공이 큰 분입니다. 그런 목사님 천국 오시게 손 좀 쓴 게 뭐 그리 큰 잘못이라고 악몽을 다 꾸고 그래요. 내가 미안하게."

"말을 그리 쉽게 하면 안 되지. 헌금을 반 강요하다시피 걷고 그 막대한 돈을 사사로이 쓰거나 대형 교회를 짓는데 낭비했다면 하느님 뜻과 달라. 가난한 신도를 홀대한 것도, 보편적 사랑 대신 개인적 권위를 과시한 것도 다 오만한 짓이지.

아무튼 그런 목사 한 분의 자료 조작을 했다는 죄의식 때문이든, 천국을 감히 침투한 지구 해커들을 잡아내야 한다는 투철한 책임감이든 나는 오늘 천국에서 깜짝 놀랄 사건 전말을 밝혀냈어. 엄청난 지구 불량 해커의 천국을 상대한 사기 행각을 잡아 낸 거야. 잘하면 이걸로 내가 스크린에 손댄 죄를 퉁칠 수 있을지도 몰라."

이훈락 장로의 말에 김성미가 바싹 당겨 앉는다. 사실 그녀도 마음 한구석에 찜찜한 구석이 있기는 마찬가지다. 아무리 자식을 위해 저지른 일이긴 해도 천국의 개인 심사 자료를 왜곡시킨 것은 범죄다. 그 죄의식 때문에 오히려 남편에게는 오도된 정당성을 자꾸 주입시키려 한 터다.

"뭐에요? 그런 엄청난 사건이란 게. 나도 오늘 수녀원에서 기분 좋은 일을 봤으니까 빨리 말해요. 나도 말할 테니."

이훈락은 오늘 작업한 결과를 차분히 설명하기 시작했다. 북한 평양, 만주 연변 등지 북한과 연계된 해커들 및 미국 중남미 지역, 유럽 등지 과거 어나니머스 일부 단원들이 독립해서 저지르는 악성 크래커의 주소를 모조리 파악, 천국 심사부를 향해 무차별 디도스 공격을 감행하기 시작한 사실을 적발했다고 말했다. 해커 명단과 이들에게 자료 수정을 부탁한 각국의 정 관계 고위직, 부자, 성직자들 이름까지 파악했다는 것이다.

"이런 범죄가 혹시 지옥의 천국 공격 전략의 일환으로 취해졌다면 더욱 큰 사건이야. 천국이 겪지 못한 비상사태지. 현재까지는 의뢰자와 수임자 관계로 제한되고 있지만 사건을 파고 들 경우 지구는 물론 지옥, 천국에 걸쳐 엄청난 파장을 몰고 올 수 있어."

"그럼 오늘 파악된 것 이외 앞으로 더 나올 수도 있군요."

"가능성은 있지만 속단할 수 없어. 더 조사하면 어떻든 알게 되겠지. 그 이전에 지금까지 드러난 사실을 누구에게 말해야 할지 고민이야. 정보부원, 아니면 사법 경찰청에 보고해야 할지 아직 결정을 못했어. 내 입장을 잘 이해해주는 쪽이 좋겠는데."

부부는 잠시 생각에 잠긴다. 두 사람 다 이게 모처럼 찾아온 기회라는 것을 안다. 어차피 저지른 죄, 기회와 상쇄할 길이 무엇인지 알고 싶다. 가장 바람직하기는 이훈락이 처벌을 받지 않는 것이다. 해커 악당을 적발한 공로가 최대한 인정받음으로써 가능해진다.

그게 어렵다면 자신이 지금 천국 심사부 요직에서 한직으로 밀려가되 아들 재준이는 S교회 담임 목사로서 커가는 데 지장이 없어야 한다. 차선책이다. 그것도 안 되면 부부가 천국에서 추방된다 해도 아들만은 무사하기를 바랐다.

"대배심법원 수석 판사이자 중앙 행정법원장이 이승훈 베드로라고 한국인이야. 조선 순조 때, 청나라 사신으로 베이징에 가는 아버지 따라 갔다 영세를 받고 귀국한 선비 출신이지. 베이징 성당이 배출한 한국 최초의 영세자라네. 그분을 한 번 찾아가 상의해 볼까 생각 중이야."

긴 침묵을 못 견디고 이훈락 장로가 다시 입을 연다. 그 말을 듣자 아내 김성미가 재빨리 다가앉는다. 그녀 무릎에 팔랑팔랑 떨어졌던 나무 잎새 하나가 그 바람에 맥없이 땅으로 구른다. 하늘에는 어느새 별들이 총총히 떴다.

"그렇다면 차라리 정약종 원로원 의원님을 찾는 게 어때요? 오늘 사실 나는 그분을 뵈었어. 우리 수녀원에 직접 오셨다니까. 뜰을 쓸고 있는데 그분이 용무를 마치고 테레사 수녀님과 응접실에서 나오다가 나를 보셨어요. 수녀님이 '아, 참 두 분 한국 출신들이시죠. 인사하세요. 이쪽은 정약종 의원님, 이쪽은 김성미 권사.' 하고 정식 인사를 시킨 거예요. 정 의원님은 아주 부드럽게 웃으면서 '천국 오기 전 우리 살던 곳이 어디냐.' 등 몇 마디 소소한 질문까지 건넸지요."

"그 말을 왜 이제야 하나. 그분이라면 천국에 숨은 실력자라는데. 심지가 굳고 개인적 역량이 워낙 출중해서 겉으로 나타나지 않는 실세라고 들었어. 어떻게 만나 뵐 방법이 없을까?"

"될지 모르겠지만 테레사 지도 수녀님에게 부탁해 볼게요. 수녀님은 워낙 발이 넓고 봉사자로 알려진 분이어서 웬만하면 가능할 것 같은데요. 더욱이 정 의원님과 행정법원장 이승훈 베드로 님은 조선에서 처남 매부 사이랍니다. 두 분 도움 다 받으면 더 좋지요."

부부는 갑자기 응어리가 풀리는 기분을 동시에 느꼈다. 자리를 털고 일어나 내일을 기약하며 집으로 향한다. 비행하는 김성미의 작은 새 모양의 조익기 '날쌘 틀'이 깃털처럼 부드럽게 움직였다. 뜨고 날고 앉는 게 새와 똑 닮았다.

16. 하느님 시험

하느님 잠적 며칠 전인가 급하게 하늘궁전 마티아 총괄실장이 야고보 총리를 불러냈다. 그쪽 일이라면 만사 제쳐놓는 야고보가 주문대로 쏜살같이 달려간 것은 물론이다. 맞이하는 마티아 실장 표정은 별 변화가 없었으나 야고보는 왠지 눈치가 보이는 자신을 의식해야 했다.

"어서 오세요. 급히 오시라고 해서 죄송합니다만 워낙 주님 분부가 지엄해서."

역시 마티아의 첫 마디가 종전과 달랐다. 자신이 보고 받은바 아직 아무런 이상기류가 없는데 천국 이외에서 어떤 일이 벌어졌는지 분간이 잘 안 갔다.

"아닙니다. 뭐 돌발적인 사고라도 벌어진 겁니까?"

"글쎄, 제가 알기로 별 일 아닌 것 같은데 하느님 특별 지시라도 계시는지 잘 모르겠습니다. 일단 '고해의 방'으로 가보시지요. 제가 안내하지요."

야고보 총리와 마티아의 문답이 간단히 끝나고 두 사람은 총괄실장 방에서 하느님 거주 본관 쪽으로 향했다. 널찍한 정원에 들꽃 냄새가 가득했다. 야고보가 초대 교회 시절 아버지를 따라 어부 일을 거들고 있을 때 갈릴리 호수 변에 피었던 들꽃들과는 또 다르다. 아마 주님이 악마의 시험 속에 40일간 광야를 헤매며 보고 느끼던 그런 꽃들인 모양이다.

잠시 향기가 코끝을 간지럽히는가 싶었지만 그것도 순간이고 야고보의 가슴에 왜 하필 '고해의 방'에 가보라는 것인지 의문이 샘솟는다. 자주 뵙지는 못해도 총리인 까닭에 보고드릴 일이 생겨 면회 신청을 하면 보통 대청마루에 무릎 꿇고 듣는 게 관례였기 때문이다.

하느님 음성이 바로 뵙는 것과 같다. 쪽방 비슷한 '고해의 방'은 어떤 비밀스러운 말을 주고 받을 때 의식적 행위로서 아주 드물게 사용하는 곳으로 알려져 있다. 자신은 아직 그 방을 구경한 적이 없다.

"그리 들어가시면 됩니다. 그럼 저는 이만."

평소 익살을 즐기던 마티아 실장이 이날따라 자못 엄숙하다. '고해의 방' 앞에 오자 그는 사정없이 말하고 가 버린다. 야고보 총리는 문 앞에서 잠깐 숨을 가다듬는다. 내가 최근 실수한 것은 없는지 더듬어 본다. 글쎄, 특별히 기억되는 것은 없다. 고해라면 성당에서 주기적으로 하고 있다. 그렇다면 새 과제를 주시려는 것일까.

문고리에 손을 대자 기다렸다는 듯 문이 스르르 열린다. 방안은 아주 밝지도, 어둡지도 않은 푸르스름한 색깔이었다. 거기 지구에서 본 일반 교회의 고해 실처럼 무릎을 꿇는 방석이 깔려 있다. 야고보는 무너지듯 방석 위에 무릎을 꿇었다. 이윽고 먼 하늘에서 울려오는 낮은 천둥소리 비슷한 음성이 들린다. 야고보의 오금이 저려 온다.

"왔느냐?"

"예, 주님, 야고보가 왔습니다."

다른 날 대청마루에 꿇어 엎드려 듣던 때와 오늘은 분위기가 영 판다르다. 목소리가 가늘게 떨리고 편안하지가 않다. 턱에 기른 수염 사이로 입술을 통과한 자신의 말이 다시 기어 들어가는 느낌이다.

"지구 소식은 잘 듣느냐?"

"예, 지구관리위원장인 세례 요한과 자주 접촉하고 로마 베드로 성전의 교황 수호천사가 가져오는 보고서를 일일이 챙기고 있습니다. 늘 하던 대로입니다."

"개신교 쪽은 무탈한가?"

"동방의 한국이란 나라에서 열심히 복음 인구가 늘고 있습니다. 한때 개신교 종주국이던 초강대국 미국에서는 히스패닉 인구의 급증으로 가톨릭이 활기를 띠어 체면 유지를 하는 반면 제2강대국으로 부상한 중국이 여전히 복음 불모지대로 남아있어 안타깝습니다. 한국 선교사들이 많이 들어가 활동한다지만 국가 체제가 사회주의 통제국이기 때문에 한계가 있다고 합니다.

또 세계 3위 경제 대국인 일본은 '신도'라는 잡신을 모시면서 계속 기독교 한냉 지구를 벗어나지 못합니다. 시간이 가도 변화가 없네요, 유럽의 냉담자 수가 늘고 있는 것도 걱정입니다."

"다 듣던 얘기들이다. 지구 지하 지옥의 아마토 수괴나 지옥별 페르가몬의 루시퍼 사탄 두목의 동태에 따라 지구와 천국, 우주의 모습이 달라질 수 있다. 늘 파악하고 있느냐?"

하느님 음성이 더 가라앉는 느낌이다. 야고보 생각에도 이런 정도 지구 현황 보고라면 언젠가 하지 않았나 싶다. 루시퍼는 지구 지하에 있는 지옥과 달리 자신이 직접 설계하고 만든 지옥별 페르가몬의 자칭 통치자이자 사령관이다. 암석 덩어리를 우주선처럼 개조해 악령이라도 살만한 주거지를 만든 솜씨가 제법이다.

원래 하느님이 주신 능력을 나쁜 데다 쓴 전형적 사례다. 게다가 감히 하느님께 대항한다고 지옥군을 재편성하고 신무기를 개발하는 등 부단히 도발하는 악령들의 총 두목 행세를 한다. 하느님을 두려워하는 한편 자신의 능력을 과신하는 일종의 반미치광이다.

"아직 이상 동태는 보고 받지 못했습니다. 그래도 곧 천국군 관계자들을 소집, 대책을 세우겠습니다."

야고보의 대답에 하느님이 크게 웃으셨다.

"참 넉넉해서 좋다. 그렇다면 왜 루시퍼나 아마토가 꿈틀꿈틀 움직인다고 보느냐? 종국에는 천군한테 다 당하고 말 터인데."

"하룻강아지 범 무서운 줄 모르거나 우물 안 개구리처럼 세상 밖을 몰라서 그런 거 아닐까요? 루시퍼는 과거 예수님에게까지도 광야에서 자신의 말을 들으면 온 세상을 다 주겠다고 흰소리를 했었습니다. 엉뚱하고 불경스럽게도 주님과 감히 맞서는 행위를 저질렀었지요. 용서해주니까 거듭 망동하는 겁니다."

"틀렸다. 지옥 악령 인구가 늘어나자 불평불만 세력이 커진 게 원인이야. 그것을 이용해 감히 천국에 도전하는 거지. 불평불만 해소를 내세워서. 악령일지라도 영생하는, 그러니까 고통을 더 주기 위해서라도 영생시킨다는 영혼 세계의 기존 원리가 올바른지 잘 생각해서 문제를 풀어야 한다."

"그렇다면 악독한 지옥 악령은 아예 말살시켜 존재 자체를 없애도 좋다는 말씀인가요? 그렇게 해서 지옥 악령을 줄인다면 지구 오염과 우주 혼란 방지에 도움이 되겠지요. 지구에서 현재를 살고 있는 사람들에게 경각심도 줄 겁니다. 하지만 악령에 따라 죽음을 오히려 바라는 경우도 있어 응징책으로 살려 둔 예도 있지 않습니까."

하느님은 잠시 침묵했다. 야고보의 말을 부인하는 것도, 수긍하는 것도 아닌 모호한 침묵이다. 그리고 갑자기 화제를 돌리신다.

"지금 천국 주민 대부분은 신약 시대 이후 세대가 차지한다. 과거 구약 시대 아브라함이나 이사악, 롯과 같은 너희 조상 무리는 건전하게 잘들 살고 있나?"

"천국 동쪽 끝자락에 주님께서 창세기 때 지구에 만드셨던 에덴동산 비슷한 실버타운을 만들어 그 안에서 살고 있습니다. 물론 아담과 이브가 따먹었던 사과나무 동산도 있지요. 그때 분들은 수적으로 그리 많지 않아 당초 넉넉한 공간에서 살았지만 요즘 사정은 안 좋다고 합니다."

"나이들이 엄청나지. 그러면서 영혼 손상 없이 건강하게 사는가? 천국 주민들 가운데도 영혼 손상, 인간으로 치면 치매 비슷한 병에 많이 시달린다고 들었다. 실제 현장에 가 본 일은 있느냐?"

"사실 연로한 분들이 많아지다 보니 점점 더 시중하기 힘들어지는 것은 사실입니다. 백 년 단위로 계산이 불가능한 분들이 꽤 늘어난다니까요. 아직 큰 잡음이 없는 걸로 보아 잘들 지내실 거라고 생각하지만 제 눈으로 직접 확인한 것은 아닙니다. 조만간 에덴 실버타운을 찾아가 보지요."

야고보 총리는 속으로 아뿔싸했다. 영혼 치료 문제에 관해 얼마 전 루카 의료 센터 원장이 보고할 때 더 잘 들었어야 한다고 뉘우쳐진다. 그때 왜 그리 그에게 쌀쌀히 대했는지는 자신도 어리둥절할 지경이다. 뭐에 씌인 듯 했다. 자신의 마음 한구석에 루카가 과거부터 바오로 감사원장의 주치의였다는 사실이 응어리져 떠나지 않은 게 잘못이라면 잘못이다.

"그만 가 보거라."

하느님의 마지막 말씀은 장중했다. 이어서 그레고리안 성가가 '고해의 방'에 은은히 흐르기 시작한다. 꿇어 엎드렸던 무릎이 저린지 아닌지를 분간할 새 없이 어느덧 마티아 총괄실장이 나타나 야고보를 안내한다.

"오늘처럼 주님이 많이 말씀한 적이 별로 없습니다. 아, 일전에 루카 의료센터 원장이 뵈었을 때 더 좀 길었던 것 같군요. 아무튼 요즘 좀 말씀이 깊어지신 게 틀림없습니다."

하늘궁전 현관에서 마티아의 배웅을 받으며 떠나는 야고보 총리의 마음이 개운치가 않다. 루카가 자기보다 먼저 하느님을 알현했다는 사실이 꺼림직했다. 그런 생각이 들자 나야말로 루카의 의료 센터를 찾아가 치료를 받아야 할 환자가 아닌가 하는 두려움이 야고보의 온몸을 휩싼다.

17. 범죄 보고서

『복음의 건강학』출판기념회는 대성황이었다. 최동혁 신부의 20번째 책 출판이다. 역시 복음을 통해 건강을 지킨다는 내용인데 출판 전부터 입 소문이 번지면서 예매 주문이 쇄도하고 있다는 것이다.

이는 최 신부 개인의 승리를 넘어 가톨릭 교계 전체의 은혜였다. 염수정 서울교구 대주교의 추기경 서임을 계기로 출판 기념회가 열려 더 성황이었다. 교계 관계자들은 물론 평소 최 신부와 유대 깊은 각계 인사들의 축하 행렬이 구름처럼 몰렸다.

"정말 때맞춰 좋은 책을 냈네. 우리 성당에서도 벌써 2백 권 구매 신청을 했다는군. 이러다가 자네, 책 팔아 사제 재벌되는 것 아닌가?"

사람들 속에서 귀에 익은 쾌활한 목소리가 들린다. 돌아보니 친구인 이채구 신부와 동생 이채강 사립탐정, 왕년의 명 검사가 환하게 웃고 있다. 악의 없는 친구들이다. 두 사람 다 지금 최동혁에게는 놀라움의 대상들이다. 우선 이채강 검사를 보는 순간 아, 아직 수호천사 엘리사벳에게 빚이 남아있다는 것을 느낀다.

그에게 수사를 의뢰했던 이훈락 장로의 천국 스크린 부정행위 수사 결과를 미적미적 여태 엘리사벳에게 통고하지 못한 것이다. 최동혁의 책임은 물론 아니다. 연락책으로 정한 창가 파랑새에게 벌써 얘기했는데 엘리사벳이 찾아오지 않은 것이다. 파랑새가 먹통인가 보다. 하지만 오늘 이채구 신부의 돌연 출현은 더 뜻밖이다.

"자네는 참 재주도 좋네. 엊그제 다 죽어간다고 소식을 들어 조만간 문병을 가야지 생각하고 있는데 이렇게 멀쩡하니 제 발로 찾아오다니, 아무튼 지금은 괜찮은가?"

"말 말게. 고도 빈혈증으로 잠깐 정신 줄을 놓았던 건데 과장해서 죽었다고 소문이 났더라고. 덕분에 한 사흘 편히 쉬었네. 자네는 이렇게 복음 전파를 돕는 힐링 책을 써서 출판하느라고 욕보는 반면 나는 마냥 노라리가 되었으니 하느님 뵐 면목이 없어."

"아니 의식을 잃고 이틀을 지냈다면 정말 걱정들 많이 했겠네. 자네는 아무 것도 몰랐겠지만 주변 사람들이 꽤 놀랐겠군."

"그런 저런 얘기를 나누고 싶어 찾아왔는데 오늘 사정은 어려워 보이네. 언제 좀 시간이 날 것 같은가?"

"없어도 자네 얘기라면 시간을 만들어야지. 일단 행사 끝내 놓고 이따 기회를 보세. 시간 다투는 얘기는 아니겠지?

최동혁이 밀려드는 손님들 접대를 하며 이채구와 얘기하는 게 안 되었는지 옆에서 무리 지어 찾아온 문화계 사람들을 상대하던 심지 순이 잽싸게 끼어든다.

"어머나, 신부님 오셨네요. 그동안 병환 소식을 듣고도 찾아뵙지 못해 죄송했는데 여기서 뵈니 더 면목이 없어요. 다 괜찮으신 거지 요? 이 검사님까지 쌍으로 뵙습니다."

심지순 특유의 볼우물 웃음을 최대한 예쁘게 보이며 그녀가 다가 서자 이채구, 이채강 형제 얼굴이 환해진다. 특히 이 신부는 며칠 동 안 병원 침대에 누워 있던 환자답지 않게 수척했던 얼굴이 펴진다.

"거참, 인사 한 번 빨리도 하시네요. 까다로운 최 신부님 돕기에 힘도 안 드시는 모양이죠? 점점 더 예뻐지시는 걸 보니. 아마 바쁜 게 미모의 비결인 모양입니다."

이 신부는 그냥 빙그레 웃고 마는데 동생 이채강 탐정이 심지순을 맞받아친다.

"이건 경우가 아닌 것 같은데, 그러니까 날 모략하려고 온 건지, 내 책 출판을 축하하러 온 건지, 아니면 우리 심지순 씨 보러 왔는지 애매하네. 우리 둘 사이 갈라놓는다고 자네들이 덕 볼 것 같은가? 오늘 주인공은 바로 나일세. 사태 파악을 똑바로 하라고."

최동혁이 빙글대며 누구에게랄 것 없이 주의를 주었지만 심지순은 아랑곳하지 않는다. 오히려 최동혁의 말을 묵살이라도 하듯 다시 형제 상대로 빠르게 입을 연다.

"이왕 형제분이 오실 거면 채영이도 데리고 오시지 그랬어요. 그 애 본지도 꽤 됐어요. 시집 갈 준비라도 하는지 요샌 좀처럼 얼굴 보기 힘드네요. 여자 대학교 처녀 교수 일이 바쁘답니까?"

"호랑이가 따로 없어요. 저기 지금 채영이 들어오고 있네요."

이채구 신부가 손짓하는 입구를 바라보니 정말 이채영 교수가 눈에 띈다. 아담한 몸매로 전형적인 동양미인 스타일이다. 멀리서 자신을 확인하는 최동혁 신부를 향해 활짝 웃는다. 이어 양 팔로 하트를 만들어 보이며 애교 있게 소리친다. 조신한 생김새와 달리 하는 행동은 거침없이 활달하다.

"신부님, 오빠, 축하해요."

모두가 웃고 있는 가운데 심지순이 그리 달려간다. 이번에 이 여자 때문에 이채강 탐정을 생각해내고 천국 입국 심사부와 K목사 간 큰 부정을 알아냈으니 신세치곤 꽤 크다고 속으로 생각한다. 두 여자는 입구에서 남들이 보건 말건 서로 손을 잡고 방방 뛴다.

천상 여자들이군, 최동혁 신부가 소리 안 나게 혀를 차며 다음 손님에게 인사차 돌아서는 순간 수호천사 엘리사벳 목소리가 귓가에서 울린다. 정신이 번쩍 났다. 기다리고 기다리던 음성이다.

"행사가 끝나면 가까운 덕수궁 돌담길로 오세요. 돌담 따라 걷고 계시면 제가 바로 갑니다. 심지순 씨는 떼어 놓는 게 좋겠지요."

속삭임이 노래 소리 같다. 미국 플로리다 주 데이토나 비치에서 운명적으로 만났던 찬란한 젊은 날이 주마등처럼 지나간다. 그는 황급히 머리를 흔들어 현실로 돌아온다. 때마침 이채영 교수가 눈앞에 다가와 손을 내밀다 말고 아예 얼굴을 최동혁 귓가에 갖다 댄다. 서양식 인사법인가, 친밀감 표시였지만 이에 익숙하지 못한 그는 갑자기 찌르르 오는 전기 때문에 몸이 오그라드는 것 같았다.

그렇게 어리둥절한 가운데 행사는 한 시간 반쯤 뒤에 끝났다. 벌써 여러 번 치러 본 행사라 무리 없이 끝낸 뒤 최동혁은 할 말이 있다는 이채구 신부를 뒤로 돌리고 심지순에게 성당까지 배웅케 했다. 물론 채강, 채영, 삼남매와 함께였다.

심지순은 즐겁게 그들을 따라갔다. 마치 최동혁의 배웅 부탁을 기다리고 있던 것처럼 이채강 사립탐정 차에 냉큼 올라탔다. 이채영은 올 때와 달리 떠날 때는 조용했다.

덕수궁 돌담길은 한적했다. 언젠가 인사한 거리의 노인 화가 조용준 씨가 열심히 돌담길 계절 풍경을 그리고 있다. 노구임에도 이곳을 파리 몽마르트 언덕으로 만들겠다는 포부가 대단하다. 벌써 몇 년 전부터 나 홀로 그리고 완성된 작품을 돌담 따라 죽 기대 놓는 소박한 전시다.

젊은 화가들이 합류하면 좋을 텐데, 최동혁이 생각하며 걷고 있을 때 홀연 나타난 엘리사벳이 "안녕! 파랑새에게 진작 말했는데 응답이 없어 답답했지요?" 하고 예의 맑은 목소리로 말을 건넸다. 때마침 덕수궁 지킴이 까마귀가 깍깍 울었다. 최동혁도 들고 있던 손가방을 흔들어 인사한다. A4 용지 한 묶음이 그 안에 들어있다.

"K목사에 얽힌 음습한 보고서가 작성되었습니다. 말씀대로 서울 강남의 소문난 대형 S교회 담임 K목사와 돌연 하늘나라로 떠난 장로 사이에 벌어진 비리입니다. S교회 모범 신자였던 이훈락 장로 부부가 중동 성지 여행길에 테러로 죽자 유자녀 남매를 K목사가 입양, 잘 키운 데서부터 얘기가 시작되지요. 여기서 보은 차원의 비리가 발생합니다. 자세한 내용은 이 보고서에 적혀 있어요."

"그럼 지금부터 정동 교회 앞 로터리에서 미국 대사 저택 하비브 하우스를 지나 언덕을 넘자마자 나타나는 구세군회관 찻집으로 가세요. 거기서 보고서를 펴 들고 낮게 읽고 있으면 저도 따라 읽어 제 머리 속에 입력을 시키지요. 눈으로 보며 페이지를 넘기지 말고 천천히 작은 소리로 읽으셔야 제가 입력 가능합니다."

"아니, 거기는 다른 커피 손님들이 많아 내가 중얼대며 서류 읽는 시늉을 하면 이상하게 볼지 몰라요. 차라리 이화여고 정문 앞 성 프란치스코 성당 로비 의자가 나을 것 같습니다. 오고 가는 길손들이 스스럼없이 쉬고 가는 장소인데 의외로 조용해요."

최동혁 신부는 학생 시절부터 이 골목을 즐겨 다녔다. 지금은 왕래자가 제법 늘었지만 그래도 걷는 산보길로 서울 광화문 일대에서 이만한 곳을 찾기 힘들다. 머리가 복잡할 때 일부러라도 찾아가 걷고 나면 맑아지곤 했다. 내키면 아예 성당 지하 예배실에 가서 기도까지 드리는 편안한 장소였다.

이 날 역시 성당은 도심 속에 있음을 부인하듯 조용했다. 자신과 엘리사벳 이외 아무도 없다. 가끔 청소부 아저씨가 오갔지만 그에게 관심조차 기울이지 않았다. 3백 원짜리 기계 커피 한잔을 뽑아 들고 의자에 앉자 엘리사벳이 살포시 옆에 따라 앉는다. 천천히 보고서를 한 장 한 장 읽어 가기 시작했다.

이따금 옆 자리를 돌아보면 아름다운 엘리사벳 눈동자가 보고서 줄을 따라 그윽이 움직일 뿐 숨소리조차 고즈넉하다. 최동혁의 눈에 이처럼 아름답게 비치는 그녀가 다른 사람들 눈에 보이지 않는다는 게 서운하다. 가깝고도 먼 그녀를 세상에 막 자랑하고 싶지만 그럴

수가 없다. 그런 묘한 감정이 들 때는 좀 더 소리를 높여 읽었다. 그렇게 20분쯤 지나자 보고서는 마지막 장을 펼친다.

"상당히 공들인 조사 보고서네요. 이 정도면 천국 사법청이 깜짝 놀라겠어요. 이런 비리를 천국에서 상상이나 할까요?"

최동혁이 보고서를 덮자 눈복사가 끝난 엘리사벳이 감탄했다.

"그럼 이제부터 어쩌실 겁니까?"

"디도 사법 경찰청장님께 고발하려 해요. 먼저 감사원에도 보고할지는 더 생각해보렵니다. 원래 그쪽 지시로 시작된 것이라서 신부님 생각은 어때요?"

"처음부터 문제를 크게 하지는 말아요. 천국 사법청에 먼저 얘기하고 그 다음 더 높은 데로 가는 게 순서라고 봅니다만. 그런데 디도 사법청장이라면 원래 바오로 님의 손발 아닙니까?"

천국 행정부 조직의 일단을 알게 된 최동혁이 깜짝 놀라 묻자 엘리사벳은 머리를 끄덕인다. 지금까지 그녀가 천국의 행정체계를 일부라도 이번처럼 밝힌 일은 드물었다.

"바로 아셨네요. 바오로 님이 아들처럼 여기던 분인데 초대교회 당시 고린토 교회 내 반목을 해결하지 못해 고민할 때 이를 대신 맡아 1년 만에 해결했다니까요. 유태인이 아닌 그리스인이었기 때문에 이방인 전도에 더 알맞은 분이었다고 합니다."

"바오로 님은 사람 복이 대단하시군요. 본인은 고질병을 앓고 끊임없이 반대자가 있었다고 해도 주변에 충실한 믿음의 제자들, 아니 추종자들이 구름처럼 많았으니까요. 여하간 이런 일은 속전속결이 상수입니다. 돌아가는 대로 경찰청에 바로 알리세요."

최동혁이 이 말을 끝으로 엘리사벳과 아쉽게 헤어진 뒤 사무실로 돌아오자 녹음 메모가 와 있었다. 이채구 신부로부터 저녁 식사를 함께 하자는 의사 타진이었다. 마침 독일 지역 작은 교회들을 찾아 부흥회를 열던 마이클 박도 한국에 있으니 같이 만나 회포를 풀자는 내용이다.

즉시 최동혁은 OK 사인을 보냈다. 마이클 박이라면 서울 공대 동창생이다. 일찍 도미 유학 길을 떠나 거기서 결혼하고 직장 얻고 평범한 삶을 사는 줄 알았는데 어느 날 갑자기 신학 공부를 하더니 목사가 되었다는 것이다. 따지고 보면 자신의 인생 역정과 너무도 닮았다. 아무튼 반가웠다.

약속한 식사 장소인 광화문 프레스센터 빌딩 19층 기자클럽은 전망이 아주 좋다. 창가에 앉으면 시청 앞 광장이 마치 집 마당처럼 환히 내려다보인다. 거기다 덕수궁의 고색창연한 정원까지 눈에 들어오고, 국보 1호 남대문의 시야 내 관찰은 덤이나 다름없다.

약속 시간보다 최동혁 신부가 10분이나 일찍 도착했는데 두 사람은 벌써 와 있었다. 창가 자리에서 입구 쪽을 보고 앉아 있던 마이클 박이 먼저 최동혁을 보고 벌떡 일어나 반갑게 인사한다.

"최 신부 오랜만이네. 복음의 건강학 출판 기념회가 성황이었다는 소식이 파다하더군. 언제까지 베스트셀러 책을 계속 쓸 건가. 다른 작가들 먹고 살 여지도 남기는 게 하늘의 뜻 같은데."

"신부 욕심이 딱 한가지라는 걸 몰라서 그러나?"

마이클 박의 손을 잡아 흔들며 최동혁이 맞받아친다.

"그게 뭔데?"

이번에는 이채구 신부의 반문이다.

"신부님, 신부님, 우리 신부님, 정말 몰라요? 능청 떨지 말게."

최동혁이 한마디로 자르자

"그래, 누구보다 하느님 잘 섬기는 욕심이겠지. 하지만 한 단계 성숙한 최 신부 같은 이는 인간적 욕심 하나쯤 더 가져도 된다고 들은 일이 있거든."

세 사람의 가벼운 대화는 식사 주문과 소주 한 병을 시켜 놓고 홀짝이면서도 그칠 줄을 몰랐다. 마이클 박이 소주 한잔을 놓고 몇 번씩 들었다 놓았다 하는 반면 최, 이, 두 신부는 첫 잔을 단숨에 마신 뒤 다음 잔부터는 뜸 들여가며 맛을 음미한다. 식사가 끝나 후식이 오고 나서야 이채구 신부가 신중하게 입을 열었다.

"지금부터 내가 하는 말은 믿거나 말거나이겠지만 나는 진심이니까 진지하게 답 해주기 바라네. 내가 실은 죽었다가 살아났어. 지난번에 그냥 입원했다 퇴원한 게 아니야."

"응, 뭐라고?"

이 신부의 폭탄 발언에 마이클 박과 최동혁이 동시에 반문한다.

"내가 죽었다가 살아났다니까. 며칠 전 입원했을 때 중환자실에서 의사도 눈치 채지 못했지만 나는 사실상 죽었었어. 저승에 갔던 거야. 다행히 천국 입국장 대기실에서 마지막 점검을 받고 있는데 오류가 발견된 거지. 내가 아닌 다른 사람이 왔어야 했다는군."

이 신부가 말을 계속하려는데 최 신부가 가로챈다.

"그렇다면 이른바 근사 체험을 자네가 했다는 얘기네."

"그 정도가 아닐세. 나를 지구로 그냥 귀환시키지 않고 이왕 왔으니 큰직한 천국의 미션, 심부름을 하나 맡아 갖고 가라고 했으니까. 천국에서 숙제를 받아 온 거지. 그게 참 엄청 놀랄 일이란 말일세."

때마침 커피가 와서 이 신부가 말을 멈춘다. 마이클 박과 최동혁 신부는 벌어진 입에 얼른 커피 한 모금을 쏟아 넣는다.

"어찌 그런 일이. 뜸들이지 말고 빨리 말해보게."

마이클 박이 재촉한다. 뭔가 감을 잡은 모양이다.
"자네들 스베덴보리라는 사람 얘기 들어봤나? 18세기 스웨덴의 과학자로서 지상과 천국, 지옥을 오고 갔던 이른바 영계인간말이야. 바로 그 현대판 역할을 여기 앉아 있는 마이클 박에게 부탁해보라는 것이었어. 물론 박 목사 추천은 내가 했지만 천국에서 두말없이 접수한 거야."

"아니 왜 꼭 나인가?"

마이클 박이 놀란 얼굴로 반문했지만 기쁜 빛이 역력했다. 이게 웬 떡이냐는 표정이다.

"왜 싫은가? 싫으면 안 해도 되네. 나는 자네를 추천했지만 지원자는 얼마든지 있다네. 그러니까 지금 예스, 노를 분명히 해."

"아니 싫다는 얘기가 아니라 뽑힌 게 너무 좋아서 하는 말 아닌가? 괜히 트집 잡고 겁주지 말게. 그런 당연한 일 갖고 새삼스럽게 승낙 여부를 따질 계제가 아니지."

"그래도 자네를 만나 '가, 부'를 알아봐 달라는 것이었어. 일단 숨이 끊어졌다 되살아나는 거니까 사람 따라 싫다고 할 수도 있단 말이지. 본인은 물론 가족 동의도 필요하고. 하지만 일 자체는 자네가 지금 하는 부흥회 일을 보다 더 실감나게, 맛깔나게 도울 거야."

"내가 OK하면 어찌 되는가?"

"그야 천국에서 개별적으로 나에게 연락이 오기로 했어."

"아마 수호천사를 통하던가, 꿈의 계시로 나타날지 몰라."

최동혁이 거들자 이 신부는 거기 대답은 않고 갑자기 멋쩍은 웃음을 웃는다. 두 사람이 의아한 얼굴로 보는 게 또 재미있는지 이번에는 소리 내어 활짝 웃어 젖혔다.

"그런데 실은 말이야, 마이클 박에게 그 역할을 맡기겠다고 할 때 왜 나는 안 되느냐고 항의했었거든. 나는 그 자리에서 당장 승낙할 수 있는데 말이야. 그렇다고 자네 일을 빼앗을 생각은 아니었네. 한 사람 정도 영계인간을 추가하는 게 어떠냐고 말했었지."

이 말에 세 사람은 동시에 폭소를 터뜨린다. 마이클 박은 '불감청고소원'이었다. 그러지 않아도 요즘 성령 부재로 강연에 힘이 없던 차에 탄력을 받게 된 게 무엇보다 기뻤다. 당당히 천국의 선택을 받은 것이다. 그동안 고생한 보람을 느낀다.

"그렇다면 축배를 들어야지. 영계인간 마이클 박과 영계인간 후보 이채구를 위하여! 또 그들의 열렬한 후원자 최동혁을 위하여!"

최 신부의 선창에 맞춰 세 사람은 소주잔을 높이 들었다. 이번에는 마이클 박도 소주 한잔을 거뜬히 마셨다.

18. 악령쟁투

"오늘은 대왕님과 모처럼 나들이 가기로 한 날입니다. 우리가 밤새 즐거움을 누렸으니 이제는 대낮의 행복을 찾으러 가야지요. 저한테 맡기시면 대왕님은 오늘 그 어느 때도 맛보지 못했던 기쁨의 시간을 누릴 것입니다."

지구 지하 지옥 제1단계 춘망대 중심에 웅장하게 서있는 지옥 궁전 화려한 침실에서 구약시대 이스라엘 아합 왕의 왕비였던 이제벨이 요염하게 입술을 움직인다. 지옥에서 그나마 최고 등급 주거 지역에 자리 잡은 탓인지 여기만은 생각보다 밝고 제법 안락한 기운이 도는 지하 지옥 수괴 '아마토'의 거처다.

돌고 돌아 아마토의 둘도 없는 정인이 된 이제벨은 아마토의 총애를 계속 받기 위해 전전긍긍 온갖 밤의 애교를 다 부린다. 옛날 아합 왕에게도 쓰지 않았던 방중술이다. 지옥 최고의 음행녀들을 불러다 전수받은 기술을 한껏 부리고 나면 아마토는 흐물흐물해지기 일쑤다. 지난밤도 그랬다. 그들은 궁합이 잘 맞았다.

"그래, 어디 마땅한 장소는 구해 놓았소?"

아마토가 땀투성이 얼굴을 이제벨의 뺨에 비비대며 묻자 그녀는 한층 요염해진다. 침상에 뱀 한 마리가 꿈틀대듯 비비대며 달라붙어 아마토에게 생각할 여유를 주지 않으려 한다.

"지옥 바깥으로 잠시 나들이하는 거에요. 출입구에 천국 경비대쯤 대왕님이 그깟 것 하나 해결 못하겠어요? 수억 겹 겹친 악령들의 으뜸이신데 누가 감히 앞을 막을까요? 하느님과 담대히 맞서시다 졸지에 당하고 이리 오게 된 걸 누구보다 제가 잘 압니다.
오늘 한 번 능력을 발휘하신다면 그동안 스트레스도 풀고, 천국 경비대들 물도 먹이고, 지옥 악령들에게는 더 위대하게 보이실 테고 지옥별 페르가몬의 루시퍼 님은 또 얼마나 배가 아플까. 아무튼 오늘 외출은 일석 삼조, 사조쯤 될 거에요."

쉴 새 없이 지져대는 이제벨에게 오늘따라 아마토는 맥을 못 춘다. 마치 제2차 세계대전 때 일본의 자존심이었던 전함 '야마토'가 연합군 함대 집중 함포를 맞고 침몰한 운명을 닮으려는 것 같다. '아마토'와 '야마토', 발음이 비슷한 탓일까. 이제벨에게 너무 진을 빼 폭포처럼 쏟아지는 땀을 식힐 요량으로 창문을 여니 지옥의 음습함이 몰려든다.

갑자기 천국에 살던 시절 코끝을 간질이던 은은한 향기와 산뜻한 바람이 그리워진다. 지구 대기라도 마셔야 하겠다. 까짓 것 이따금 일탈을 못할 것도 없지, 그게 사는 보람인데. 두 으뜸 악령은 재빨리 위장술을 쓴다.

아마토는 지옥 수괴답게 위장술에 최고 수준을 자랑한다. 자신은 물론 이제벨까지 건장한 천국 군대 장교와 아리따운 여군 전사로 순식간에 둔갑시킨다. 그들이 지옥 출입구 앞에 이르자 지구촌 관리위원회 소속 경비병이 귀찮다는 듯 막아섰다. 아마토가 나서기 전에 이제벨이 역시 요염한 웃음과 함께 경비병에 다가갔다.

"몹쓸 악령들 때문에 수고가 많네요. 저희는 천국 출입구 '향상문' 수비대 사령관 오모시네 휘하 부대 소속입니다. 사령관님 특명으로 지옥 볼 일을 보고 지금 돌아가는 길이지요. 여기 증명서 있어요."

이제벨의 묘하게 달콤한 웃음을 본 순간 경비병은 싱긋 웃으며 두말없이 문을 열어 준다. 천국 기강이 이처럼 해이해졌다니, 아마토는 기분이 사뭇 좋아진다. 언젠가 하느님 상대로 용서를 받아 내려고 별러 온 기회가 다가오는 것 같다. 실력 발휘로 하느님이 어쩔 수 없이 자신을 사면, 천국 재입주를 허용하는 광경이 머리에 떠오른다. 한편 이런 기분을 느끼게 해 준 이제벨이 더 예뻐 보인다.

시원한 지구 바깥바람이 지옥 궁전에서의 열띤 방사로 온몸을 휘

감던 열기를 깨끗이 씻어 갔다. 두 악령은 천천히 지구의 남태평양 상공을 날기 시작한다. 점점이 흩어진 크고 작은 섬들이 코발트 색 바다와 어우러져 있는 게 눈부셔 아마토가 뒤를 흘낏 돌아보자 자신들이 솟아 나온 일본 열도의 화산 구멍 지옥 출입구가 까마득하게 사라져 간다. 동시에 유달리 선명하던 지옥 문 꼭대기 현판 글자도 가물가물해진다.

중세 이탈리아 피렌체 출신의 극작가이자 시인 단테는 지옥 문 현판 글을 보는 순간 충격으로 까무러쳤다고 기록했다.

"이 문 들어가는 자, 희망이 없으리라."

희망 없는 세계는 자유의지도 없고 꿈도 없다. 살아도 산 게 아니다. 단테는 지옥 문 앞에서 그 글귀 하나만 보고도 질려 버렸다고 작품에 썼다. 1265년 태어났던 단테가 56세에 죽기까지 남긴 많은 작품 가운데 『신곡』이 준 충격은 대단했다. 사람들에게 저승 세계 표본이 되었던 까닭이다.

『신곡』은 기원전 70년경 트로이의 비극을 읊은 시인 베르길리우스의 안내로 지옥과 연옥, 구원의 여인 베아트리체의 안내로 천국을 여행하고 쓴 총 1만 4천 233행, 대하 서사시다. 하지만 상상력의 단초는 간단했다. 바로 이 지옥 현판 문의 '희망'을 내세워 천국과 연옥, 지옥을 대비시켜 서술한 것이다. 여기 생각이 미치자 아마토는 홀연 지옥 현판문의 개조를 꿈꿔 본다.

"이 문 통과하는 자, 새 희망에 살리라."

지구 지하 지옥의 수괴로서 아마토는 지옥도 변화가 필요하다고 생각해왔다. 벌을 받는 고통의 장소이긴 하나 거기서도 갱생 기회를 가질 수 있어야 한다는 것이다. 희망의 끈이 자기를 영원한 지하 지옥의 괴수로 모셔 두고 천국과 대등한 관계로 오고 가기를 바랐다.

감히 우주 한 귀퉁이를 어지럽히는 또 다른 지옥별 페르가몬의 두목 루시퍼 따위가 경쟁자로서 도전하기에 자신은 너무 큰 존재라는 배짱이다. 도대체 지옥이 지구 지하와 페르가몬 별, 두 군데에 나뉘어져 있다는 게 아마토에게는 희극적이고 못마땅하다. 지옥의 경쟁 체제는 곧 힘의 약화를 의미한다. 하느님의 고도의 통치술일지 모른다.

아니 경쟁이란 '단어' 자체가 지옥이니까 좀 더 지옥다운 지옥을 표현하고 싶은 코미디일 수도 있다. 왜 단테마저 자신의 작품 제목을 당초 '코미디'라고 붙였었는지 알 것 같았다.

아마토가 잠시 생각에 잠긴 동안 갑자기 가라앉는 분위기가 싫었던지 이제벨이 빠르게 입을 열었다.

"저는요, 세상 무엇보다 대왕님 눈길 사로잡는 여자 중의 여자, 마녀가 되고 싶어요. 천국의 무미건조한 요조숙녀가 되기보다는 대왕님만을 즐겁게 해주는 지옥의 마녀, 관능의 여자, 섹시 심볼이 되는 게 과연 나쁠까요? 신은 원래 여자를 생산만 하라고 만든 것은 아니라고 봐요. 남자를 기쁘게 하고 자신도 즐길 권리를 주었지요."

어느덧 철썩이는 바다를 건너 수풀 우거진 깊은 산, 도도히 흐르는 강, 오곡 백화가 빽빽이 들어찬 지구의 드넓은 평야를 지나며 이제벨이 나불댄다. 지하 지옥 수괴 아마토가 무슨 생각을 하고 있는지 벌써 눈치 채고 그의 마음을 어루만지고 있다. 그렇게 아마토는 한껏 고양된 기분으로 이제벨에게 끌려가고 있었다. 자만에 빠져 반 치 앞을 못 본 아마토의 천국은 바로 지금이었다.

"마음껏 즐겨라. 이제벨— 지옥도 좋지만 오늘 지구 풍광도 좋구나. 네 말은 항상 꿀처럼 달다. 네 청을 들어 지구 하늘을 날며 우리 미래를 생각하니 절로 희망이 생긴다. 너로 하여금 지옥의 제1왕비를 삼을 날이 멀지 않았다. 기다려라. 오래 기다리지 않게 하겠다."

"몇 겁에 걸쳐 애태우던 그 말씀 과연 나올 때가 있군요. 보람 있다는 말 지금 쓰고 싶어요. 울고 싶어라, 웃고 싶어라."

아마토의 호기에 이제벨이 질 세라 맞장구친다. 두 남녀 악령의 노는 꼴이 태풍 앞둔 초가을 낮 태양 아래 꽃밭을 넘나드는 범나비 한 쌍 같다. 참으로 가관이라도 지금 말릴 자 누구인가? 갈 데까지 가보는 것이다.

마침내 그들이 도착한 곳은 이스라엘 땅 예루살렘 지방이었다. 유태인의 전통에 따르면 이곳이야말로 천지창조의 중심이다. 세계를 떠받치는 주춧돌이 여기에 있고 최초의 인간 아담이 여기서 나왔으며 아브라함과 이삭이 이곳 광야에서 하느님을 직접 섬겼다.

하지만 지금은 그런 기억보다 기독교인과 이슬람인을 분리하는 장장 850km 길이의 팔레스타인 분리 장벽이 민족 간 종교간 분쟁을 여실히 드러내는 투쟁 현장일 뿐이다. 이제벨이 이곳을 택한 것은 이유가 있다.

과거 아합 왕비 시절 듣고 보고 살던 정다운 곳이 여기이기도 하지만 그보다는 지옥별 페르가몬 사령관 루시퍼와의 밀약을 지키기 위해서다. 며칠 전 루시퍼의 전령이 비밀리에 자신을 찾아왔다. 아마토를 무슨 수를 써서라도 지하 지옥 밖으로 유인해 달라고 한 것이다.

루시퍼와 이제벨은 남녀 관계를 떠나 지옥의 번영을 공동 추구, 천국이 놀라워할 단계로 끌어올리자는 발칙한 동지적 관계를 일찌감치 맺어 왔다. 적어도 지금까지는 그랬다. 자고로 남녀의 동지관계는 어떤 목적을 공유할 때 섹스 이상의 최고 위력을 발휘하기 마련이다. 그 유인 장소로 이제벨은 예루살렘을 택했다.

예루살렘은 그 옛날 아합 왕 시절 하느님과 바알 신이 공존했던 것처럼 지금도 유태교와 기독교, 이슬람이 성지로서 공유하는 곳이다. 시내 '통곡의 벽'을 찾는 여행객들에게 예루살렘은 많은 전설과 꿈, 상상을 부여하고도 남는다. 여기를 아마토 납치 장소로 정하면 의미가 크다고 이제벨은 생각한 것이다. 따지고 보면 루시퍼나 아마토 악령 두목 모두 이제벨 손에 놀아나는 셈이다.

하지만 오늘 이제벨과 데이트를 즐기는 아마토는 간밤의 황홀했던 침대 놀이 이외 아무 생각이 없었다. 아리따운 상대인 이제벨과 더불어 지구 산책을 한다는 기쁨 이외 바랄 것이 없다. 얼떨결에 예루살렘에 왔다고 특별한 감정이 이는 것도 아니다.

"참으로 인간들이 답답하구나. 이런 메마른 땅에서 뭐 먹을 게 있다고 아웅다웅 다툼질들을 하는지 알 수 없도다. 이제벨, 오늘 여기 잘 왔다. 인간 군상들의 한심함을 내게 그대로 잘도 보여 주었다."

"이제 좀 더 흥미진진한 많은 일들이 벌어질 겁니다. 대왕님은 그저 즐기기만 하면 됩니다."

아마토와 이제벨은 말을 주고받으며 서서히 주변을 선회한다.

"너는 이 지역을 좀 아느냐?"

호기심이 발동한 아마토가 묻자 이제벨이 더 바싹 고삐 줄을 당긴다. 그의 주의력을 눈 아래 이스라엘과 팔레스타인 분쟁 구역에 묶어 다른 생각을 하지 못하게 하고 싶다.

"여기는 지옥이 부러워할 정도의 참혹한 전투, 폭발, 테러들이 끊임없이 벌어지며 주민을 고통 속의 삶에 몰아넣고 있는 곳입니다. 기원전 70년 로마 제국이 멸망시킨 이곳 유태인의 나라를 2천 년이 흐른 지난 1917년 국제연맹은 영국에 위임 통치토록 결의했어요.
그러다가 1948년 2차 세계대전 이후 이스라엘이 독립국으로 탄생하자 그 땅 2만 766평방 km에 조상 대대로 살아오던 팔레스타인 사람들이 졸지에 쫓겨나게 된 겁니다. 한쪽은 잃었던 고향 땅에 자기 국가를 세웠지만 한쪽은 대대손손 살던 땅을 빼앗기고 말았으니 폭력 투쟁 비극은 벌써 잉태된 것이나 다름없지요."

"원래는 유태인들을 가리켜 디아스포라, 즉 '흩어져 사는 사람들'이라고 말하지 않았느냐? 나라 없이 살던 사람들이 나라를 세워 함께 살면 좋은데 땅을 빼앗긴 팔레스타인 사람들이 문제구나."

"공존의 법칙을 잊은 지도자들의 외골수 선동이 민족 간 대립을 자초한 경향이 큽니다. 거기다 경제적 격차까지 커지니까 더 심한 충돌이 일어나지요. 종교적 불화 역시 지도자들 자질 부족 탓입니다. 국제적 이해관계도 많이 작용하고 있구요."

"왜 그런 어리석은 짓들을 했을까? 그런 저런 이유로 무력 투쟁이 심해져 지옥에 올 사람들이 많아진 것은 좋지만 인간들이 너무 한심하구나. 우리 잠시 지상에 내려가 현장을 두루 살펴보는 것도 재미있을 것 같다."

두 악령이 막 하강을 시작하려 할 때 갑자기 한줄기 광풍이 불어왔다. 그것은 사막을 휘몰아 온 회오리바람이었다. 회전 속도를 가늠하기 어려울 정도로 아주 좁은 면적의, 그러니까 지름 100m가 될락 말락 한 회오리바람이 순식간에 두 악령을 하늘로 말아 올려 갔다. 아마토도 이제벨도 잠시 정신 줄을 놓을 수밖에 없었다.

19. 봉사자 집회

개인 기도실이라고는 하지만 꽤 협소하다. 하늘궁전 총괄실장 마티아의 저택 지하방이다. 여기에 초대 교회 시절 12사도에 의해 뽑혔던 헬라계, 그러니까 정통 유태인이 아닌 그리스 계통 디아스포라의 뛰어난 봉사자 7명이 모였다. 박해 받던 이방인 전도 사업의 첨병들로 최초의 순교자 스테파노를 배출시킨 뿌리 그룹이다.

이들은 예수님을 직접 모신 사도들에 의해 뽑혔다는 자부심이 대단했다. 그 정신을 살려 천국에서도 정기적인 모임과 함께 큰일이 있을 때 비상회의를 소집, 대책을 행정부에 건의했다. 그 건의는 거의 받아들여졌다. 12사도 모임 못지않은 권위였다.

더 중요한 것은 이들이 때때로 하늘 궁전에 초대되어 하느님의 음성을 듣는다는 것이다. 그때마다 오금이 저리는 것을 하느님과 대면하는 기쁨으로 깨끗이 다림질한다. 거의 개별적인 부름이기 때문에 어떤 말을 건의하고, 듣고 오는지 아는 사람은 당사자뿐이었다.

이날 회의 주재는 국방성 부장관 필립보가 맡았다. 초대 교회 시절 하느님 현시로 길에서 만난 에티오피아 내시 고관을 개종시켜 아프리카 복음화에 선도적 역할을 한 정력적인 사나이다. 평소 천국 군과 행정부를 연결하는 다리 역할로 이 그룹의 실세인 스테파노 원로원 사무총장을 저변에서 충실히 뒷받침하고 있다.

좁은 지하 방에 옹기종기 둘러앉은 일동의 모습은 영락없이 박해받던 로마 시대 지하 동굴 성전을 닮아 있었다. 가운데 터널을 따라가다 보면 양쪽으로 작게는 서너 명, 크게는 십여 명이 들어앉을 만한 방들이 있고, 로마군이 왔을 때 큼직한 바위로 손쉽게 막을 수 있는 목 좁은 곳도 있다. 석회석을 중심으로 한 지질은 잘 파지고 잘 굳기 때문에 박해가 시작되자 그리스도인들은 너나없이 이 동굴로 숨어 들었다. 그리고 필요에 따라 넓히고 좁히고 탈출로도 만드는 작업을 통해 그리스도인들은 공동체 생활를 배우고 경험하였다.

그 동굴 모방한 방에 지금 스테파노, 필립보, 브로코로, 니가노르, 디몬, 바르메니, 니골라오 등 봉사회 회원 7명이 옛날 그 모습 그대로 앉아 있다. 평소 그리스 출신다운 발랄한 몸가짐이 이날따라 웬일인지 잔뜩 위축된 자세다. 오히려 모임 가운데 유일하게 안티오키아 출신인 니골라오가 대범한 태도로 좌중을 살피고 있다.

"모든 분야에서 바쁘게 활동하는 여러분을 오늘 긴급히 모신 것은 최근 천국의 안보와 내치에 중대 문제가 있다는 일부 어른들의 근심 때문입니다. 오늘이야말로 여러분이 최근 듣고 보고 느낀 천국의 진솔한 현실을 허심탄회하게 털어놓고 대책을 말해주기 바랍니다. 우선 정보원 기획실장 니골라오 님 소식부터 듣겠습니다."

국방성 부장관 겸 이날 소집 책임자인 필립보가 일단 말문을 터주자 지명 받은 니골라오가 헛기침을 가볍게 한 뒤 필리보에게 되묻는다.

"아직 구체적으로 확인되지는 않았지만 지옥군들 움직임이 심상치 않습니다. 어제 낮 지구 지하 수괴 아마토가 애지중지하는 연인 이제벨과 더불어 지상으로 나와 예루살렘 지역 시찰 중 증발되었다는 정보가 들어왔지요. 하지만 행적을 끝까지 추적하지 못했다는 겁니다. 혹시 군 사령부 쪽에서 확인된 것은 없습니까?"

"글쎄, 아직 보고받은 바 없네요. 좀 더 설명을 해주시지요."

사회자 필립보의 얼굴이 다소 붉게 변한다. 국방성 자기 소관인데 정보원 쪽에서 소식을 듣다니 망신이다. 회의 참석 전에 좀 더 체크할걸 하고 후회하면서 일단 더 들어보기로 한다. 따지고 보면 상호간 그런 미흡한 점들을 메우기 위해 이런 자리가 마련되는 것 아닌가.

"지금 문제는 아마토와 이제벨의 거처 파악은 물론 어떻게 그들이 지상으로 통하는 지옥문을 쉽게 통과했느냐의 사실 관계 역시 짚어볼 일입니다. 이는 지구 지옥관리위원회의 허술한 경비 문제와 직결

되니까요. 거기 경비병은 그 시간에 뭘 했느냐는 거지요."

니골라오의 지적이 점점 더 날카로워진다. 이제 지구 지옥관리위원회까지 불똥이 튄 것이다. 거듭 이 모임의 특징이 살아나고 있는 것이다. 여기서는 어떤 문제고 직선적으로 터뜨려 끝장 토론을 하고 참석자들끼리 책임 논쟁도 불사한다. 잘못을 지적 받으면 그 자리에서 창피할 수 있어도 이를 통해 제도와 현상을 개선한다는 목적 달성이 최우선인 것이다. 개인 감정은 회의 종료와 더불어 피차 사과하고 푸는 것으로 다음 모임을 약속한다. 그런 회의 방식이 바로 천국 엘리트들의 일이라고 자부심을 갖는다.

"지옥 출입구 관리 이상이 나왔으니 말인데 천국 입국자 심사와 사망자 통고에도 사고가 발생하는 모양입니다. 입국 자료를 조작하는 고도 사기에서부터 사망자 착오 통고 등 단순 사고까지 다양하지요. 한마디로 지옥 갈 사람이 천국에 오고 죽지 않을 사람이 착오로 죽어 천국 대기실에 와 기다린다는 게 말이 됩니까."

이번에는 사법 경찰청 치안국장 디몬이 입을 열었다. 일동이 깜짝 놀란다. 소문이 일부 돌기는 했지만 천국 입국 허용자 가운데 가짜가 있을 수 있다는 것은 정말 경천동지할 일이다.

"아니, 천국 입국자를 조작한다니 그게 가능합니까. 착오로 인한 사망자는 또 무엇이고. 도대체 이게 뭡니까."

필립보의 톤이 높아진다. 지금까지 이런 일들이 공론화 안 된 게 이상하다고 생각한다. 자신도 국방성 부장관으로 현재 천국 행정부 고위직에 있지만 이렇게 뻥 뚫어진 행정 부실은 생각지도 못했다.

"아직 공개발표할 단계는 아니나 어제 사법청에서 천국 입국 심사부 요원 한 명을 긴급 체포했습니다. 형식은 체포인데 범인의 자수로도 볼 수 있어 웃기는 꼴이 되었지요. 자수 시점과 배경이 또 아주 재미있어요."

"지금 재미를 말할 때가 아닙니다. 일단 이것도 오늘의 의제로 올려놓고, 다음 긴급 토론 사항이 있으면 말씀하시지요."

디몬 사법 경찰청 치안국장의 발언을 유보시킨 필립보는 또 다른 안건 제시를 요청했다. 그는 그동안 밀린 주요 사항 모두에 대해 오늘 끝장 토론을 벌일 참이다. 이 비상회의가 열린 지도 꽤 오래간 만이다. 서두에 나온 안건 두 개만 해도 벌써 대어급이다.

"지구의 복음화 사업도 혼선이 큰 모양입니다. 특히 개신교 쪽 대형 교회 담임 목사들의 개인 및 가족 부패가 심하고 교인들 간 알력이 날로 커지기 때문이지요. 누차 지적돼온 비리, 반신앙적 행위가 계속된다는 것은 특단의 대책을 요구한다는 뜻입니다. 또 가톨릭 쪽은 일부 운동권 사제들이 무분별한 사회 참여를 정의로 포장, 오히려 공동체 무질서와 복음사업 차질을 초래하고 있지요."

이번에는 브로코로 지구촌관리위원회 부위원장이 나섰다. 차제에 뭔가 강력한 대책을 촉구하는 모습이다. 하지만 지구 복음화 사업의 부작용은 전에도 몇 번씩 들어본 묵은 과제라 일동의 얼굴이 덤덤하다. 오히려 늘 제안만 해 놓고 대안 없는 그에게 비판적인 눈길이다. 연옥 관리위원회 부위원장인 바르메니가 곧 말을 받는다.

"돈 밝히는 지구촌 대형 교회 목사들에게 이번에 따끔한 맛을 보여 주어야 합니다. 말만 꺼내 놓고 흐지부지하니까 성직자 탈속에서 못된 짓들을 계속하지요. 이 때문에 애꿎은 연옥관리처가 곤욕을 치르고 있습니다. 비리 성직자라도 외형적으로 복음 사업 공이 크면 바로 지옥으로 안보내고 연옥에 보내 갱생 기회를 주니까요."

"그게 지구촌 관리위 책임만은 아닙니다. 자주 나온 단골 의제라고 비판하는 것은 당연하지만 시정 노력이 부족해 나온 결과를 어디 한쪽에 책임지울 수는 없지요. 정 그렇다면 오늘 회의에서 아예 최종 대책을 마련, 실행 날짜까지 박아 행정부에 건의합시다."

설전이 자칫 감정싸움으로 번질 우려가 커지자 침묵하던 스테파노 원로원 사무총장이 마침내 큰 소리로 만류한다. 무거운 얼굴이다.

"자자, 지난 일 갖고 너무 따지지 맙시다. 사실 더 급한 일이 있는데요. 오늘 우리의 가장 큰 걱정이 무엇인지는 다 알고 있지 않습니까? 하느님의 부재입니다. 벌써 며칠째 자리를 비우셨다면 그 이유와 가신 곳, 언제 돌아오실지 안위부터 논의해야 합니다. 아시다시피 천국의 최근 며칠 기류가 상큼하지 못한 까닭이 바로 하느님 부재 때문 아닌가요. 오늘 우리 회의 분위기도 그렇습니다만."

필립보가 고개를 끄덕이며 말을 받는다.

"그래요. 뿌리를 외면하고 가지치기에만 열 올려선 안 됩니다. 행정부에서는 지금 공식적으로는 하느님 소재에 관해 'N C N D', 다시 말해 시인도 부정도 안 한다는 겁니다. 이런 상태를 계속 끌고 가면 곤란해요. 행정부 쪽에 보다 강하게 압박해야 합니다."

"제가 몸 둘 바를 모르겠네요. 천국 정보부가 너무 무기력하게 보여 입이 열 개라도 할 말이 없습니다. 이 회의 참석 전 몇 번이고 하느님 소재 점검을 하고 또 했지만 오리무중이에요. 혹시 국방성 쪽에 무슨 소식 없을까요?"

니골라오 정보부 기획실장이 체념한 표정으로 필립보 국방성 부장관에게 구원을 요청했지만 사회석의 필립보도 난처한 얼굴이다. 필립보가 다시 사법청 치안국장 디몬에게 눈길을 돌리자 그는 너털웃음을 쏟아냈다.

"아이고, 저라고 뾰족한 수 있나요? 아무튼 천국과 지구, 연옥 주변에서는 아무 단서도 잡히지 않았습니다. 동네방네 뒤져 봤지만 헛

수고에요. 지구 은하계 10억 개 별 어딘가에 꼭꼭 숨으셨는지, 아니면 저 멀리 안드로메다 쪽이라도 가셨는지 감 잡기가 어렵네요. 그렇다면 우주센터 담당인데 그쪽은 어느 분이 맡고 계신지?"

똑똑하고 영민하다는 봉사자회의 이날 표정이 사뭇 가관이다. 관계자간 치면 받고 다시 처 넘기는 핑퐁 게임에 스테파노가 마침내 실소하고 만다. 그리고 벌떡 일어나 문 쪽으로 걸어가며 말했다.

"오늘 모임에 손님 두 분을 모셨습니다. 맨날 우리 의견만 팽이 돌리기식 논의하기보다 때로는 수혈을 받는 것도 방법이지요. 외람되다 하시면 지금이라도 돌려보내지요. 어찌할까요?"

이 모임의 좌상 스테파노말이라면 혼자 의견이기보다 배경이 있을 것이다. 모두가 작은 박수로 환영한다. 오히려 답답한 분위기를 깨어 줄 구원자쯤 여기는 눈치들이다. 스테파노는 선 자리에서 가볍게 허리 숙여 감사 뜻을 표하고 방문을 열었다. 이윽고 마티아 하늘궁전 총괄실장이 안내하는 가운데 프란치스코 하비에르 원로원 국방위원장과 정약종 원로원 정보위원장이 방안으로 들어섰다.
무료하게 앉아 있던 7인회 일동은 의외 인물이 등장하자 일제히 놀란다. 후배라도 이들은 한참 후배다. 아무리 이들이 주요 원로원 의원으로 최근 정치적 행보가 활발하다 해도 까마득히 1,500년 넘는 세월의 간격은 짧지 않다.
하지만 스테파노 입장은 다르다. 이미 7인회 멤버들도 예전 같은 용기와 지략, 정열 면에서 많이 낡았다. 이들이 언제까지 12사도 등 노장파 견제 역할을 할 수 있을지 의문이다. 생각해 보면 7인회 멤버 자체가 12사도와 동시대 사람들이다. 다만 몇 년의 차이로 천국의 핵심 소장파 구실을 하는 게 시대에 맞지 않다고 보고 서서히 멤버를 바꿔갈 생각이다.

오늘만 해도 그렇다. 의제 선정에서부터 책임 전말까지 따지는 방식이 구태의연하다. 색다른 의제와 정보 섭취, 새 아이디어를 얻으려면 수혈이 불가피한 것이다. 고심 끝에 바오로 감사원장과 상의하자 하비에르를 1순위, 정약종을 2순위로 추가 선임하는 게 어떠냐는 제안을 받은 것이다. 7인회가 9인회로 확대 개편되는 것이다. 아니 언젠가 태만한 자는 자리를 떠날 것이다.

하비에르와 정약종이 자리를 잡고 앉자 대개 알려진 사실이지만 스테파노가 두 사람을 다시 간단히 소개했다. 소개가 끝났을 때 좌중의 눈길은 단연 하비에르에게 쏠렸다. 하비에르는 병사했고 정약종은 형장의 칼날로 목이 잘린 처절한 순교자라고 해도 그랬다. 그들은 정약종 아우구스티노보다 250년 앞서 천국에 온 하비에르에 관한 정보가 많았고 그의 썩지 않는 발, 시신 등의 이적은 지금도 경이의 대상이었기 때문이다. 어쩌면 그를 부러워했다고 표현하는 게 더 맞을지 모른다. 인사말 기회도 단연 하비에르가 먼저였다.

"존경하는 봉사회 멤버님들, 초대 교회 시절 극심한 식량난 속에서 유태 출신 교인과 그리스 출신 신도들의 배급 차이를 시정하는 일을 맡기려 12사도들이 여러분을 봉사자로 뽑았습니다. 그때 선출

된 헬라계 7인 봉사자회 여러분은 식량을 공정하게 분배했던 것은 물론 그 이후 복음 배급에도 지역 인종 가리지 않고 공평해 칭송을 받았지요. 참으로 사랑합니다. 요즘 천국 운행 시스템에 문제가 많다지만 여러 선배가 있는 한 그 옛날 공정했던 실력을 살려 깨끗이 시정해 가리라 믿습니다. 아멘."

다음은 정약종 차례다. 조선의 전통 복장인 두루마기 옷깃을 여미며 그는 스스로 한복을 잘 입고 왔다고 생각한다.

"제가 살던 나라 조선, 지금 대한민국에서는 어른들, 또는 지혜자를 만나러 갈 때 두루마기란 이런 겉옷을 입습니다. 오늘 저는 이 옷을 특별히 꺼내 입고 와서 여기 계신 어른들을 증인으로 하느님께 간곡히 기도하겠습니다. 지금 천국과 지구가 잘 가고 있는지, 혹시 탈이 나있다면 어디서부터 고쳐야 할지 여러 선배님과 저의 마음속에 성령처럼 숨어들어 지혜를 주십사 하고요.

그렇습니다. 하느님의 부재를 애타게 걱정하지만 기우입니다. 하느님은 이 우주에 꽉 차 계신 분, 어디에도 계시지요. 우리의 진실한 기도는 하느님이 소재 불문하고 들어주십니다. 하느님은 어딘가에서 또 하나의 역사를 창조하고 곧 돌아오실 겁니다. 오직 기도하고 행동할 뿐이지요."

순간 방안에 적막이 흐른다. 스테파노의 입에서 작은 한숨이 새어 나왔다.

20. 화형대

오늘 바오로 원장은 천국의 동쪽 끝 에덴 실버타운에 갈 약속이 돼 있다. 거기서 베네딕토 수녀원이 주최하는 밀레니움 노인 위로 행사에 초대받은 것이다. 에덴 실버타운은 구약시대와 그 이전 사람들의 영혼이 거주하는 곳이다. 몇 천 년 늙은 영혼들의 거주지니까 아무래도 영혼 손상된 노인 천사들이 많다. 이들을 위문하러 데클라 베네딕토 수녀원장 지휘아래 곱다란 수녀, 수호천사들이 몰려가 노래와 춤, 연극으로 하루를 즐겁게 해 드리는 것이다.

그런데 빈손으로 가기는 멋쩍다. 노인 영혼들에게는 재미있는 구약시대 무대의 드라마 CD 몇 장과 영혼 손상 예방 백신을 갖고 가면 될 것이다. 하지만 이날 모처럼 만나는 데클라 수녀원장에게 작년처럼 눈인사만 하고 오기에는 섭섭한 감이 없지 않다. 그녀와 옛날 소아시아 지역 코냐 지방에서 함께 화형대에 올랐던 기억이 주마등처럼 지나갔다. 고민 끝에 번쩍하고 떠오른 게 바로 정약종에게서 얼마 전 들은 하피첩(霞帔帖)에 관한 얘기다.

"제 아우에 다산 정약용이라는 인물이 있습니다. 이 친구도 원래 천주 교리에 접촉했었지만 정부 탄압과 아버님 권유로 그만 포기하고 말았지요. 그래도 한때 믿었다는 사실만으로 한반도 서남쪽 전남, 강진 등지에 귀양을 가서 무려 18년간에 걸쳐 각종 민생용 저술 활동을 활발히 했습니다.

동생 자랑 같지만 조선 시대 500년을 통틀어 그만한 학자가 없을 정도로 뛰어난 석학입니다. 그의 수많은 저서가 지금껏 한국의 고전으로 학문하는 사람들 사이에 살아 있으니까요. 아니, 최근 한국의 놀라운 경제성장 배경에 당시 정약용의 실용주의 이념이 크게 작용했다고 해도 과언이 아닙니다. 그러니까 조선으로서는 그가 순교자로 죽기보다 살아남아 민생에 공헌한 것이 더 다행한 일인지 모르지요. 그 점, 하느님께서도 양해하시리라 믿습니다."

정약종은 우연한 일로 바오로 원장 사저를 방문, 얘기 끝에 바오로가 동양의 귀한 비단 겉옷을 가졌다는 자랑과 함께 그 처리에 골치라는 사연을 듣는다. 보여 달라니까 한쪽 구석의 작은 궤에서 아름다운 겉옷을 꺼냈다. 아주 낡아 색이 바랬지만 고급품인 것은 한눈에 알 수 있었다. 이를 보자 정약종은 대뜸 좋은 생각이 있다면서 하피 첩 얘기를 꺼낸 것이다.

"나한테는 중요한 물건이지만 이런 고물 옷을 누구에게 선물이라도 하란 말인가요?"

바오로가 뜨악한 얼굴로 정약종을 보자 그는 고개를 젓는다. 그리고 반짝 제안을 한 것이다.

"그 겉옷을 조각조각 잘라 서첩을 만들자는 겁니다."

"서첩이라니? 낡은 비단에다가? 글씨를 쓰면 찢어질 텐데."

"그런 염려 붙들어 매세요. 제가 조선에서 쓰던 지필묵을 가져오겠습니다. 먹 글씨로 쓰면 찢기지 않고 예쁘게 써질 겁니다. 평소 쓰시고 싶었던 시나 경구, 십계명, 시편, 잠언 등 어떤 것을 소재 삼아도 좋지요. 먼 시골에서 귀양살이 하던 제 동생 다산은 비단 조각에 두 아들에게 보내는 경구를 써 보내 평생 좌우명을 삼게 했습니다.
예컨대 한문의 '勤', 또는 '儉' 같은 글자입니다. 의미는 항상 부지런하고 검소하라는 뜻이지요. 아울러 어떤 붕당에도 들어가지 말라고 주의를 줬습니다. 그 시절 조선 천주교 탄압도 결국 조정의 당파 싸움 끝에 나온 거니까요. 이 밖에 인생을 살며 주의해야 할 점을 한 자 한자씩 마치 십계명처럼 비단 하피첩에 써 보냈습니다. 여백에 한글 시조도 몇 수 곁들였지요."

"동생 서첩이 비단 겉옷을 자른 겁니까?"

"아닙니다. 여인의 치마인데 그 경위가 참 기막히지요. 제 동생 정약용이 천주교 연루 죄로 귀양살이 시작한지 7년 만의 이야기입니다. 제수씨, 그러니까 다산의 아내가 언제 볼지 모를 남편을 위해 자기가 시집을 때 입었던 비단 치마를 정표로 보낸 거지요.

그때가 결혼 31년째니까 비단 치마는 원래 붉었던 색깔이 바래 누런 담황색으로 바뀌어 있었답니다. 동생은 그걸 받자 이거야말로 먹글씨 쓰기에 아주 좋은 재료라고 생각해 치마를 조각조각 잘라 서책을 만든 거구요."

"아내에게는 아무 말도 안 했나요?"

"왜요, 당연히 사연을 써서 보냈지요. 물론 직접적인 사랑의 표현은 아니지만 집안일, 아이들 키우는 일들을 당부하며 구구절절 그리움에 사무친 글도 함께 쓴 겁니다. 살아서 만날 수 있을지조차 감감한 아내가 왜 그 비단 치마를 보냈을까, 영원한 이별의 뜻일까, 지극한 사랑의 의미일까 고민하면서 말이지요. 그런데 죄송하지만 바오로 님의 여인 겉옷이 어떻게 입수된 건지 여쭤 봐도 될까요?"

그제야 바오로는 정신을 차린 듯 난처한 얼굴이더니 이내 정색 하고 대답한다. 추억을 되살리는지 눈까지 가늘게 좁힌다.

"이방전도 시절 내가 터키 코냐 지방에 갔을 때 약혼자가 있는 한 아리따운 처녀를 만났어요. 부잣집 딸이었는데 그녀가 내 설교를 들고 나서 세례를 받겠다고 청하는 겁니다. 그 집에서는 내 꾐에 빠졌다고 난리 끝에 나를 고발했고 재판 결과는 나와 처녀를 동시에 화형하기로 했던 겁니다.

화형식 날 우리는 많은 구경꾼들이 둘러보는 가운데 장작더미 위에 올랐지요. 높직한 화형대 중앙 두 기둥에 묶인 채 죽음의 순간을 맞는 그 처녀의 비단 겉옷이 얼마나 화사했는지 모릅니다

부자 아버지 덕에 입은 값비싼 비단 겉옷이지만 그 주인은 더 그윽한 미를 내뿜는 천사 중 천사였고요. 내가 이렇게 주님 위해 죽는 자리에서마저 행복할 수 있구나, 하는 기쁨의 감사 기도를 드리기 시작할 때 화염이 하늘로 치솟았고 그 순간 기적이 일어났습니다."

여기서 바오로는 잠시 말을 멈추고 그날의 감격을 되살리고 싶어하는 눈치다. 멀리 창밖을 내다보며 회상에 잠긴다. 침묵이 길어지자 조바심에 정약종은 사정없이 다음 말을 재촉한다.

"불길 속에 주님 환시를 본 겁니까?"

"아닙니다. 갑자기 하늘에 시커먼 구름이 몰려들며 난데없는 폭우가 쏟아지기 시작한 겁니다. 이곳저곳 땅도 꺼지고 난리가 난 거지요. 타오르던 불꽃은 힘없이 잦아들고, 구경꾼들은 저마다 달아나고 우리는 덕분에 살아났습니다. 마을 사람들은 우리를 하늘이 돕는다고 처녀는 살리고 내게는 추방령을 내렸어요. 괴나리봇짐을 짊어지고 동구 밖에 나설 때 그 처녀가 멀리서 뛰어 오는 게 보였지요.

작별 인사라도 하려나 기다렸더니 웬걸, 와서는 동행을 요청하는 겁니다. 따라다니며 선교 활동을 돕겠다는 얘기이지요. 하지만 난 그럴 수가 없었습니다. 마음으로야 받아들이고 싶었지만 그래서는 안 될 것 같았어요. 완강히 거절하자 그 처녀는 흐느끼며 화형식에 입었던, 다시 잘 손질한 비단 겉옷을 벗어 내게 정표로 주었습니다. 팔아서 여비에 보태라는 거지요."

"그런데 여기 있네요?"

"아무리 곤궁하다고 그 옷을 팔수야 없지요."

"이야기의 주인공, 겉옷 임자는 누구입니까?"

정약종이 단도직입적으로 묻자 바오로는 얼떨결에 대답했다.

"데클라 수녀님. 베네딕토 수녀원장으로 계신 분."

정약종은 바오로 원장 같은 대성인에게도 이런 애달픈 연정 비슷한 사연이 있다는 게 믿겨지지 않는다. 한편으론 한없이 멀어만 보이던 그가 웬일인지 인간적으로 가까워진 느낌도 들었다.

바오로는 다음 날부터 서첩 제작에 들어갔었다. 처음 솜씨라 서툰 것은 당연했다. 비단을 책 크기로 맞추어 알맞게 자르는 것도 쉽지 않았다. 몇 번 시행착오를 겪고 난 뒤 정약종이 보내 준 서첩 견본을 일일이 대조해가며 몰두하자 차츰 꼴이 만들어졌다.

하지만 서첩 만들기는 제본보다 내용이 중요하다. 무엇을 담았는가에 따라 그 가치는 천차만별이다. 정약용의 하피첩은 최근 한국의 경매시장에서 1억 원 이상을 호가했다고 전해진다.

바오로는 겉옷 서첩에 먼저 십계명을 차근차근 써 내려갔다. 다음에는 좋아하는 성경 시편 23편 '주님은 나의 목자, 나는 아쉬울 것 없어라, 푸른 풀밭에 나를 쉬게 하시고 잔잔한 물가로 나를 이끄시어 내 영혼에 생기를 북돋아 주시네.'를 적었다. 하지만 이렇게 성경 관련 구절만 쓰다 보니 뭔가 허전했다. 그때 마침 좋은 생각이 떠올랐다. 정약종이 주고 간 한국의 어떤 무명 시인이 썼다는 시집 첫 머리에 인쇄된 「서시」였다.

눈에 띄는 사람들을/ 사랑하게 하소서./ 사랑하지 못한다면/ 미소로 보게 하소서./

미소도 어렵다면/ 그냥 보게 하소서./ 그것도 못한다면/ 미워하지 말게 하소서.

써놓고 보니 빙긋 웃음이 나온다. 흡족했다. 그런데 아직 서첩 여백이 남았다. 좀 더, 좀 더 남기고 싶은 말이 없을까? 자신만이 아니라 데클라가 보아서도 괜찮을 만한 그런 내용을 담고 싶다. 바오로는 '서리풀 공원' 제목의 그 시집을 들추다가 딱 한군데서 눈이 멈춘다. '사랑의 묘약' 글자가 다가왔다.

가랑잎이 굴러가듯 / 우리 사랑이 굴러 가네 / 저 만치 홀로 구르는 게 / 슬프게 여리게 보이네 / 한때 충만했던 느낌 / 한없이 그립던 시간들 / 활 활 불타 소진되면 / 한줌의 재 가루 되어 / 나비처럼 팔랑 팔랑 / 흔적 없이 사라지네 / 더 지킬 수 없다면 / 이제 그만 보내야지 / 추억보다 우리 사랑 / 더 진할수 없다네 / 저 만치 굴러가도 / 아름답게 보일 때 / 기쁘게 아쉽게 보내세 / 거기 덧칠이 즐거워라/ 추억을 살려 내는 덧칠.

겉옷 서첩의 제목은 '불꽃'이라 썼다. 데클라와 죽음의 순간을 같이 했던 화형식을 기념하는 의미다. 그때까지 양피지 책만 접하던 바오로에게 비단을 종이 삼아 쓴 책을 만져보기는 처음이다. 그것도 아름다운 처녀, 동정녀가 입고 있던 비단 겉옷을 조각 내 만든 책 아닌가. 가슴에 뜨거운 불덩이가 느껴진다.

21. 이훈락 체포

"그러니까 이번 경우가 자수인지, 체포인지 불분명하다는 겁니다. 우리 경찰 대원이 이훈락 입국 심사부 요원을 체포하러 출발한 사이에 본인에게서 본부로 자수 전화가 왔단 말씀이지요. 자수와 체포 사이에는 처벌 형량에 큰 차이가 납니다."

"그렇다면 우리가 이훈락 요원을 체포한 게 자체 정보나 기획 수사 결과는 아니라는 말입니까? 천국 입국자 자료를 수정해서 무자격자를 받아들이는 비리 사례는 사상 처음인 엄청난 사건인데 전말이어째 좀 불투명한 느낌입니다. 좀 더 경위를 자세히 말하세요."

디몬 치안국장이 디도 사법청장에게 이훈락의 체포 경위를 보고하는 자리다. 디몬은 방금 전 끝난 7인 봉사자회의 비상대책회의 석상에서 중대 안건의 하나로 이 사건 전말을 털어놓았기 때문에 아직 수사가 미진했지만 본부에 돌아오는 길로 청장실을 찾은 것이다.

"실은 그게 우리의 인지 또는 기획 수사결과가 아니라 베네딕토 수녀원의 어느 수호천사의 제보에 의해서입니다. 한국 출신으로 천국에 와서 입국 심사부에 근무하는 베테랑 요원이 생전 본국 지인의 자료를 조작해 천국 입국을 가능하게 해주었다는 정보이지요. 지구 수사당국에서 자체 조사한 보고서를 그 수녀가 수호천사로 일하며 입수한 건데 A4 용지로 꽤 됩니다. 부끄럽지만 우리는 앉아서 범인을 잡은 셈이고요."

"범죄 이유가 뭐랍니까?"

"돈 문제는 아니고요, 상황이 좀 야릇합니다. 피의자는 지구에서 좋은 일을 많이 한 개신교 장로로 성지 순례단을 이끌고 중동 지역에 갔다 폭탄 테러로 부부 모두 사망했지요. 하지만 지구에서 그리스도인으로 잘 산 덕분에 천국으로 오는 데는 문제가 없었습니다."

여기서 디도 청장이 다시 말을 끊고 묻는다.

"그러니까 천국에 올 때까지는 전혀 문제가 없던 인물이 오고 나서 범죄를 저질렀단 말인가? 그런 부정 인사가 천국 입국장 심사 스크린을 관장해도 좋을 만큼 우리 인사 시스템이 허술한가 말일세."

디몬이 담담하게 대꾸한다.

"그건 아닙니다. 그는 최근 부정을 저지르기 직전까지는 실로 깨끗하고 능력 있는 요원이었거든요. 천국에서 누구보다 앞선 1급 컴퓨터 전문가이기도 했고요. 사건을 캐다 보니 여러모로 안타까운 면이 있어요. 그냥 법으로 한방에 날려 보낼 사안은 아닌 것 같습니다. 범죄 청탁자가 자신의 유자녀를 잘 보살핀 은인이거든요."

디몬이 엘리사벳 수호천사가 전한 이채강 탐정의 수사 결과를 정성껏 디도 청장에게 보고하지만 의문은 한꺼번에 다 풀리기 어렵다.

"그럼 누가 그런 비리를 저지르게 천국 심사부와 지구인 K목사를 연결했나요? 연락책이 있을 것 같은데."

디도 청장이 지나가듯 슬쩍 핵심 의문을 던진다.
"우리 베네딕토 수녀원에 수호천사 제도가 있습니다. 꼭 필요하다고 인정한 유명 지구인들에게 수호천사를 붙여 그리스도 복음사업에 도움을 주지요. 천상과 지상의 연락, 필요한 정보 제공 등 다양한 활동을 합니다. 당사자인 K목사도 수호천사를 배당했는데 그게 마침 이훈락 요원 부인 김성미 수녀였습니다. 안성맞춤이지요."

"좋게 보면 보은 차원의 미담 아닌가? 누구라도 그런 입장이 되면 거절하기 힘들지. 디몬 국장이라면 어떻겠어요? 그냥 농담이지만."

"저나 청장님이 살던 초대 교회 시절 그런 수호천사는 생각조차 어려웠지요. 어려울 때 성령님이 임재해서 도와준 일은 있지만. 그래도 은혜 갚는 일은 옛날이나 지금이나 마찬가지 아닐까요. 참, 피의자가 기소 전 누구를 꼭 만나고 싶다고 하는데 들어줘야 할지 망설여지는군요."

"수사에 지장이 없다면 괜찮겠지요. 왜 만나고 싶답니까?"

"중대한 일이라고만 합니다. 그분 만나 얘기하고 싶다고요."

"그 사람이 누군데?"

"정약종 원로원 정보위원장입니다."

"같은 한국인 출신이라고 그러는 모양이나 그분이 만나려 할까요? 피의자 신분인 사람을 잘못 만나면 구설수에 오를지 모르는데. 그래도 수사 쪽이 손해 볼 일은 없으니 일단 시도는 해 보세요."

여기서 두 사람의 대화는 끝을 낸다. 디몬 국장은 청장실에서 나오자 곧장 이훈락이 갇혀 있는 유치장으로 갔다. 이훈락은 유치장 문을 등지고 창문을 통해 바깥 햇살을 멍하니 내다보고 있었다. 두 어깨가 축 내려 앉아 있다. 천국 심사부 엘리트가 하루아침에 대형 범죄 피의자 신분으로 전락했으니 마음 고생이 심할 것이다.

이훈락이 자수를 결심한 것은 우선 지구촌의 마구잡이 해킹 주소들을 찾아내 이들의 소탕 작전을 끝냈기 때문이다. 거의 재기 불능 상태로 흩어놓고 파괴한 결과 당분간 또 다른 범죄 시도는 엄두를 못 낼 것이다.

그럼에도 이들이 취급한 천국 부정 입국자 자료의 왜곡 범위가 의외로 방대한 것은 그에게 계속 충격으로 남았다. 불량 해커는 물론 이들과 거래한 상대가 너무 많았기 때문이다. 거기다 거래 금액도 엄청날 전망이다. 비리가 비리인 만큼 가격이야 부르는 대로 아닐까.

더 문제는 이들이 천국의 기본 질서를 파괴시켰다는 점이다. 맑고 투명한 천국 사회를 흙탕물 한 방울로 삽시간에 흐려 놓은 것이다. 아직 표면화 되지 않아서 그렇지 일단 터지고 나면 천국 이미지는 엉망이 되고 만다. 아무나 돈과 권력이 있으면 천국에 올 수 있다는 망상이 지구촌에 퍼진다면 그리스도 복음 사업은 치명타를 입을 게 틀림없다.

이훈락은 이밖에 또 자신의 자수 시기가 애매한 것도 괴롭다. 자수 신고 직후 천국 경찰 수사대가 덮쳤으니 체포될 것을 눈치채고 마지못해 자수한 행위로 오해받기 십상인 것이다. 지구 불량 해커들을 일망타진한 뒤 신고함으로써 정상 참작을 기대했지만 그마저 어렵게 된 셈이다. 밤샘 작업이 허무했다.

디몬 치안국장은 한동안 창밖을 내다보는 이훈락을 그대로 두었다. 퍽이나 뒷모습이 쓸쓸해 보인다. 깊은 생각에 잠겼던 이훈락이 인기척을 느끼고 가만히 돌아선다. 표정이 삭막하다.

"나하고 잠깐 얘기 좀 할까요?"

　디몬 국장이 덤덤하게 말하고 그를 옆방 면회실로 데리고 갔다. 탁
자 하나 사이에 둔 채 마주 앉으니 마치 심문하는 자세다. 디몬 국장
은 다시 이훈락을 벽 쪽 소파에 앉도록 손으로 가리켰다. 자기도 그
옆에 걸터앉으니 자세부터 한결 부드럽다.

　"이훈락 요원 자수 신고는 인정하겠습니다. 경찰 체포조가 출발하
기 전 누군가 이 요원에게 지금 잡으러 가는 중이니 빨리 자수하라
고 알릴 시간적 여유는 없다고 보는 거죠. 자수를 선의로 해석하는
겁니다. 그래서 얘긴데 왜 꼭 정약종 의원님을 뵙겠다고 합니까? 우
리에게 그냥 말해도 다 인정할 건 인정할 텐데."

　이훈락은 똑바로 디몬의 눈을 본다. 진심을 살피는 눈치다.

　"그렇긴 합니다만, 그래도 좀 안될까요? 차제에 얼굴도 한 번 뵙고
싶고. 그만큼 중대한 일이기도 해서 꼭 뵙고 싶은데요. 훌륭한 분이
라고 말만 들었지 한 번도 만난 일이 없거든요. 또 저와는 동족이기
도 하구요. 말씀해서 안 보시겠다면 그때 그냥 털어놓겠습니다."

　"알았습니다. 그럼 곧 연락을 취해 보겠지만 그분이 꼭 만날지 여
부는 장담 못합니다."

간절한 표정의 이훈락 얼굴을 보자 디몬 치안국장은 단숨에 결정을 내린다. 밑져야 본전이고 자기도 7인 봉사자회의에서 정약종 인사말의 여운이 아직 남아있어 어떤 인물인지 직접 만나보고도 싶었다. 스테파노 원로원 사무총장이 프란시스코 하비에르와 함께 그를 봉사자 회의에 추가 회원으로 추대한 것은 의미심장하다고 느꼈다. 신입회원이 되면 자주 만나야 할 인물이다.

하지만 역시 이훈락의 기대는 빗나갔다. 정약종 의원이 정중히 사양했다는 것이다. 예측한대로 피의자 신분의 인물을 재판 이전에 만나 좋을 게 없다는 이유였다. 대신 자신이 지정한 제3자에게 전하고 싶은 말을 자세히 해 달라고 당부했다는 것이다.

디몬 치안국장의 이 말을 전해들은 뒤 얼마 안 돼 한 미모의 수호천사가 사법청 면회실로 이훈락을 찾아왔다. 바로 사건 조사를 초기부터 맡아 심부름했던 베네딕토 수녀원의 엘리사벳이다. 그녀는 이훈락을 보는 순간 배시시 웃었다. 그리고 굴러가는 방울 소리로 예쁘게 말했다.

"안녕하세요. 저는 이 장로 사모님 김성미 권사와 함께 수녀원에서 일하는 엘리사벳입니다. 이승에서 한국 근무를 해봐서인지 한국인을 보면 정답고 웃음부터 나옵니다. 지금 별로 상황이 좋지 않으신데도 뵙는 순간 괜히 반가워 웃었군요. 용서하세요."

"집 사람에게서 말씀은 자주 들었습니다. 정약종 의원님 대신 오셨다고요. 직접 뵙고 말씀드리고 싶었는데 유감입니다."

이훈락은 처음 정약종이 자신과의 면담을 거부했다고 할 때 가졌던 서운함이 다소 가시는지 부드럽게 대꾸한다. 오랜만에 아내 아닌 다른 천사에게서 한국말을 듣는 것도 기분 나쁘지 않았다.

"저를 보내신 이유가 일종의 결자해지랄까, 원인 제공자가 저이기 때문인지 모르겠습니다. 죄송하지만 이 장로님을 고발한 장본인이 바로 저거든요. 제가 어느 고위층 지시로, 아니 일부 성직자들의 비리 고발 차원에서 K목사님 뒤 조사를 시켰었습니다.

그 조사 보고서를 사법청에 제출한 하필 그날 또 이 장로님이 자수했다니 참 묘한 일이 벌어졌더군요. 조금만 빨리 자수 신고를 했더라면 제가 악역을 맡는 일도, 이 장로님이 현장체포되는 비극도 일어나지 않았을 텐데 안타깝습니다."

말과 함께 엘리사벳은 몇 번이고 머리를 조아려 미안함을 표시했다. 하지만 이훈락은 이 말을 듣는 순간 갑자기 머리가 띵해지면서 아무 생각도 들지 않았다. 당장 자리를 박차고 일어나고 싶었지만 그나마 이훈락의 의지가 이를 억제했다. 그리고 정약종을 만나면 조심스럽게 하려던 말을 거침없이 쏟아내게 한다.

"내 자랑 같지만 내가 체포 직전 큰일을 해냈습니다. 천국 입국 심사 자료를 대거 조작하기 시작한 지구촌 불량 해커단 일동을 일망타진했거든요. K목사님 자료 가운데 내가 글자 몇 개 고친 것과는 차원이 다른 엄청난 범죄 말입니다. 한국과 북한, 미국, 중남미, 유럽 등 각국에서 성직자, 권력자, 졸부들이 사후 천국에 들어올 요량으로 불량 해커단을 매수한 사실과 그 매수자 명단까지 드러났어요. 그러니까 대규모 현대판 면죄부 판매 조직을 뿌리 뽑은 겁니다. 해커 주소와 조작 청탁자 명단은 제 사무실에 있습니다."

이훈락은 이 말을 끝으로 입을 다물었다. 엘리사벳이 아무리 이훈락의 범죄 동기가 보은적 차원이고 자수함으로써 정상 참작 여지가 크며, 지구촌 국제 불량 해커단 적발은 이훈락 죄상을 거의 상쇄할 만큼 큰 공적이라고 말해도 소용이 없었다. 디몬 치안국장은 사무실 CCTV를 통해 그들의 대화를 낱낱이 메모했다.

22. 군수뇌 집합

　12사도 일원인 필립보 국방성 장관이 회의실 원탁 정중앙에 앉았다. 그 양쪽에 로마군 백인부대장 출신 고르넬리오 부장관, 7인 봉사회 필립보 부장관이 자리잡고 시계 방향으로 안중근 참모총장, 성 요한 병원 기사단 출신 레몽 뒤 피 천국 보위 사령관, 템플 기사단의 위그 드 파엥 제2야전군 사령관, 요한 병원 기사단 출신 제라르도 합참의장의 면면이 보인다. 모두 잔뜩 긴장한 얼굴이다. 공석 한자리는 필시 아마쿠사 시로 제1야전군 사령관 자리일 것이다.

　"천국을 위협하는 악령들의 동태가 심상치 않습니다. 이에 따른 대처 방안, 악령들의 신무기 개발 현황과 이에 대응할 우리 무기 점검 등 천국 방위 체계가 오늘 종합적으로 검토되어야 합니다. 사전 방어가 우리 최선의 대책임을 염두에 두기 바랍니다."

사도 필립보 장관이 회의 운을 뗀다. 그는 얼마 전부터 제1야전군 사령관 아마쿠사 시로가 정기 휴가 핑계로 자리를 비웠다는 보고에 마음이 언짢다. 일단 제라르도 합참의장에게 휴가원을 제출하긴 했으나 장관인 자기에게는 일언반구 말이 없었다. 하느님이 특별 신임한다고 유세 부리는 게 아닌지 섭섭한 것이다.

사실 지금 이 자리에 앉은 인사들 면면만 해도 일당백 아닌 자가 없다. 자기와 동명 이인인 7인 봉사자회의 출신 필립보 부장관은 말할 것 없고 고르넬리오 부장관은 로마군 장교 출신으로 사도 베드로가 방문 세례를 준 처지다. 그것도 현시로 천사가 나타나 예언을 해 줄 만큼 용기와 믿음이 하느님께 통하는 사이다. 그때까지만 해도 그리스도를 박해하던 세계 초강국 로마 제국 시민 출신 고급 장교가 하느님을 믿는 게 쉽지 않았던 것이다.

따져 보면 그의 개종은 의미심장했다. 이방인들에게 공식적인 복음 전파 계기가 되었으며 당시 정통 유대교 테두리 속에 갇혀 있던 기독교가 좁은 우물을 벗어나 보편적 시각을 갖게 된 것이다. 할례를 받지 않았고 율법이 금지한 음식물, 돼지고기 등 굽 있는 짐승을 가리지 않는 보편성이 이뤄지자 선교 활동은 보다 활발해졌다.

이런 배경의 고르넬리오가 개회 발언자 필립보 장관의 불편한 심기를 느끼며 조심스럽게 말을 받았다.

"악령은 어느 시기에나 존재했습니다. 그들의 폐해는 클 때도, 작을 때도 있습니다. 하지만 신약 이후 인간의 자유의지 재량이 상대적으로 커지면서 악령 활동이 보다 활발해진 것은 분명하지요. 지구촌에 민주주의 국가가 많아지자 악령들의 활동 영역은 보다 넓어졌고요. 지금은 거의 위기 순간에 왔다고 해도 과언이 아닙니다."

"맞습니다. 악령 세력의 준동 징조는 곳곳에 나타나고 있어요. 신, 구약 시대를 통틀어 몇 천 년 간 피해 의식 속에 살아온 그들이 이번에는 아주 배짱 좋게 판을 벌리려고 합니다. 최근 루시퍼 페르가몬 지옥별 사령관과 아마토 지구 지하 지옥 두목이 연합, 천국 공격을 시도하는 것은 장관님 말씀대로 초전 박살, 대응할 엄두조차 못 내게 해야 합니다."

이어 위그 제2야전군 사령관이 고르넬리오 부장관 발언에 화답한다. 그는 중세 십자군 원정 때 용명을 떨친 템플 기사단 출신답게 '이교도를 보면 무조건 죽이라.'는 강령에 집착, 일만 터지면 강경론으로 회의를 주도한다. 1095년 로마 교황 우르바누스 2세가 제1차 십자군 원정 중 고전하자 템플 기사단을 이끌고 전광석화처럼 시리아 안티오키아와 팔레스티나 예루살렘을 공격했던 전사 중 전사다.

당시 이에 버금가는 또 하나의 군단이 성 요한 병원 기사단이다. 원래 이슬람 지배하의 예루살렘 성지 순례자 진료소로 출발했지만 그리스도인이 예루살렘을 지배하게 되자 치료와 기사 역할을 함께하는 수도사회로 탈바꿈한다. 이때 초대 회장이 제라르도로 지금은 천국군 합참의장을 맡고 있다. 그가 위그 제2야전군 사령관의 강경 발언을 진정시키려는 듯 조용히 말을 잇는다.

"악령을 상대로 무조건 싸우기보다 우선 달래 보는 게 좋아요. 싸우지 않고 이기는 것, 이게 손자병법 아니겠습니까. 아무리 악령이라도 존재 자체를 말살시킬 수 없는 현실이면 요구 조건을 알아보고 회유책도 검토해봅시다."

"납작한 유리 통속에 수십억 악령들이 몸도 뒤챌 수 없게 차곡차곡 쌓여있는 최악 지옥 실정을 악령과 지구 인간들에게 수시로 보게 만든다면 공포 효과가 아주 클 겁니다. 그 고통을 보고도 감히 천국에 도전할 악령들은 없겠지요. 악덕 지구인에게 주는 경각심도 클 겁니다. 천국 과학자에게 그런 연구를 좀 더 시키면 안 될까요. 한가한 얘기 같지만 미래 전략적 과제로서 말입니다."

제라르도의 회유책에 이어 성 요한 병원 기사단 제2대 회장을 지낸 레몽 뒤 피 천국 보안사령관이 엉뚱한 아이디로 좌중 이목을 집중시킨다. 그의 생각은 얼마 안 돼 천국 개혁 정책 일환으로 사실상 수용된다. 그는 성 요한 병원 기사단을 종래 진료 위주에서 전투 체제로 바꾼 용사지만 전임자 제라르드에 대해서는 깊은 존경심을 갖고 대했다. 거기에 깃든 에피소드가 재미있다.

예루살렘 성에 대한 제1차 십자군 원정 공격이 한창일 때 성 안 이슬람 장수들은 당시 성 요한 병원 의사이자 수도사들까지 내몰아 방어전을 폈다. 성벽을 오르는 십자군에게 투석으로 맞서라는 것이다. 맹렬히 던지는 모습이 처음에는 기특해 보였으나 알고 보니 그게 돌덩이가 아니고 큼직한 빵 덩어리였다. 적에게 식량을 공급한 꼴이다. 전원 참수형 판결을 받았지만 십자군이 일찍 성을 점령한 덕에 목숨을 건진 것이다.

이런 따위 천국군 장성들 간에 오고 가는 가벼운 대화에 안중근 도마 참모총장마저 쿡쿡 웃으며 동참한다.

"아이구, 제라르도 의장님은 그 때 참수 당했어야 순교자 반열에 오르는 건데 그만 성이 일찍 떨어지는 바람에 굴러 들어온 복 덩어리를 놓쳐 버렸습니다. 이슬람군이 하루만 더 버텼어도 성인 시성은 떼어 놓은 당상인데 참 아까웠어요."

제라르도 의장이 가만있을 리 없다. 싱긋 웃더니 안중근을 향해 역으로 한 방 날린다.

"도마 총장님 역시 나라를 빼앗은 적장 일본의 이또 히로부미 총리를 권총 몇 방에 날려보낸 대가로 한국의 대 애국자 반열에는 올랐어도 좋은 가톨릭 집안 출신이면서 복자, 성인과는 거리가 멀지요. 순국자가 나은지, 순교자가 좋은지 판단이 안갑니다."

"저는 이미 받을 것을 다 받아 넘칩니다. 하느님께서 저의 애국 투쟁 경력을 높이 사셨기 때문이지요. 일본 제국에 맞서 만주와 시베리아 연해주에서 조직한 의병군단의 자칭 '참모중장'이었던 저를 하늘나라 '참모총장'까지 키워 주셨는데 뭘 더 바랍니까?

세상적인 눈으로 보아도 제가 살던 조선, 지금 한국의 수도 서울

한복판 남산에 가면 저를 기리는 공원과 기념관이 웅장하게 펼쳐져 있습니다. 제가 썼던 필묵 글씨 문장 한 구절이 통돌로 된 비석에 새겨져 있기도 하구요."

안중근의 수굿한 말에 제라르도 합참의장이 큰 관심을 보인다.

"아니 비석에 새겨 보존할 만큼 동양의 그 유명한 붓글씨를 잘 쓰신다고요? 싸움만 아니라 깊은 학문, 예능에다 붓글씨까지 명필인 건 몰랐습니다. 어떤 게 새겨졌는지 말씀할 수 있습니까?"

"제가 만주국 여순 감옥에 갇혀 있던 1910년 2월부터 처형되는 날 3월 26일까지 써낸 한문 서체가 230수 정도 됩니다. 저에게 잘 대해준 간수나 검사, 글씨를 청해온 지인들에게 선물로 드렸지요. 그중 논어 헌문 14편에 공자의 제자 자로가 스승에게 '인간 완성'에 대해 묻자 '見利思義見危授命(견이사의 견위수명)'이라고 답한 대목이 가장 마음에 듭니다.

뜻은 '이익을 보면 정의를 생각하고 위기를 보면 목숨을 바친다.' 입니다. 국민마다 나라 생각이 이와 같다면 그게 바로 인간 완성이라는 내용이지요. 애국, 애민하라는 그 글입니다."

말없이 듣고만 있던 필립보 장관이 이쯤해서 다소 기분이 풀리는지 격려 코멘트로 화제를 돌린다. 회의 진행 30분이 훌쩍 넘었다.

"참 알고 보면 우리 국방성과 군에 위대한 인사들이 많습니다. 개인별로 파면 팔수록 놀라운 업적과 교훈을 지닌 과거가 드러나는군요. 언제 안중근 도마 총장님은 저희에게도 글씨 한 점씩 선사할 수 있는지 청을 드리고 싶습니다. 모두 깊이 감사할 겁니다. 지금 막 맥아더 함대 사령관이 도착한 것 같으니까 잠시 휴식시간을 갖겠습니다."

그러니까 한자리 빈 좌석은 아마쿠사 시로 제1야전군 사령관 몫이 아닌 더글러스 맥아더 함대 사령관 자리였던 모양이다. 그의 사무실은 천국에 있지 않다. 연옥에 주사무실을 두고 천국 행보는 국방성, 함대 사령부등 몇 군데로 제한돼 있다. 공식적으로 그는 천국 시민이 아닌 것이다.

야고보 총리가 함대 사령관으로 그를 지명했을 때도 한바탕 소동을 겪어야 했다. 원로원 인준 과정이 험했던 것이다. 제2차 세계대전 종전 무렵, 1945년 8월 미국은 일본 히로시마와 나가사키에 전격적으로 원자폭탄을 투하, 수십만 명의 사상자를 냈다. 그때 미군 총사령관이 맥아더 원수였기 때문에 최종 책임자가 당시 트루만 대통령이었다고 해도 집행 책임을 피하지 못한 것이다.

다시 속개된 회의에서 맥아더 사령관이 자리에 앉자 사도 필립보 국방성 장관이 물었다.

"멀리 오시느라 수고했소. 지금 어디서 오는 길이요?"

"함대 사령부에서 출동할 함정들을 점검하다 부르셔서 왔습니다. 전시 출동 가능 부대와 규모, 출동에 적절한 시기 등을 오늘 중 결정해야 한다고 봅니다. 정보에 의하면 지구 지하 악령 두목 아마토와 페르가몬 지옥별 루시퍼의 전령들 회동이 부쩍 잦답니다. 수괴 회동은 최근 딱 한 번 체크되었는데 그 다음 상황이 미상입니다."

"제라르도 합참의장 의견은 어떤가요?"

필립보의 주문이 계속된다.

"적의 동태가 분명히 드러나지 않더라도 출전 준비는 완벽히 해놓고 있어야 하겠지요. 지금까지 천국군은 대규모 전투에 나서 본 일이 없습니다. 몇 차례 기동 훈련이 고작인데 지금이라도 실전 못지않은 대규모 모의 훈련이 필요합니다. 적을 회유할 미끼와 기발한 홍보 전략 포함해서 말이지요."

"미끼라면?"

고르넬리오 부장관이 끼어든다.

"지옥에 등급이 여러 개 있지 않습니까? 천국에 협조적인 악령들을 좋은 곳에 살 수 있게 한다든지, 천국 초청을 한다든지, 아니면 지옥과 연옥에 걸쳐있는 한계 선상의 부모, 자식들을 배려한다고 하면 반응이 클 겁니다."

제라르도와 고르넬리오의 미끼 대화가 길어지자 위그 제2야전군 사령관이 버럭 역정을 낸다.

"우리가 어떻게 지옥군을 미끼까지 내밀며 협상합니까? 감히 천국, 하느님께 대적하고 나오는 마귀, 악령이라면 한방에 혼내고 끝내야지, 회유라니 말도 안 됩니다."

"그만, 그만, 목소리들 낮춥시다. 의견은 누구나 낼 수 있어요. 남의 의견을 자기와 다르다고 무조건 공격해서는 안 됩니다. 안중근 참모총장 발언하세요."

필립보 장관이 이맛살을 찡그리며 안중근을 지목한다. 말없이 회의 진행을 살펴보던 그가 싱긋 웃으며 입을 연다.

"저도 지구에서는 꽤 흥분 잘했는데요. 정말 오랜만에 전투할 생각을 하다 보니 그때 생각이 절로 납니다. 천국에 전투가 있다는 생각 자체가 흥분할 사건이지요. 과거에 없었다고 미래에도 없다는 보장은 없습니다. 이 드넓은 우주에 어떤 괴물들이 살고 있을지 누구도 예단하기 힘듭니다.
제 생각에 가장 먼저 신경 쓸 부분은 피아간의 무기와 방어 체계라고 생각합니다. 우리 함대의 속도, 신형 무기 장착 유무와 성능, 작전 능력 범위, 지휘관과 전사들 사기에서부터 상대 페르가몬 지옥별의 방어막과 무기 체계 등 점검할 것이 산적했지요. 솔직히 저들의 신무기 개발 현황은 깜깜한 상태 아닙니까?"

"우리 함대는 최고 광속의 3분의 2, 다시 말해 초속 20만 km를 넘지 못하게 제한되어 있습니다. 여러 이유로 그래 왔지만 이제 그 한계를 벗어나야 전략 차질을 막습니다. 저희 정보로는 지옥군 함대도 거의 광속에 근접한다니까요."

안중근의 물음에 맥아더 함대 사령관이 대답했다. 그는 2차 세계대전을 연합국 승리로 이끈 뒤 원수 계급, 5성 장군으로 퇴역했다가 나이 70세에 다시 현역 복귀한 역전의 용사다. 1950년 6월 25일 한반도에서 북한군이 선전포고 없이 남침했을 때 유엔군 사령관으로 낙동강 전선까지 밀린 간발의 위기에 인천상륙작전을 감행, 서울 탈환과 북진 계기를 만든 인물이다.

"지옥군이 광속에 접근했다면 애당초 속도전에서 우리는 지고 들어갑니다. 차제에 아예 빛의 속도까지 올리겠다고 하느님께 청원 드리면 어떨까요?"

성 요한 병원 기사단 출신의 레몽 천국 보안사령관이 묻는다.

"빛의 속도인 초당 30만 km를 넘는 일은 아직 금기 사항이지요.

기본적인 우주 질서와 관련된 문제가 아닐까 생각합니다. 추측컨데 지옥군도 우리 정도 수준일 거라고 생각하는데요, 만일 광속만 가능해진다 해도 우리는 지구 태양계와 천국계를 넘는 작전 수행이 가능해집니다."

맥아더는 애용하는 파이프 담배 대를 만지작거리며 무표정하게 답한다. 지극히 사무적인 그런 몸짓 어디에 그의 감동적인 자식 사랑의 기도가 숨어 있었는지 궁금할 정도다. 그는 강한 무인이면서 넘치는 문필가였다. 그가 전장을 누비며 아들에게 보낸 기도 전문은 지금껏 많은 인구에 회자된다.

약할 때 스스로 분별하는 힘과 두려울 때 자신을 잃지 않는 대담성을 지니고 / 승리에 겸손하며 패배자를 불쌍히 여기는 온유한 자식이 되게 하소서/ 노력 없는 대가를 바라지 아니하고 주님을 섬기며 주님을 아는 것이 지혜의 근본임을 알게 하소서.

안중근 참모총장은 순국 직전 여순 감옥소 형장에서 어린 딸과 유복자 아들에게 준 기도문이 바로 맥아더 장군 기도문과 유사했음을 상기한다. 자고로 인문학적 감성 없이 명장이 나오지 않았다는 진리를 되새기고 있는 동안 필립보 국방성 장관이 이 날 회의를 끝낸다고 의사봉을 두드렸다.

23. 루시퍼 음모

내동댕이 처진 순간 아마토는 정신이 번쩍 들었다. 눈을 떠보니 자신은 으리으리한 홀 한가운데 널브러져 있고 함께 비행을 즐기던 이제벨이 보이지 않는다. 아, 이제벨, 어디 있어? 속으로 안타깝게 외치는데 깔깔대는 여인의 웃음소리가 넓은 홀 안을 가득 메운다. 이제벨의 특유한 고음, 은쟁반 위를 구르듯 방울방울 굴곡 지어 흐르는 저 웃음소리는 분명 이제벨의 것이다.

"이제벨, 이제벨, 어디 있어? 무사하긴 한 거지?"

아마토는 절규했다. 위기의 순간 자기가 구해줘야 하는 흑기사 역할을 하고 싶다. 그녀를 구할 수만 있다면 돈키호테가 된들 어떠랴, 오직 품 안에 안고 싶은 욕망뿐이다.

"아마토, 그동안 별래 무양하셨소? 고개를 들어 옥좌를 보시오."

갑작스레 머리 꼭대기서 울려 대는 굵직한 목소리에 아마토는 또한 번 정신을 차려야 했다. 번뜩 고개를 들어 정면 상단을 보니 거기 이제벨이 있었다. 아니, 그 옆에 페르가몬 지옥별 총사령관 루시퍼가 잘 생긴 얼굴에 하나 가득 웃음을 띤 채 자신을 내려다보고 있었다. 두 남녀가 나란히 앉아 있고 자신은 홀 바닥에 꿇어앉은 자세라니, 찰나적 노여움으로 욕이 한바탕 나갈 참인데 이제벨의 방울 구르는 소리가 그 분노를 가라앉힌다.

"이제 좀 정신이 드시나요? 아마토 님은 지금 지구 지하 지옥의 두목 신분이 아닌 포로 처지로 이 자리에 있는 거예요. 여기는 장래가 유망한 페르가몬 별 총사령관 궁전입니다. 제가 루시퍼 사령관님 요청으로 아마토 님을 여기까지 유인, 아니 모셔 왔습니다. 정중하게 모시지 않고 회오리바람으로 오시게 한 것을 사과드려요.
　하지만 다 좋자고 한 일이니까 크게 나무라지 마세요. 여기까지 비행하는 동안 우리는 얼마나 즐거운 시간을 가졌었나요? 정말 황홀했던 데이트 순간이었습니다. 아마토 님은 남자 중 남자입니다."

아마토는 화를 내야 한다고 마음속으로는 생각하지만 그런 말이 전혀 나오지 않았다. 이상한 마술에 빠진 것 같다. 이제벨의 장난에 놀아난 것은 분명한데 그야말로 장난처럼 현실이 느껴졌다. 오히려 기분이 좋아지며 농담을 하고 싶다.

"존경하는 루시퍼 사령관님, 손님을 초대했으면 손님 대접을 좀 해 주시지요. 제가 아무리 불시에 납치되어 왔다 해도 저 역시 지구 지하 지옥의 대왕 아닙니까. 그만한 대접은 해줘야지요."

아마토가 배짱을 정하고 루시퍼에게 정식 요청을 한다. 분위기로 보아 자기를 처단한다든지, 위해를 가할 것 같지는 않다. 나름대로 사연이 있을 것이다. 그렇다면 이런 불쌍한 처지로 얘기할 필요가 없다. 눈치 빠른 그는 자기를 겁주기 위해 루시퍼가 의도적 홀대를 한다고 깨달았다. 아마토 생각에 관계없이 루시퍼는 여전히 가라앉은 음성으로 조여 온다.

"아마토 수령, 여기는 페르가몬, 한번 들어오면 누구도 탈출 못 하는 곳인 것쯤 이미 들어 알고 있겠지. 우리의 방어막은 천국 함대 미사일도 뚫을 수 없다오. 당신이 내 필요에 의해 납치되어 왔다는 것을 안 이상 나도 솔직히 말하겠소. 페르가몬과 지구 지하 지옥이 그동안 같은 천국의 대항마로서 연합해온 것은 인정하는가?"

"인정하다마다. 우리 어디 하루 이틀 사귄 사이인가. 일단 이런 단상 단하, 올려다보고 내려다보는 불편한 자리는 시정하고 봅시다."

아마토가 서슴없이 응수하자 루시퍼는 재삼 다짐한다.

"한 가지 전제 조건이 있네. 지금까지 쭉 자네와 나는 형제 같이 친밀하게 지냈지. 우리 둘이는 모두 천국의 천사 출신이야. 하느님께 밉보여 쫓겨나긴 했지만 한 뿌리 아닌가. 다만 차이가 있다면 나는 내 발로 하느님과 맞서다 사탄이 되었고 자네는 죄 짓고 지옥 밑바닥에 떨어졌다가 거기서 요령껏 출세해 수령이 되었어.

나는 자유 의지로 악령이 된 반면 자네는 타율적이야. 나와 비교가 안 되지. 거기다 나이도 내가 많고, 그러니까 지금 이 시각부터 나를 형님으로 모시고 내 지휘계통 아래 들어오라는 말일세. 그걸 받아들인다면 당장 단상으로 올라와 나하고 술 한 잔 해도 좋지."

"아니 지금까지 대등한 동맹 관계였다가 갑자기 2인자 노릇하라니 말이 됩니까? 솔직히 무력 쟁투를 벌인데도 우리 지구 지하 지옥 병력이 월등해 상대가 안 될 처지인데. 내가 여기 납치되어 온 줄 알면 내 부하들이 가만있지 않을 겁니다. 즉각 일전 불사로 나오면 우리끼리 전쟁이 벌어지는 거죠."

아마토는 속으로 이미 끝난 일이라고 생각하면서도 일단 버텨야 더 받아낼 수 있다고 계산하며 전쟁 가능성까지 들먹인다. 루시퍼가 이 말을 듣자 홀 안이 떠나가도록 너털웃음을 터뜨린다.

거기 맞장구치는 이제벨의 소프라노 웃음소리는 멀리서 들리는 애잔한 음조의 트럼펫 소리를 닮았다. 1964년 이후 지금까지 1천만 장 이상 음반이 팔린 니니 로쏘의 '적막의 블루스(일 실렌지오)'가 밤하늘에 길게 울려 퍼지는 것 같다.

"아직 사태 파악을 못했나 본데 자네는 지금 내가 납치해왔고 내 말 한마디에 천길 지옥 낭떠러지에 매달려 평생 고열과 비명과 악취를 맡으며 살게 될 거야. 죽기보다 더 고통스러운 시간이지. 지구 지하 지옥에는 이미 손을 써놓았어. 나와 꿈을 동조하는 이제벨이 여러모로 도와 전쟁 같은 것은 일어나지 않게 조치했다네. 나는 오래 전부터 이 날을 준비해 왔어. 자네를 진심으로 사랑하는 이제벨이 왜 나에게 협조하겠는가?

지옥을 개선하겠다는 명분과 의지가 투철했던 까닭이라네. 자네가 비밀리에 지구 지하 지옥 제2출입구를 만들어 놓았다고 이제벨에게 자랑했다지만 나는 벌써 그 사실도 알고 있었어. 그 말은 자네와 힘을 합치기 위해 꾸준히 공작하고 준비가 많았다는 뜻이지."

"거기가 어딥니까? 내가 만든 지옥 제2출입구 위치, 아직 천국의 지옥 관리위원회도 모르는 곳인데, 정말 안다면 구체적으로 말해 보시지. 괜히 넘겨짚는 것 아닙니까?"

아마토는 비밀 출구 말에 화들짝 놀란다. 그야말로 귀신도 모르게 만들어 감춰 놓은 지옥 출구를 루시퍼가 알고 있다면 한 겨울 사냥꾼에 쫓긴 장끼가 눈 속에 머리만 파묻고 안전하다고 느낀 것과 무엇이 다른가.

"자네 건망증이 그렇게 심한가. 이제벨과 지구 상공을 시원스레 데이트하며 있는 말 없는 말 지껄인 가운데 제2출구 자랑한 것조차 기억 못하다니 빨리 병원부터 가야 하겠어. 더구나 그 이전에 나는 알고 있었다니까. 정 못 믿겠다면 감출 게 없지. 영국 웨일즈 주도인 카디프시 인근이지. 페나스라는 아름답고 아주 한적한 해안가 마을로 누구도 거기를 통해 지옥 악령들이 드나들 줄 상상이나 하겠나. 그렇게 보면 자네 실력도 평가할 만하지. 귀신도 모르게 지구와 천국을 공격하기 딱 좋은 장소니까."

"비밀 출구 하나 안 것 갖고 내 부하들이 순순히 복종할 것으로 생각하면 오산이오. 되레 내가 이 지경 된 것을 알게 된다면 그 출구를 통해 나를 구할 구원군이 쏟아져 나와 페르가몬을 공격할 겁니다. 천국군 경비병의 제지도 없으니 일사천리일 테지요."

"참, 당신은 그렇게 순진한가? 그 정도로 어떻게 지금까지 지구 지하 지옥의 수령을 해왔는지 궁금하네. 이미 당신의 참모를 비롯한 측근들은 다 포섭이 된 상태야. 그들에게 제시한 나의 설득 명분이 너무 좋았던 거지. 내 말만 잘 들으면 지구 지하 지옥을 적어도 연옥 수준의 환경까지 만들어 주겠다고 약속했거든.

생각해보게. 지금 단말마 같은 악다구니 속에서 죽지 못해 사는 지옥 악령들에게 천국에 가기 위한 정화 단계, 다시 말해 연옥 정도 삶의 환경을 향상시켜 준다면 그게 바로 그들에게는 천국 아니겠나. 내 자네에게는 통 크게 추가 선물 하나 더 주지. 나와 협력한다면 말일세."

루시퍼는 마지막 통고라는 듯 결연히 입을 다문다. 잠시 눈까지 지그시 감더니 마침내 쏟아 놓는다.

"먼저 자네는 지옥세계의 제2인자가 되는 거야. 물론 지구 지하 지옥 두목자리는 유지하지. 그러니까 페르가몬과 지구 지하 지옥은 연방 체제를 갖추게 되네. 이른바 1국 2체제지. 게다가 자네가 오매불망하는 여인 이제벨을 영원한 연인으로 가질 수 있어. 지구 지옥에 가서 지금처럼 살 수 있다는 얘기야. 이제벨 님, 괜찮지요?"

"대의를 위해서라면 제 한 몸 어찌 되든 상관없습니다. 더욱이 모든 것 포기하고 저를 끔찍이 사랑해주시는 아마토 님이면 제가 졸라서라도 평생을 즐겁게 모시겠어요. 아마토 님, 이쯤에서 그만 허락하세요. 당장 아마토 님 품에 안기고 싶습니다."

아마토는 순간 다시 한 번 마약을 먹은 기분이다. 루시퍼와 이제벨이 떠드는 소리가 하나도 야속하지 않다. 이제벨이 내 품에 온다는데 뭘 더 바라나, 거기다 현재 대왕 자리는 여전히 보장한다는데. 나중 기회 보아 내가 1인자 되지 말란 법도 없지 않나. 마음속 욕구가 어느덧 그의 입을 힘없이 벌려 놓는다.

"분골쇄신 협조하겠소. 루시퍼 사령관님—"

아마토는 저도 모르게 자리에 넙죽 엎드렸다. 그러자 루시퍼가 단상에서 황급히 버선발로 뛰어 내려와 아마토를 부축한다. 마치『연의 삼국지』가운데 촉나라 유비가 제갈공명을 모시듯 한다. 위나라 조조도 관우 장군에게 그리 깍듯이 대했다던가. 악령 두목들의 노는 솜씨가 자못 가관이다.

루시퍼는 곧 아마토를 위한 환영 파티를 연다. 공식적으로 내건 파티 현수막은 '페르가몬과 지구 지하 지옥의 연방 체제 결성 축하연'이다. 수십 명의 페르가몬 요인 악령들이 참석, 두 수괴의 손잡음을 축하했다.

작은 두목들이 아귀처럼 먹고 마시고 사라진 연회장을 떠나 루시퍼와 이제벨, 아마토는 작은 밀실로 자리를 옮긴다. 구체적 미래 청사진을 논의하기 위해서다.

"전면적 군사 작전만이 능사가 아닙니다. 그것은 그것대로 준비해야 하겠지만 지금 시점에서 더 중요한 건 게릴라전 수법입니다. 큰 비용 안들이고 기대 이상 성과를 거두기로는 최선의 방법이죠. 사령관님 생각은 어떠신지?"

연회장에서 그렇게 퍼마신 술은 다 어디 갔는지 아마토는 밀실에 들어서자 마치 딴 사람 같다. 멀쩡한 얼굴로 대 천국 전쟁의 전략을 논의하기 시작한다.

"좋은 생각이네. 계속해 말해 봐요." 바싹 흥미를 보이는 루시퍼.

"저희 정보망에 의하면 요즘 지구 부유한 나라의 권력자, 재벌, 성직자, 관료, 교수들 가운데 일부가 은밀히 천국 입장권을 사 들인다고 합니다. 마치 중세 시대 교회 면죄부 매매와 흡사하지요. 돈을 주고 사거나 권력으로 위협, 입국 자료를 위조하는 겁니다.

이런 부정이 확산되면 천국의 기본 질서가 깨어져 우리는 싸우지 않고 이기는 거죠."

"정말 듣던 중 반가운 소식이네요. 지구 지옥이나 페르가몬이나 찾아보면 머리 좋은 불량 해커들이 수두룩합니다. 급히 모아서 천국 입국 심사 자료 위조 해커부대를 창설하면 어떨까요. 많이 위조해서 많이 천국에 보낼수록 우리 세력이 탄력을 받을 텐데."

이제벨이 맞장구를 치고 나온다. 아마토가 계속해서 말한다.

"맞아요. 이 가짜들이 지구 인간 신분에서 사후 천국 주민으로 천연스레 사는 것을 생각해 보세요. 상상만 해도 흐뭇하지 않습니까? 충성스런 우리의 스파이 역할은 물론이고 때가 오면 내부 호응을 하는 겁니다. 천국 내 게릴라 전, 홍보 전의 첨병이 되겠지요."

"그래요, 제2전선을 만드는 거지. 아마토 두목은 과연 지구 지옥을 통솔할 능력과 재주가 있구먼. 100% 그 방안에 찬성하네."

루시퍼의 입이 계속 벌어진다. 전략과 한담을 즐기며 세 악령의 밤은 깊어 간다. 마지막으로 루시퍼가 아마토에게 질문한 것은 지구 지하 지옥 악령에게 총동원령을 내려 인해전술이 가능한가 여부였다.

"무기 체계와 병력면에서 우리가 압도적이라고 생각하네. 그러니까 일시에 다방면에서 인해전술로 덤벼들면 승리는 따 놓은 당상이야. 지하 지옥이 지금 악령들로 거의 포화 상태라는데 병력 동원은 차질 없이 가능하겠지?"

"영국 페나스 비밀 출구가 작전에 큰 몫을 할 겁니다. 그리 일시에 몰려나오면 지구 점령은 간단하고요, 다만 천국 공격에는 대형 함대가 필요한데 우리는 그게 없습니다. 그러니까 분담할 수밖에 없겠네요. 지구는 우리, 천국은 페르가몬이 맡는 걸로 말입니다.

만일 페르가몬이 지구까지 와서 우리 병력을 수송할 수 있다면 문제는 달라집니다만. 그건 더 논의할 사항이고 결론은 말씀하신 인해전술이 가능하다는 것입니다. 하지만 하느님께서 노하시고 한 방에 쓸어버리기 이전 전광석화식 번개 작전이어야 하지요."

아마토의 우려에 이제벨이 토를 단다.

"제 생각에 하느님은 '노아의 홍수'로 세상을 한 차례 말끔히 쓸어버리신 구약 시대 불행한 과거사에 대해 내심 후회할지 몰라요. 후유증이 너무 컸기 때문이지요. 그때 하느님께 충실했던 선지자, 착한 사람들이 얼마나 많이 함께 홍수에 쓸려갔습니까? 그들마다 죽어

가며 하느님을 찾았을 터이니 또 그런 징벌을 내리기 쉽지 않을 겁니다. 저만 그렇게 생각하는 게 아니에요."

"그래? 그런 얘기는 처음 듣는데. 아무튼 그건 이제벨다운 가정이니까 일단 하느님이 재앙을 내리기 전 속전속결로 끝내야 하겠지. 자, 밤이 깊었으니 내일 다시 얘기하도록 하세."

세 악령이 침소로 각각 들어가자 어디선가 오펜바하의 교향곡 '천국과 지옥' 서곡이 들려온다. 까마득히 들려오는 선율에 맞춰 오늘밤도 아마토는 이제벨의 몸놀림에 모든 것을 맡긴다. 그는 지금 정신이 하나도 없다. 아, 마약 같은 이제벨이여—

24. 영계인 보고

　단상에 20명 가까이 천주교 추기경, 주교, 신부, 또 개신교 각 파벌의 대표 목사들이 앉아 있다. 그중에 낀 이채구 신부, 최동혁 신부 얼굴은 자그마하다. 단상 왼쪽에서 흘낏 오른쪽을 돌아보던 최 신부가 화들짝 놀란다. 오른쪽 중앙에 S교회 K목사가 예복 차림으로 점잖게 앉아 운집한 청중을 향해 웃음을 날리고 있었기 때문이다.

　엘리사벳에게 그의 범죄 사실을 문서로 보여 주고 암기시킨 이후 처음 보는 건재한 모습이다. 천국 사법당국의 조치가 늦어진 탓일까? 아니면 엄청난 범죄라 철저한 수사 시간이 필요한가? 최 신부 생각이 바쁘게 돌아가는 동안 사회자가 우렁찬 목소리로 오늘의 연사를 소개했다.

　마이클 박 목사가 연한 미소를 띠며 연사석으로 나간다. 오늘은 한국 사상 첫 영계인간 마이클 박 목사의 저승 세계 탐방기를 직접 들고 복음 확대 운동을 선포하는 천주교, 개신교 합동 주최 부흥회 날이다. 서울 잠실종합운동장 마당이 운집한 인파로 꽉 찼다. 각 교단 선전 효과도 있지만 살아 있는 인간의 흥미진진한 천국과 지옥 여행담을 들으려 자진해 몰려든 것이다. 해외 유명 성직자들까지 대거 참석하면서 국내외 취재 열기도 대단했다.

"신도 여러분, 저는 천국과 지옥에 갔다가 어제 돌아왔습니다. 천국이 인정한 영계인간 자격으로 당당히 천사들 안내를 받으며 다녀왔습니다. 짧고 단순한 여정이지만 제 눈으로 비참한 지옥과 꿈같은 천국을 만끽하고 왔습니다. 누가 하늘나라가 없다고 했습니까? 누가 지옥이 없다고 했습니까? 누가 죽으면 끝이라고 했습니까?

그 사람은 지금 당장 이 자리에 나오세요. 제가 본 너무나 실제적인 하늘나라 모습을 그대로 증언해 보여 드리겠습니다. 천국과 지옥은 분명히 존재합니다. '하느님 믿고 좋은 일하면 천국 가고 악마 꾐에 빠져 나쁜 일 하면 지옥 간다.'는 말은 어김없는 정설이었습니다.

신도 여러분, 저 이전에 이미 하늘나라를 다녀왔다는 분들이 있는 줄 압니다. 하지만 대개는 허구로 끝났지요. 사실보다는 개인의 상상, 또는 근사 체험 정도였습니다. 다만 문학 작품으로 나온 천국과 지옥 기행문은 그런 대로 유용했고 제가 본 바와 가깝기도 했지요.

특히 700여 년 전 출간된 단테의 『신곡』은 당초 제목이 '코미디'였지만 후세 사람들이 '신곡'으로 고쳤습니다. 왜 '코미디'란 제목을 달았을까. 아마 작가 자신 가보지 않고 상상 속 천상 여행기를 쓰다 보니 희극 같기도 해 그렇게 붙이지 않았는가 유추는 할 수 있지요.

신도 여러분, 작품 속 천상 여행이라면 단테 말고 또 한 분 뛰어난 분이 있습니다. 18세기 스웨덴의 스베덴보리라는 과학자지요. 책을 통해 그분이 진짜 하늘나라를 보았다고 저는 믿지만 많은 불신자들은 그냥 문학작품 취급에 그쳤지요.

저는 오늘 이런 불신을 바꾸고자 합니다. 문학 작품 속 상상이 아니라 제가 실제 하늘나라에 가서 보고 느끼고 돌아 왔으니까요. 두 눈 똑똑히 뜨고 본 천국과 지옥의 갖가지 장면들이 지금도 눈에 선합니다. 그걸 효과적으로 전달하기 위해 제가 오늘 한 가지 방법을 제안하고 싶습니다.

그러니까 연사의 일방적인 강연식 여행담보다 질의응답식이 더 실감날 것 같다 그 말씀인데 어떨까요, 그렇게 허락해 주시겠습니까? 청중 가운데 누구든지 질문하면 바로 제가 대답하는 즉석 질의응답 말입니다. 단상에 나오거나 앉은 자리에서나 다 좋습니다."

마이클 박 목사가 청중 반응을 기다리며 말을 멈추자 어리둥절했던 사회자가 곧 눈치를 채고 무대 옆 자기 마이크 앞에 선다.

"오늘은 재미있는 강연이 연출될 것 같습니다. 청중분 가운데 누구든지 천국과 지옥에 관해 질문하고 싶은 희망자 계시면 지금 말씀하세요. 저승 세계에 대해 평소 가졌던 궁금증을 오늘 속 시원히 풀어 드립니다. 주저하지 말고 나오세요. 천국과 지옥이 눈에 보이지 않습니까?

연사이신 마이클 박 목사가 이 자리에 나오기 전에 이런 유별난 강연 계획을 사회자에게 귀띔하지 않아서 사실 저도 좀 당황하고 있는 데요, 생각하면 천편일률적 강연은 지루하기 쉽습니다. 청중과의 대화 방식이 오히려 궁금증 즉석 해소와 요점 정리에 훨씬 낫지 않을까 생각합니다.

그렇다고 지정된 질문자와 강연자가 미리 '짜고 치는 고스톱'은 절대 안 되겠지요. 부흥회의 명예를 걸고 그런 일은 없으니까 누구든지 기회를 활용하기 바랍니다. 일반 신도, 사제, 목사님 등 다 좋아요. 비신자도 좋고 질문 전문가인 기자분도 환영합니다."

사회자가 이처럼 분위기를 띄우자 청중들은 그제야 일제히 박수치며 좌우를 둘러본다. 이런 부흥회는 처음이다. 보통 연사가 준비한 내용을 요란한 몸짓과 함께 속사포처럼 쏘아 대는 게 지금까지의 부흥회 방식이다. 대개는 성경과 이적의 경험 등이 주된 내용이다. 연사의 강조하는 말 한마디, 한마디에 '아멘'이 요구되고 청중은 이를 합창하며 감격하는 방식이었다.

하지만 오늘 분위기는 다르다. 하늘나라 체험자의 직접 보고 자리라선지, 아니면 질의 응답 강연 방식이 생소해서인지 청중은 반신반의하며 눈치 보기에 여념이 없다. 과거에도 그런 엉터리 체험 내지 예언자들이 심심찮게 있었기 때문이다.

그때 손을 번쩍 들며 목에 감았던 분홍색 머플러를 휘두르는 여인이 보였다. 질문 의사를 강력히 내보이는 제스쳐다. 수만 명이 모인 자리라 눈에 안 띌까 우려해서인지 나중에는 일어나서까지 요란하게 흔들었다. 청중석을 돌아보던 사회자가 그녀를 발견했다. 반가운

듯 손으로 그 자리를 가리키며 외친다.

"여러분 저기 한 숙녀가 질문 신청을 했는데요. 저분한테 질문권을 드려도 될까요?"

여기저기서 '네, 좋아요.' 소리가 뛰쳐나온다.

"그럼 거리 관계상 무대까지 나오기는 그렇고, 주변 도우미님, 저 숙녀분께 마이크를 드리세요. 그게 좋겠지요? 그동안 또 다른 신청자를 받겠습니다. 시간 절약을 위해 원하시는 분은 누구나 서슴지 마시고 빨리 손을 드세요. 늦으면 기회를 놓칩니다."

당초 어눌하던 사회자는 신청인이 여기저기 나타나자 신이 났다. 잇달아 제2, 제3의 질문자를 지정하고 있었다. 좀 따분해지려던 실내 분위기가 확 달라지는 모습이다. 청중도, 무대 위 초청석에 앉은 주교님, 신부님, 목사님도 모두 재미삼아 즐기는 자세다. 첫 번째 질문 신청자는 청중석 중간쯤 연단이 잘 보이는 자리에서 나왔다. 최동혁 신부 보좌역 심지순과 나란히 앉아 있던 이채구 신부 동생, 바로 이채영 교수가 첫 포문을 연 것이다.

"마이클 박 목사님은 지금 천국과 지옥의 실재를 증명하는 주요한 증인입니다. 직접 다녀오셨다고 선언했고 저는 그 말을 가감 없이 믿습니다. 그러니까 여기서 가정이라던가, 상상력은 전혀 배제되어야 하겠지요. 오직 자기가 보고 경험한 것만 말해야 오늘 모임의 의미가 있게 됩니다.

우선 천국과 지옥의 모습을 간결하게 말씀해주시고 거기서 어떤 분을 뵈었는지, 그분들과 어떤 얘기를 주고받았는지 알고 싶습니다. 우리들이 알만한 분들을 뵈었다면 더 신빙성이 갈 겁니다. 저는 E대학의 영문학 교수 이채영이라고 합니다."

마이클 박 목사가 즉시 답변에 나선다.

"정곡을 찌르셨습니다. 그런 질문이 안 나오면 어떻게 하나 걱정했는데 한시름 덜었군요. 나중에 이상한 얘기 나올까 봐 미리 말씀드리는데 지금 질문하신 이 교수님은 시인이자 신진 영문학자로 여기 단상에 앉아 계신 제 친구 이채구 신부님의 동생이기도 합니다.

하지만 저희 둘 사이에 오늘 같은 질의응답식 부흥회 관련 얘기를 나눈 적이 전혀 없었음을 분명히 하고 대답하겠습니다. 물론 이 교수도 모르는 일이고요. 다만 부흥회 개최 관련 언론 광고와 교회 공지를 보고 이 자리에 참석한 줄 압니다. 그렇지요? 이 교수님—"

"네, 맞습니다. 너무 황당한 것 같아서, 도대체 21세기에 저승 여행과 귀환이 가능한지 확인하고 싶어 왔습니다."

"아마 지금부터 제 말을 들으면 더 놀랄 겁니다. 저는 하늘나라로 떠나기 전 아내에게만은 이 사실을 밝히지 않을 수 없었지요. 하늘나라에서 영계인간이 되지 않겠느냐는 제안을 받았는데 내가 수락을 했다, 그래서 며칠 간 천국과 지옥을 순방하고 올 테니 그동안 내 방에는 들어오지 말았으면 좋겠다, 여행 마치면 자연스레 내 침대에서 깨어날 예정이고 그때 자세한 얘기를 해주겠다, 말하고 저는 잠자듯 제 방에서 천계 여행을 떠난 겁니다."

"목사님, 영혼 상태로 여행 떠난 점은 확인했습니다만 저의 질문 핵심은 천국에서 누구를 만나 무슨 얘기를 주고받았느냐는 겁니다. 천국과 지옥의 현장 모습을 생생히 말해 주세요."

"알고 있어요. 말의 순서를 지키기 위해서 출발 전 상황을 먼저 소개한 겁니다. 제가 처음 만난 천국 천사는 저를 지구에서부터 저승 구석구석까지 안내한 미모의 엘리사벳 수녀였습니다. 한국의 어느 활동적인 성직자의 수호천사로서 한국과는 인연이 깊다고 하더군요. 그 성직자 이름은 묻지도 않았고 말하지도 않더군요.

아무튼 수인사를 끝내자 우리는 곧 어두운 우주 비행을 시작했습니다. 그렇게 얼마를 나란히 가서 도착한 곳이 천국의 입국 대기 장, '향상문'이라는 곳이었지요. 거기서 저는 더 놀라운 천계인들을 만났습니다. 여러분도 듣고 나면 놀라실 겁니다."

사회자가 돌연 사이에 끼어들었다.

"말씀을 끊어 죄송하지만 미리 청중들께 급작스런 놀라움, 예컨대

심장마비 같은 것에 대비 시키면 어떨까요? 청심환을 미리 잡수시던가, 아니면 옆 사람 손을 꼭 잡든가, 아무튼 지나친 폭탄선언으로 심장 약하신 분들 병원에 실려 가는 일이 없게 살살 말씀해주기 바랍니다. 다행히 세계적 신용을 얻고 있는 119소방대가 대회 종료까지 두 눈 부릅뜨고 대기하고 있음을 알려 드립니다."

순간 잠실 운동장은 웃음바다가 된다. 분위기는 고조되고 마이클 박 목사 목청도 커진다.

"아뇨, 청심환은 필요 없습니다. 그런 물리적 놀라움보다는 오히려 가슴 따듯한 온기를 느낄 거라고 생각합니다. 천국 입국 대기 장에서 세 분이 저를 마중했는데 그중에 제가 서울에서 알고 지내던 분이 있었던 거지요. 여러분도 이름 들으면 금방 아는 너무 훌륭한 분을 천국서 만날 줄 상상조차 못했습니다.
그런데 잠깐, 너무 빨리 말해버리면 싱거운데 그분이 과연 누구일지 우리 한 번 스무고개식으로 맞춰 보면 어떨까요? 한 고개, 두 고개 넘는 재미가 쏠쏠할 것 같습니다만."

마이클 박이 사회자와 단하의 질문자 이채영 교수를 번갈아 보며 뜸을 들이자 청중석에서 일제히 탄식과 웃음이 터진다. 그리고 한 목소리로 외친다. 장내가 떠나갈듯 하다.

"목사님, 급해요. 스무고개 시간 없어요."

마이클 박 목사는 두 손을 높이 들었다. 항복한다는 표시다.

"바로 2013년 여름 한국 독자들의 안타까운 애도 속에 세상을 떠나신 최인호 작가였습니다. 만면에 웃음을 띠우고 제 손을 반갑게 잡으며 '여기서 뵙네요. 서울 가톨릭 병원에 병문안 오셨을 때 의식이 오락가락해 인사도 제대로 못했는데 잘 오셨어요. 정말 천국은 훌륭한 곳입니다. 여기 처음 와서 저는 너무 일찍 왔다고 섭섭하기도 했지만 지금은 대만족입니다. 죽기 직전 내 생애 마지막 작품 『타인의 방』을 불과 2개월 만에 써 재끼고 왔으니까 지상에서 제 할 일은 다 한 셈이지요. 아, 참 너무 반가운 나머지 두 분 소개하는 것도 잊을 뻔 했네요.' 최 작가는 이런 말과 함께 자신과 나란히 서있던 두 천사를 소개했습니다."

"아, 보충 질문이 있습니다. 목사님이 최 작가를 알아볼 정도면 천국에서는 영혼 모습 아닌 육신의 본래 모습이었나요? 원래 목사님이 천국에 여행 가실 때는 영혼으로 갔다고 말했었는데요."

이채영이 앉았던 자리에서 다시 마이크를 잡고 물었다. 마치 몇몇 패널과 연사가 둘러앉아 토론하는 형식이다.

"네, 저의 안내자 엘리사벳 말이 천국을 향해 날아가는 공간 비행에는 속도 때문에 영혼으로 가지만 일단 천국에 도착하면 굳이 영혼으로 살 필요가 없답니다. 오히려 다시 육신을 입고 사는 게 서로를 구별하고 지상 생활을 떠난 이질감도 줄여 좋다는군요. 패션이라던 가, 개인별 맵시취향이라던가 서로가 자의식을 갖고 행동하는 데도 육신을 입는 게 낫고요.

그럼 다시 인물 소개로 돌아가, 최 작가 옆에 서 계신 분 가운데 키가 크고 힘 꽤나 써 보이는 분은 천국 입국장 '향상문'의 수문장 오네시모였습니다. 왜 성경에 하인이 주인 필레몬의 돈을 훔쳐 로마로 도주했다 잡혀 감옥에서 바오로 님을 만나고 거기서 심기일전했다는 대목 읽어 보셨지요? 바로 그분입니다."

"2천 년 전 인물과 21세기 인물이 동일 선상에서 천국의 일을 함께 하고 있다는 게 믿겨지지 않네요. 천국은 역시 천국이군요. 그런데 나머지 또 한 분은 누굽니까?"

이채영 교수와 청중들의 궁금증을 능청스런 사회자가 잘도 대신 물어준다. 마이클 박 목사가 여기서 다시 뜸을 들인다. 가볍게 연단 내빈석을 향해 돌아서서 정중히 허리 굽혀 인사한 뒤 그의 시선이 한쪽에 고정된다. S교회 K목사다. 환하게 웃는 그의 얼굴을 뚫어지게 바라보며 나지막하게 말했다.

"또 한 분이 목사님 안부를 물었어요."

K목사가 놀라는 순간 그는 벌써 청중석으로 되돌아섰다. 다른 내빈들은 순간 어리둥절한 표정이다. 다만 최동혁 신부만이 엘리사벳이 마이클 박 목사의 안내역을 맡았다는 말을 들을 때부터 뭔가 이

상한 낌새를 느끼고 있었다. 마이클 박과 K목사의 눈 대면 시간이 2, 3초쯤 되었을까, 별로 긴 시간이 아니었는데도 청중은 꽤 오래 기다린 느낌이다. 세 마중자 가운데 아직 한 사람이 남았던 것이다.

"신도 여러분, 혹시 순교자 정약종 씨를 기억하십니까? 한국 천주교 발상의 산 역사이자 개척자 말씀입니다. 바로 그분이었습니다."

마이클 박 목사가 단상에서 순간적으로 뒤돌아서 K목사에게 건넨 말은 워낙 작은 소리라 대부분 청중에게는 지나쳐 흘렀다. 단상 초대 손님들도 다소 의아한 눈치를 보이다 정약종 얘기가 나오는 순간 그마저 일시에 사라졌다. 최인호 작가와는 반응이 또 달랐다.

정약종이 가톨릭에 귀의하기 전 조선에 기독교는 존재하지 않았다. 주자학, 성리학처럼 '서학'이란 이름의 교리 해설서가 간혹 나돌 뿐이었다. 이런 불모지에 복음 뿌리를 내린 정약종은 너무나 소중한 한국의 바오로, 베드로가 아닌가? 그가 마중을 나왔다는 데야 놀라는 게 당연했다. 좌중이 웅성거리자 사회자가 다시 나선다.

"참으로 오늘은 놀라기 대회 같습니다. 영국 철학자 버나드 쇼의 묘비명이 '우물쭈물하다 내 그럴 줄 알았다'라고 하지만 오늘 마이클 박 목사님이 우물쭈물 연단에 나오실 때부터 좀 이상했거든요. 박 목사님께 청중을 대신해 또 한 번 묻겠습니다, 정약종 그분이 다산 정약용의 형님인 것 맞지요?"

"네, 바로 손위 형님입니다. 순교 당시 41세 한창 일할 나이였지요. 그분이 천국 대기장 '향상문' 앞에서 저의 손을 꽉 잡으면서 이렇게 말씀하셨습니다.

'이승과 저승을 오고 가는 정말 중요하고 큰일을 맡았다. 한국에 그리스도 복음이 건전하게 확산되기 위해서는 당신과 같은 영계인간이 수시로 하늘나라에 와서 현장을 목격하고 지상 인간들에게 바르게 전하는 것이다. 이를 통해 불신자와 냉담자의 발길을 교회로 되돌리는 것이다. 한국에 외형적인 교회 성장만 요란한 것은 오히려 복음 사업에 역효과를 낸다. 천국은 존재하고 좋은 곳이며 지옥도 존재하고 참혹한 곳이라는 사실을 적나라하게 보여 주어야 한다.'는 요지의 말씀이었습니다.

그리고 자신은 황공하게도 하느님의 배려로 천국에서 막중한 일을 하고 있다는 말씀도 하셨습니다. 그때 저의 느낌은 제가 어려서 자란 부모 형제들의 집, 나의 살던 고향, 꽃피는 산골에 서있는 아늑하고 아늑한 기분이었습니다. 여기가 나의 집이다, 여기 살고 싶다라는 욕망이 솟구쳤습니다. 제 기분을 알아채셨는지 최인호 작가가 박목사님은 임무가 있으신 분이라고 주의를 주었지요.

그 말이 그때 얼마나 야속했는지 모릅니다. 그러나 돌아와 여러분 앞에 제가 천국에서 보고 듣고 느낀 것을 말할 수 있다는 게 정말 나의 사명이라는 것을 깨닫고 최 작가에게 새삼 고마움을 보냅니다. 세 분과 헤어진 뒤 저는 안내역 엘리사벳을 따라 천국의 대강을 살펴보고 연옥과 지옥도 방문했습니다.

물론 짧은 기간에 수박 겉핥기지만 그것만으로 저는 충분합니다.

천국이 외화내빈하다고 생각하지 않으니까요. 엘리사벳 말로는 일단 천국에 들어오면 모두가 평등해진다고 합니다. 먹는 것, 입는 것, 사는 집 등 개인별 차이가 없다는 것이지요.

하지만 천국에서도 역할에 따라 최선의 노력과 창의를 발휘하는지 차이는 있습니다. 거기 맞춰 자기 일, 다른 천사들을 지휘 통솔할 역할 차이가 나타난다고요. 다만 어떤 천사도 직업에 불만을 갖는 일은 없습니다. 애당초 일을 맡을 때 적성에 맞게 배정받기 때문이지요.

그렇다면 천국에서 일과 삶의 동기는 무엇이냐고요? 간단합니다. 개인 출세, 치부 대신 평화와 사랑 더 많이 쌓기로 공동체 활성화를 돕는 겁니다. 타자에 대한 배려, 천국의 쾌적한 환경 유지, 날로 팽창해가는 우주의 효율적 관리가 삶의 동기라고 할 수 있지요.

가족관계, 가정에 관해서도 들었습니다. 이 역시 단순했어요. 한 가족 모두 천국에 오면 함께 살기도, 희망에 따라, 일에 따라 독립해 살기도 합니다. 가족 중에 연옥, 지옥에 떨어진 사람은 끊임없는 연보 기도로 그들의 신분 상승을 하느님께 소원하지요. 지옥에서 연옥, 연옥에서 천국으로 가는 겁니다. 천국에서 결혼이란 의미가 없답니다. 성적 욕망, 출산 욕망이 존재하지 않으니까요.

그래도 원한다면 정서적 결합이 가능하지만 그 정도는 따로 이웃해 친밀히 사는 것만으로 충족시킬 수 있지요. 반면 출산은 없어요. 그러니까 천국 인구는 지구에서 유입되는 사랑의 인간, 선행자들로 충원됩니다. 아기는 아기대로, 청년은 청년대로, 어른은 어른대로, 부부는 부부대로 지상에서 좋은 신앙생활을 하면 원하는 대로 천국 시민이 되는 겁니다.

천국이 평등 사회라면 지옥은 확실한 계급사회 같았습니다. 악한 일을 많이 한 자, 지극히 이기적인 자, 하느님 복음을 부인하고 방해한 자일수록 더 깊고 뜨거운 유황불, 또는 차가운 빙하 덩어리, 또는 오금 저리게 하는 비명의 지옥 방에서 고통을 받습니다. 지옥 속 하층민이 되는 겁니다.

대개 무소불위 권력자나 안하무인 재벌, 그중에도 대물림 3, 4세들이 금 숟가락 물고 나왔다고 큰소리치다 많이들 왔더군요. 가관인 것은 자본주의 사회에서 솜씨껏 내 돈 내가 벌었다고 으스대던 중견, 중소기업 출신 알부자, 경매로 남의 가슴 아프게 해 떼돈 만진 자들이 신흥 귀족 행세하다 무더기로 온 경웁니다. 눈치 보기 9단들인 먹물들은 말할 것도 없지요.

물론 권력자, 알부자라고 다 지옥에 오는 것은 아닙니다. 상대적으로 많다는 말씀이지요. 왜 미국의 철강왕, 카네기와 록펠러 재단 창설자, 빌 게이츠가 꼭 지옥에 가야 합니까? 왜 경주 최 부자와 유한양행 유일한 씨가 부자라고 지옥에 가야 합니까? 아닙니다. 그들은 상황에 따라 연옥에도, 천국에도 있을 수 있습니다.

그럼에도 많은 부자들, 권력자들이 지옥에 많은 것은 틀림없죠. 지옥에도 7단계 구분이 있다는 것, 악행과 죄질에 따라 각 단계에 나눠 들어가되 지옥에서 노력하면 계단 상승이 가능하다는 게 그나마 위안이 되겠지요. 그 흔한 노동 귀족들, 약자 팔아 잘사는 이들 가운데 많은 인사들이 지옥의 최저 단계에서 허덕이는 것을 직접 보았습니다. 위선은 사후 하늘나라에서 철저히 검증되고 걸러집니다."

마이클 박 목사의 강연이 열기를 더해 가는 동안 청중석의 이채영 교수와 심지순은 여학교 시절처럼 두 손을 꼭 잡고 놓지 않았다. 특히 강연 내용 중 천국의 가정생활이 사실상 지구에서의 연장선상에 있으며 독신으로 천국에 갈 경우 가정을 이루기 힘들다는 대목에 와서 두 여인은 동시에 눈을 마주쳤다. 그리고 의미가 통했다.

심지순은 연단 내빈석의 이채구 신부 쪽을, 이채영은 최동혁 신부 쪽을 바라보았다. 그게 무엇을 의미하는지 두 여인은 말하지 않아도 알았다. 심지순은 최동혁에게 종속된 수호천사 엘리사벳이라는 구원의 존재를 K목사 비리 보고서 작성 및 전달 과정에서 알고 난 다음 이승에서 그를 짝사랑하는 친구 이채영을 맺어 주고 싶었다. 또 자신을 올케 삼기 원하는, 그러니까 이채구 신부와 맺어 주려는 이채영의 마음도 짐작하고 있었다.

하지만 사제 결혼은 불가능하다. 신부 독신주의 가톨릭 교리 까닭이다. 시대는 격변하는데 가톨릭은 케케묵은 교리에 잠겨 있다. 왜 목사는 결혼해도 되고 신부는 안 되는가, 이채영과 심지순 두 여인의 반발은 이미 공감대를 형성하고 있다. 인간 본성을 찾고 미사에 전념하며 성직자들의 성추행 예방을 위해서도 필요하다는 것이다.

더욱이 성공회는 진작 신부 결혼을 허용한다. 가톨릭과 뿌리를 같이 하고 비슷한 미사를 올리면서 사제 결혼이 자연스럽다. 두 여인의 이런 발칙한 생각과 아랑곳없이 마이클 박 목사의 강연은 천국을 거쳐 지옥 방문기로 열기를 띠고 있었다.

"지옥문 '돌아오지 않는 강'을 건넌 순간 확 끼쳐진 열기와 악취,

째지는 비명 소리가 어찌나 천국 입국장 '향상문'과 대조 되는지 숨이 막힐 정도였습니다. 오페라 '천국과 지옥'을 작곡한 오펜바흐가, 교향곡 '메시아' 중 '할렐루야'를 작곡한 헨델이 과연 이런 차이를 느끼고 작업했을까 의문이 떠올랐습니다.

하지만 제가 영계인간인 이상 지옥을 기피해서는 직무유기이지요. 무섭고 어려워도 참고 여러 번 가서 많이 보고 계속 생생하게 전달할 것입니다. 지옥에서 고생하는 많은 지구 위선자들의 참모습을 생생히 전달하는 일이야말로 복음 사업 활성화의 지름길 아닙니까?"

마이클 박 목사가 천국을 거쳐 지옥 방문기 강연을 막 끝낼 무렵 갑자기 연단에서 사건이 벌어졌다. 점잖게 미소를 흘리며 그때까지 내빈석에 잘 앉아 있던 S교회 K목사가 갑자기 의자 앞으로 엎어지듯 쓰러진 것이다. 입과 코에서 피까지 흘러내렸다.

순식간에 연단이 혼란에 빠졌다. 사회자가 강연 중단을 알리고 황급히 119 대원을 부르는가 하면 마이클 박은 환자를 반듯이 눕히고 인공호흡을 시작했다. 청중들은 술렁거렸다.

K목사 옆 자리 인사의 증언에 의하면 그는 마이클 박 목사가 천국의 마중자 세 분을 소개하는 가운데 맨 마지막으로 "그분이 K목사님 안부를 물었어요." 하고 말했을 때부터 안색이 창백해지기 시작, 머리를 의자 뒤에 기대고 줄곧 자듯이 강연을 들었다는 것이다.

몸이 불편하면 나가서 좀 쉬다 오라 해도 끝내 앉아 있다 마침내 쓰러졌다고 했다. 대기하던 119 대원이 K목사를 구급차에 태워 간 뒤 강연은 어수선한 분위기 가운데 끝날 수밖에 없었다.

25. 에덴동산

바오로 감사원장의 서첩을 받아 든 데클라 베네딕토 수녀원장은
실로 감개무량했다. 우선 좀처럼 틈을 보이지 않던 바오로 원장이
자기에게 이런 선물을 생각했다는 게 고마웠다. 내일 에덴동산 실버
타운에서 열리는 노인 위로 봉사대회에 나온다고 했으니 거기서 만
나 반갑게 주고받을 얘기가 있어 더 좋았다. 솔직히 그동안 얼마나
긴 세월 오매불망 바라보며 살았던가.

그럼에도 사무적인 일 이외 다정한 말 한마디 하지 않던 바오로 원
장이다. 자기가 고향 땅인 터키의 코냐 지방에서 아버지와 약혼자까
지 마다하고 바오로를 따라 나선 것은(실제는 거절당하고 동굴 속에
머물며 홀로 복음 생활을 했지만) 누가 봐도 이유가 분명하다. 까마
득한 세월이 흘렀으나 그때나 지금이나 데클라의 일편단심은 변함
이 없었다.

그런 두 사람의 관계는 천국에 왔다고 달라지지 않았다. 지상에서 영원으로 온 뒤 반가운 재회의 기쁨은 찰나였다. 감사원장이 함부로 깊은 산골 수녀원에 은거하는 수녀원장을 만나기도 쉽지 않겠지만 그렇다고 나 몰라라 딱 끊고 살 처지도 아니지 않은가. 그런 섭섭한 마음이 2천 년 세월 기약 없이 뭉쳤다가 흩어져 버리기를 거듭한 지금 난데없는 서첩 선물을 받은 것이다. 가히 천국의 기적이다.

데클라에게 바오로가 보내 준 서첩 의미는 그만큼 각별했다. 더욱이 서첩을 펴 보자마자 그 재료가 자신이 과거 까마득한 처녀 시절 입었던 화려하고 아름다운 비단 겉옷이라는 것을 금방 알 수 있었다. 조각조각 종이처럼 잘라져 나갔으되 빈틈없이 알맞은 가위질 정성이 돋보였다.

그렇다면 이 양반이 지금껏 이 옷을 간직하고 있었단 말인가? 그것도 지상에서 천국까지 갖고 올 정도로 애착을 갖고 있었단 말인가? 데클라의 가슴은 뛰고 뺨은 달아올랐다. 나이를 먹어도 가꾸기에 따라 옛 육신을 간직할 수 있는 곳이 천국이다. 아직 처녀 적 미모를 유지하는 데클라의 얼굴은 한없이 피어올랐다.

그리고 한장 한장 서첩의 내용을 펴 보며 깊은 감회에 젖는 것이다. 그러다 십계명, 시편의 좋은 글 등 성경 구절 이외에 뜻밖에 한국어로 쓰인 시 구절을 발견하자 데클라는 김성미 수녀를 긴급 호출했다. 남편 이훈락의 체포로 깊은 시름에 빠진 그녀를 위로할 겸 서첩에 쓰인 한국 시 내용을 분명히 이해하고 싶었던 것이다.

또 최근 빠져 들기 시작한 한글 읽기 공부가 정확한지도 알고 싶었다. 'ㄱ, ㄴ, ㄷ, ㄹ'로 이어지는 자음과 'ㅏ, ㅣ, ㅜ, ㅔ, ㅗ' 모음 줄이

합쳐져 무슨 말이든 정확히 발음대로 써내는 한글에 경탄했던 것이다. 남편 구속 이후 수녀원 독방에 칩거하던 김성미는 득달같이 달려 왔다.

"부르셨습니까? 원장 수녀님."

노크 소리와 함께 방에 들어온 김성미가 부스스한 얼굴로 데클라의 책상 앞에 섰다. 며칠 새 몰라보게 초췌해진 그녀의 모습에 데클라는 마음이 아프다.

"너무 상심 말아요. 보은 차원의 좋은 뜻도 있으니까 사법당국의 관용이 있을 겁니다. 그보다 김성미 님이 건강해야 사후대책에 차질이 없지요. 자신부터 잘 추스르세요."

"네, 감사합니다. 무슨 시키실 일이라도?"

"아, 별 것 아닌데요. 내가 바오로 님으로부터 서첩 선물을 받았는데 거기 한국어 시가 적혀 있어요. 내가 읽는 게 정확한지, 의미 해석은 맞는지 김성미 님 조언을 받고 싶어 오라고 했습니다. 방해가 되었다면 죄송해요."

데클라 수녀원장 말에 김성미가 더 미안해진다. 아마도 바오로 원장의 선물 갖고 도움을 청한 게 사사로운 일이라고 걱정하는 눈치다. 김성미가 얼른 화제를 바꿔 관심을 돌리는 게 상책이다. 바오로 감사원장과 데클라 수녀가 초대 교회 시절 터키에서 화형 당할 뻔했던 사연은 이미 천국의 전설이었다. 이루지 못한 아쉬운 꿈의 하나로 김성미도 들어 잘 알고 있었다.

"어머나, 정말 예쁜 비단 책이네요. 마침 무료했었는데 잘 불러 주셨어요. 도움이 될지 모르지만, 아무튼 서첩을 좀 볼께요."

"그럼 우리 같이 소파에 앉아 편하게 봅시다. 두껍지 않으니까 금방 다 볼 거예요."

데클라 원장이 서첩을 들고 책상 의자에서 소파로 옮겨 앉자 김성미도 그 옆에 다소곳이 앉았다. 두 여인이 서첩 한 자락씩 붙잡은 채 첫 페이지를 넘긴다. 겉옷용이었다는데 감촉이 비단결보다 더 부드럽고 색조는 황금빛으로 제법 은은하다. 한마디로 고급 재료였다.
자신의 최고급 옷을 선물하고 또 받은 이가 그걸 재료로 서첩을 만들어 되돌려 선물했다면 지상에서는 단연코 연인들의 대단한 로맨스 이벤트로 치부할 것이다. 신문에 톱 기사로 날만큼 정겨운 노(老) 연인들의 러브 스토리였다. 화형대의 애절한 사연과 함께.

"정말 고급 천에 고급 제본이군요. 바오로 감사원장님 본인이 직접 책을 만들었다고 하셨나요? 시간과 정성이 보통 아니에요. 진심으로 우리 수녀원의 에덴동산 봉사활동에 감격하신 것 같습니다. 이런 놀라운 선물을 하셨다니."

　서첩 표지 뚜껑 아랫단에 자그맣게 쓰인 '축 에덴동산 노인위로 봉사대회' 한글 축문과 그 밑에 '옛 친구 바오로'의 라틴어 사인을 번갈아 읽으며 김성미는 경황 중에도 작게, 아주 작게 쿡쿡 웃었다. 이 노인들 참 귀엽다, 하는 생각이 불시에 든 것이다. 화들짝 놀란 쪽은 데클라 수녀 원장이었다.

　"뭐 잘못된 게 있나요? 내용이 이상해요?"

　"아뇨, 터키 등 소아시아 지방의 옛 관습을 잘 몰라서 그런데 당시 친구라고 하면 어떤 의미인지 몰라서요."

　김성미가 손가락으로 사인한 부분을 가리키며 이번에는 거리낌 없이 웃었다. 데클라 원장의 얼굴이 붉어졌다. 김성미가 묻는 뜻을 대강 알아챈 것이다.

　"친구는 그냥 친구죠. 김성미 씨는 친구 없어요?"

　항의하듯 목소리가 높아지자 김성미가 얼른 웃음을 멈춘다. 그리고는 재빨리 일어서서 원장에게 허리 굽혀 절도 있게 사과했다.

　"아닙니다. 별 뜻이 있어서 그런 것은 아니고요, 제가 지상에 있을 때만 해도 남녀간 친구라고 하면 일반적으로 사귀는 사이를 의미했거든요. 친구 의미가 한국에서는 제법 복잡해요. 애인과 진짜 친구 구별이 잘 안되니 가끔 오해도 합니다."

"솔직히 바오로 님과 저는 친구 관계로 보긴 그러네요. 제가 감히 어떻게 그런 분과 친구가 되겠어요? 존경하는 스승님이시자 믿음의 대상인데요. 바오로 님이 격려차 그리 쓰셨을 겁니다. 오해 마세요."

데클라의 해명은 하나 마나 아닌가. 그럴수록 사실 확인이 된다는 점을 정말 천사답게 순수한 그녀는 알지 못한다. 김성미가 화제를 또 돌리는 수밖에 없다.

"아, 여기 한글로 쓴 시가 나오네요. 『서리풀 공원』이란 시집에서 2편의 시를 발췌한 겁니다. 하나는 서시로서 내용이 하루를 출발하면서 남에게 배려하는 따뜻한 자세를 보이리라 다짐하는 글이고요, 또 한편은 구구절절 남녀 간 사랑을 읊은 연시네요. 사랑을 지킬 수 없다면 보내는 게 옳다고 했어요. 그래야 추억이 남고 거기 덧칠해 가면 그 사랑은 마음속에 영원히 아름답게 남는 묘약이 된답니다. 제목처럼 '사랑의 묘약'을 알려 주네요."

김성미의 해명을 듣자 데클라 수녀원장은 더 감회가 깊어지는 것 같다. 잠시 두 손을 기도하듯 모아 눈을 감고 명상에 잠긴다. 아니, 명상이 순식간에 짧은 잠을 청했는지 모르겠다. 2천 년 전 화형대,

그 옆에서 기도하던 바오로, 종국에는 함께 화형대 위에 묶여졌던 일, 그리고 쏟아지는 비, 혼비백산 흩어지는 군중들이 스크린 돌아가듯 오버랩된다.

하지만 어떤 일정 시점에서 화면이 딱 멈춘다. 그것은 환시인지, 현실인지 역시 구분할 수 없다. 장면이 또 바뀐 것이다.

달빛이 데클라가 거처하는 동굴 안으로 괴괴히 밀려드는 새벽녘, 바오로의 모습이 드러났다. 데클라가 따라가기를 그렇게 소원했는데도 매정하게 뿌리치고 떠난 지 그 몇 해인가— 간간 소식을 전하던 그가 이 새벽에 불쑥 찾아왔다. 잠결에 뭔가 얼굴을 간지럽히는가 싶어 눈을 떴을 때 바오로가 우뚝 선 채 자신을 내려다보고 있었다.

애처롭고 사랑스런 눈초리였다. 이윽고 긴 손가락을 펴서 자신의 뺨을 쓸어 보기까지 했다. 얼마나 행복했던지 데클라가 무아지경에 빠져 헤매다 자신도 바오로 손을 잡고 싶다고 두 팔을 뻗치자 그는 홀연 사라졌다.

"안 돼, 가지 말아요."

데클라가 외치는 순간 스크린은 돌기를 멈추고 김성미가 놀란 얼굴로 그녀의 손을 잡는다. 데클라 수녀원장은 김성미에게 잡힌 손을 빼낼 생각조차 하지 못하는 듯 한동안 멍한 상태로 침묵을 지켰다. 너무 아쉬웠다. 명상이었는지, 잠깐 졸았었는지 모르지만 그냥 그 상태로 돌아가고 싶다.

"피곤하신 모양인데 저는 이만 물러가겠습니다. 조용히 좀 안정을 취하세요. 내일 행사장에서 뵙겠습니다."

김성미가 일어서자 데클라는 갑자기 생각난듯 말했다.

"내 정신 좀 봐, 깜빡 잊을 뻔했는데 오늘 중으로 정약종 의원님을 찾아가 뵈세요. 내가 바로 정 의원님께 전화 넣을 겁니다. 김성미 수녀가 찾아뵈니 선처 바란다고요. 이훈락 장로님 전후 사정을 자세히 말씀 드리면 좋은 조언을 해주실지 모릅니다."

"사법청에 구속된 실정인데 부탁이 통할까요?"

"어렵겠지만 조선 시절 정 의원님 순교하기 전날 제가 그분 꿈에 현시로 나타났던 일을 기억하면 내 소개에 최대한 성의를 보이실 겁니다. 더욱이 동족 일인데."

다음 날 천국에서 열리는 제1회 노인위로 봉사대회는 성황이었다. 천국의 주요 인사들은 야고보 총리, 베드로 원로원 의장, 바오로 감사원장을 비롯해 거의가 참여한 모습이다. 긴급 사유로 바르나바 정보부장이 빠졌지만 원로원 의원 대다수와 국방성, 사법 경찰청, 대배심법원, 우주센터, 의료센터 간부급등 수백 명의 기라성 같은 얼굴이 여기저기서 담소를 즐겼다. 행사 진행은 원활했다.

물론 이 날의 주인공은 단연 데클라 원장이다. 어제 김성미 수녀

앞에서 당황하던 모습과는 전혀 딴판으로 펄펄 날랐다. 단정하게 빗어 넘긴 흰 머리카락을 바람에 날리며 손님맞이에 여념이 없었다. 백발과 깊숙이 검은 눈, 날씬한 체구가 단연 행사장을 압도했다.

그녀가 초대 손님과 에덴동산 시니어 주민들의 눈길을 한꺼번에 받으며 행사 개막 인사를 위해 연단 쪽으로 나갈 때 바오로 감사원장은 먼 하늘을 쳐다보았다. 첫 눈에 눈이 부셨던 것이다. 화사했다.

데클라 원장의 대회 취지사는 감명 깊었다.

"하느님께서 자신을 닮은 인간을 지구상에 창조하신 뜻은 이 우주에 활력을 불어넣기 위해서라고 봅니다. 공허한 우주에 생기가 돌려면 자유의지를 가진 인간들이 얼마나 역동적인 삶을 사는가에 달려 있겠지요. 물론 사랑과 배려와 끝없는 배움 등, 대 전제하에서 아름다운 삶이 약속될 때 가능한 얘기입니다. 하지만 그렇게 좋은 뜻으로 만들어진 인간이 뜻밖에 악의 길로 빠져 들자 구약시대 선조들은 열심히 하느님 복음 사업으로 대처해 왔지요. 덕분에 사탄과 싸우면서 인류 발전이 가능했고 오늘날 그분들은 지구 생애를 끝내고 이 에덴동산에 오셔서 만년을 지내고 계십니다.

그런데 여기 사시는 선배님들이 과연 행복할까요? 몇 천 년을 하루같이 똑같은 생활만 한다고 생각해보세요. 사랑과 배려로 뭉친 분들이시긴 하지만 아마도 때로는 지루할 겁니다. 그런 무료한 공백을 저희가 다소라도 메워 드린다면 이 역시 하느님 뜻에 맞는다고 생각해 오늘 행사를 열었지요. 저희 수녀원의 수호천사, 수녀님을 비롯, 저희가 경영하는 천국학교 학생들의 우아하고 귀여운 여흥이 벌어지고 내빈 여러분의 장기 자랑도 **빼놓지** 않을 겁니다.

아울러 관심 있는 내빈들의 에덴동산 돕기 행사 제의는 무조건 수용할 터이니 적극 협조해주시면 더욱 감사하구요. 즐거운 시간되기를 기도합니다."

이어서 야고보 총리, 베드로 원로원 의장, 바오로 감사원장이 자리에서 일어나 각각 참석한 에덴동산 주민들에게 깊이 고개 숙여 인사했다. 구약 시대를 장식한 아브라함, 여호수아, 노아, 롯 등 그 옛날 광야를 헤매던 거물급들이 힘은 **빠져도** 여전히 총기 감도는 눈으로 앞줄에 앉아 행사를 지켜보고 있었다.

이 날 행사 사회자는 베네딕토 수녀원 테레사 교육부장. 그녀는 말년 작고 쇠약했던 지구에서의 몸매와 달리 정력적인 자세로 자신의 역할을 충분히 소화, 행사를 잘도 끌어갔다. 한숨 돌린 데클라가 천국학교 학생들의 귀여운 여흥이 시작될 때 내빈석을 찾았다.

"야고보 님, 베드로 님, 바오로 님, 오신 것을 뵈니 정말 행복합니다. 인사 말씀이라도 하시게 하고 싶었는데 우리 테레사 수녀님이 높은 분들이 마이크 많이 잡는 행사치고 성공한 게 없다고 딱 잘라 거절하네요. 지구에서 경험이 풍부하셨던 분이라 사회를 맡겼으니 도리가 없었습니다. 행사 도중이라도 한 말씀씩 하시겠습니까? 아니면 2부 여흥 시작할 때 하시던지."

"원 별말씀을, 저희는 내버려 두는 게 가장 편합니다. 앉아서 보기만 하니까 얼마나 좋은지요."

야고보 총리가 손사래를 치자 베드로가 또 나선다.

"아뇨, 총리 저 양반은 어디 가나 마이크 안 잡으면 삐치는데 이제 원장님 큰일 났습니다. 아마 내년 예산 배정 받으실 때 고생 좀 할 걸요. 우하하."

"베드로 님, 본인이 나서고 싶다면 솔직히 말하지 왜 나는 끌어들입니까? 여기가 원로원 회의장도 아닌데 총리 갖고 그리 놀아도 되는 겁니까? 중국의 공자 말씀『정명론』도 못 들어 보셨나 봐요."

야고보 총리가 유식하게 나오자 베드로가 다시 너털웃음을 터뜨린다. 12사도 중 예수님 총애를 누구보다 많이 받았던 두 사람이라 말에 가시가 있는 듯 없는 듯 옆에 사람은 갈피를 못 잡을 정도로 핑핑 돌린다.

"아이구,『정명론』이라 '원로원 의장이면 의장답게 행동하라.' 그 말인데 중국 공자님 말씀 나도 새겨듣고 있습니다. 우리가 사도 시절에야 그분이 우리보다 한 5백 년 앞선 사람인지 짐작이나 했습니까? 아무튼 총리 각하는 언제 중국 성현 공부를 그렇게 열심히 하셨는지 존경합니다."

"그걸 아시는 걸 보면 의장 각하도 대단한 공부벌레이군요. 천국 총리와 원로원 의장 대화 수준이 이 정도 되어야 마땅하지 싶기는 하지만. 아무튼 나이를 먹어도 옛 갈릴레이 호숫가에서 고기 잡던 시절과 별 차이 없이 아웅다웅하는 우리를 하느님 보시기에 어떨까요? 우리 모두 반성합시다."

두 사람 대화가 아슬아슬해지자 침묵하고 있던 바오로가 제지한다. 데클라 수녀원장은 가시 돋친 대화 시작의 장본인으로 안절부절하고 있다.

"허 허, 정말 부럽습니다. 마치 골목친구처럼 허물없이 할 말, 못할 말 마구 해도 상관없는 사이가 얼마나 행복합니까? 저는 초대 교회 시절 동역자가 많긴 했지만 워낙 지은 죄가 깊어 누구와도 두 분처럼 그렇게 무관하게 대하지는 못했어요. 늘 긴장 속에 살았다고할까, 여하튼 말 한마디도 가려가며 해야 했습니다. 그런데 두 분, 마침 하느님 말씀이 나와 얘기인데 하느님은 어디서 무얼 하고 계시는지 지금쯤 연락은 되었겠지요?"

26. 재너머 별

　조지 앨러리 헤일 우주센터 소장이 녹색 요정의 2차 방문을 받은 것은 그의 신경 쇠약 증세가 악화되어 남을 의심하는 버릇이 심해진 때다.

　녹색 요정은 지구에서부터 그에게 구면이었으나 썩 기분 내키는 친구는 아니었다. 미국 천문대에서 자신이 일중독과 관련된 분열 증세에 빠져 있을 때 처음 찾아왔으니 그럴 만도 하다. 팔로마 천문대에 200인치 망원경을 설치하기 이전, 100인치 망원경이 세계 최대를 자랑하던 윌슨산 천문대 시절이니까 아득한 얘기다. 녹색 요정은 어느 날 초저녁 헤일이 당구장에서 망중한을 즐기고 있을 때 갑자기 창문을 똑똑 두드리더니 팔랑대는 나비처럼 나타났다.

　"안녕하세요. 박사님, 지금 더 큰 망원경 만들 돈이 필요하시죠?

그렇다면 빨리 록펠러재단으로 가보세요. 록펠러 씨가 사회에 기여할 돈을 뭉텅 내놓고 싶지만 어디 써야할지 고민하고 있답니다."

그런 녹색 요정이 잊지도 않고 천국에까지 또 찾아온 것이다. 그래서 반갑기도, 귀찮기도 하다는 애매한 표정으로 요정을 바라보자 그는 깍듯한 인사 뒤에 곧바로 용건을 말해 버렸다.

"우주 개척의 콜럼버스 역할을 잘도 하시는 헤일 님, 지금 우주센터 왕따 분위기를 느껴 마음이 안 좋으시죠? 하지만 하느님이 이번에 더 큰 일을 줄 겁니다. 그래서 신경쇠약 같은 연약한 마음의 소유자가 갖는 병 따위 고쳐 주실 거구요. 아무튼 가브리엘 대천사가 곧 연락할 터이니 기다리고 계셔요. 이제야 고백하건대 저는 좋은 소식만 전하는 행복 전도사, 가브리엘 대천사의 전령이랍니다."

녹색 요정이 '우주의 콜럼버스'라고 헤일을 부른 것은 유래가 있다. 2008년 미국에서 방영된 헤일의 우주를 향한 집념과 추구를 소재로 한 '팔로마의 여행; 미국 최초의 우주여행' 다큐에서 헤일을 당당히 우주 시대 새 영웅 콜럼버스라고 소개했던 것이다.

그런 내용까지 알고 소식을 전달하는 꼬마 요정의 말을 믿지 않을 도리가 없다. 과연 그날 밤 꿈에 소식이 왔다. 가브리엘 대천사가 방문한 것이다.

"헤일 님은 일에 지쳐 약간의 피해망상증에 걸려 있습니다. 하지만 얼마나 열심히 일하고 성과를 내고 있는지는 누구보다 하느님이 잘 알고 계시지요. 이번에 하느님께서 특별한 일을 시키십니다. 물론 헤일 님의 피해망상증은 지금 이 순간 깨끗이 치유되었고요."

꿈속에서지만 헤일은 정신을 바싹 차렸다. 가브리엘 천사가 환한 웃음으로 말하는 것을 듣고 있다 기회를 놓칠세라 질문을 던진다.

"정말 영광입니다. 사생결단하고 무슨 일이든 하겠습니다. 하지만 제가 할 일의 내용을 지금 좀 알면 안 될까요?"

"아니, 나도 자세한 내용은 잘 모릅니다. 다만 지금부터 멀리 여행을 떠나서 헤일 님의 주특기인 관찰력을 최대한 살려 살펴보신 뒤 하느님이 지시하는 어떤 임무를 수행하는 겁니다. 지금 확실한 것은 여행을 바로 떠나야 하고, 헤일 님에게 아주 중요한 일이 맡겨진다는 것뿐입니다."

"아, 그럼 당장 일어나서 여행 가방이라도 싸야겠습니다. 너무 다급해서 뭘 준비해야 할지도 모르겠네요."

"번거롭게 생각할 필요 없습니다. 그냥 잠시 눈을 감고 100까지 수를 세고 계십시오. 스르르 잠이 들며 아마 깨어날 때는 현지에 도착해 있을 겁니다. 자, 그럼 지금부터 하나, 둘, 셋, 넷……."

가브리엘 대천사가 아홉을 세는 동안 헤일은 벌써 2차 수면에 빠져 든다. 하지만 실낱같은 의식은 남아 있었다. 굉장히 빠른 속도로 느껴졌다. 주변은 어두웠지만 칠흑은 아니었다. 무수히 많은 별빛 때문이다. 그렇다고 눈에 띨 만한 풍경, 구경거리도 없었다. 깜빡이는 별이 저 멀리 보이는가 하면 어느새 그 옆을 지나고 또 다른 별무리가 주변에 한웅큼씩 다가와 자신을 에워싸는 느낌이다.

그러나 그것도 순식간에 지나니 도대체 얼마나 빠른 비행체에 타고 있을까? 비행기구는 투명한데 겉 뚜껑을 열고 닫는 개폐식 장치까지 보였다. 기체의 벼락같은 속도감을 느끼면서도 겁이 나기는커녕 '더 빨리, 더 빨리'를 중얼대는 자신이 우습기까지 했다.

잠 속에서도 천생 과학자인 헤일은 정신 차려 주변을 이성적으로 판단하려 애를 썼으나 불가능했다. 마침내 번쩍하는 섬광과 함께 그는 잠에서 깨어났다.

"'재너머별'에 오신 것을 환영합니다. 오시느라 고생 많으셨죠?"

갑자기 나타나 인사하는 동양인 모습의 두 천사를 보고 헤일은 흠칫 놀란다. 전투복 차림의 한 사람은 알만한데 또 한 사람은 낯은 익어도 생소하다. 여기가 도무지 어디쯤인지 종잡을 수가 없다. 그의 어리둥절한 모습을 보고 이번에는 높직한 갓을 쓴 하얀 동정의 두루마기 천사가 말한다.

"환영합니다. 헤일 소장님. 가브리엘 대천사께서 미리 오실 곳을 전혀 말씀 안하신 모양이네요. 여기는 천국과 지구가 있는 태양계에서 1광년 거리쯤 떨어져 있는 샛별, 그러니까 '재너머별'이라고 이름 지은 새로운 낙원입니다. 하느님은 당초 이곳을 개발해서 제2천국이나 지구를 만드실 계획이었지만 지금 상황은 달라졌지요.

최첨단 과학기지 별로 건설, 끝없이 펼쳐지는 우주의 끝자락과 그 안에서 생겨날지 모를 돌연변이, 또는 하느님 창조가 아닌 다른 생물을 감시하실 생각입니다. 하긴 나중에 인구가 늘어나면 제2천국 명명도 가능하겠지요."

"잠깐, 우리 인사부터 합시다. 말씀으로 듣긴 했지만 정식 인사한 사이는 아닌 것 같은데. 저는 일본 출신의 제1 야전군 사령관 아마쿠사 시로라고 합니다. 지금은 하느님 경호 실장으로 차출되었고요, 또 이분은 한국, 옛날 조선에서 오신 김대건 안드레아 신부– 하느님 수행비서겸 연옥관리위원장직의 중책입니다. 둘이 다 하느님을 모시며 이곳 개발을 돕고 있지요."

아마쿠사 시로가 방금 환영 인사를 한 김대건 신부까지 소개하며 싹싹하게 분위기를 만든다. 헤일도 황급히 마주 인사를 한다.

"말씀들은 많이 들어 알고 있습니다. 뵙게 되어 영광입니다. 저는 우주센터의 조지 앨러리 헤일 소장입니다. 천체 물리학 전문으로 대형 망원경을 통해 우주 생성, 구성 등을 연구했지요. 그러다 보니 자연스레 입자, 분자론 등에 관심이 컸습니다. 여기서 제 일도 그런 분야인지 모르겠네요. 그런데 가브리엘 대천사는 어디 계십니까?"

헤일이 자기소개와 함께 가브리엘을 찾은 것은 아무래도 지난 밤 꿈이 아직 머릿속에 생생하기 때문이다. 말이 끝나기 무섭게 큰 키의 가브리엘이 역시 환한 웃음과 함께 저 쪽에서 그들 앞으로 걸어온다. 헤일이 반색하고 나선다.

"아이구, 가브리엘 님 저와 같은 차로 오셨습니까?"

"아뇨. 헤일 님이 탄 '회오리'차 바로 뒤에 따라왔습니다. 혹시라도 딴 데 새면 어찌하나 걱정했는데 잘도 찾아오던데요."

가브리엘도 자주 보니 농담할 여유를 보인다.

"그런데 '회오리'차 얘기는 처음 들어보네요. 아까 여기 이름이 '재너머별'이고 태양계에서 1광년 거리쯤 떨어져 있다고 소개받았는데 그런 먼 거리를 어떻게 우리가 그리 빨리 올 수 있었습니까? 빛의 속도로 1년이나 떨어진 곳인데 말이지요. '회오리'차 덕인가?"

헤일의 의문을 가브리엘이 풀어 준다.

"천국에서 '날쌘 틀'은 고작해야 빛의 반 속도 밖에 못 내지요. 그런 식으로 광활한 우주여행은 불가능합니다. 하느님께서 이 별을 만드실 계획을 세우실 때 가장 먼저 빛보다 얼마나 빠른 비행체를 만들어야 우주 개발과 경영이 가능할 것인가가 고심거리였죠.

이를 해결하기 위해 하느님은 일단 시속 1광년, 그러니까 이곳에 한 시간 정도면 올 수 있는 성령 속도의 '회오리'차 몇 대를 특별 제작하셨지요. 우리는 그 비행체로 왔습니다. 빛보다 빠른 속도는 불가능하다는 아인슈타인의 상대성 원리가 깨어지는 날, 우주여행은 새로운 개념을 맞이하게 되고요. 그런 비행체 대량 개발과 보급은 헤일 소장님 등 과학자 분들의 과제입니다.

이밖에 거리 자체를 줄이는 '웜홀' 개발로 시공간을 직결하는 휘어진 원통형 구멍 연구도 가능할 겁니다. 하느님은 기반 시설 창조는 하셔도 진화하는 구체적인 것은 인간과 천사에게 맡기고 싶어 하지요. 우리에게 자유의지를 존중하며 살아가는 기쁨을 주시기 위해서입니다."

"'회오리'차는 그렇다 쳐도 이 샛별, 그러니까 '재너머별'은 어떻게 제작, 아니 창조되었습니까? 바람, 구름, 대지, 햇볕, 동물, 식물, 강과 바다, 거기 사는 물고기, 하늘을 나는 새떼 등 이만큼 생존 조건을 만들려면 거의 창조 수준 아닐까요. 하루 이틀에 될 일이 아닙니다. 대천사님은 시종 이 별이 만들어진 과정을 보셨습니까?"

헤일의 과학자적인 의문은 계속된다. 당연하다는 듯 가브리엘 답변도 막힘이 없다.

"당초 하느님은 이곳을 제2 천국 또는 지구로 만들 계획이었다고 말했지요. 그중에도 인구의 폭발적 증가로 포화 상태에 이른 지구 황폐화에 계속 관심을 보이신 겁니다.

만일 지구 지하 지옥이나 페르가몬 지옥별의 공격이 가중되면 사정이 더 나빠질 겁니다. 게다가 철없는 지구인들이 이른바 민중 민주주의 미명아래 지옥의 악령들과 동조할 경우 지구 멸망은 순식간에 닥칠 수 있어요.

하느님은 이 때문에 제2 낙원을 만들어 선량한 지구인의 도피처 역할은 물론 끝없이 팽창하는 우주 관찰과 지배의 충실한 요새로 삼고 싶으셨던 겁니다. 마치 묵시록 21장 11절에 나오는 하늘에서 내려온 일곱 천사가 보여 준 새 도성 예루살렘을 닮았다고 할까요.

'하느님의 영광으로 빛나는 광채가 수정처럼 맑게 빛나고 시가지는 벽옥과 맑은 투명 유리 같은 순금으로 장식됐다.'는 그 대목 말입니다. 이런 곳에 헤일님이 초청받아 1세대 주민이자 과학연구센터 책임자가 된 것은 정말 특혜 아닙니까? 감동받아 마땅합니다."

헤일의 가슴이 뛰기 시작한다. 조금은 따분하기 시작했던 천국 생활 대신 신천지에서 새로운 도전을 하게 된 것이다. 절로 성호를 긋고 하느님께 깊이 감사드렸다.

"하지만 여기 일이 천국과 구체적으로 어떻게 다를지 아직 감이 안 옵니다. 천국에서 할 수 있는 일의 연장이라면 굳이 여기까지 저를 부를 이유가 없을 테니까요. 물론 그렇더라도 저는 이곳에 온 것을 깊이 감사드립니다만."

헤일의 계속된 걱정에 가브리엘이 핀잔주듯 말했다.

"우주 광야에 인간과 천사 이외 또 다른 별종 생물이 살지 모른다는 가정을 하면 이 재너머별의 중요성은 한층 커집니다. 전초기지가 되니까요. 여기서 더 멀리, 더 넓게 우주를 지켜보며 헤일 님 할 일은 무궁무진하게 생길 겁니다. 일거리 걱정은 마세요."

가브리엘 대천사가 가볍게 우주의 별종 생물 얘기를 꺼내자 헤일은 엉뚱한 생각을 떠올린다. 언젠가 의사인 루카 의료센터 소장이 무심코 던진 말 한마디, '영혼은 과연 죽지 않는 불멸의 존재인가.'에 대한 기억이다. 우주의 별종 생물 못지않게 심각한 오래된 고장난 영혼 처리에는 소홀하지 않은가. 루카는 5천 년 이상 살아 있거나 심하게 손상된 영혼의 경우 치료 불능인데도 약물로 버텨 가게 하는 현실은 옳지 않다고 한탄했다.

나아가 이 문제를 의료 시술 아닌 과학적 방법으로 해결하면 어떤지 헤일에게 물었던 것이다. 그의 말에 의하면 천국의 많은 영혼들이 몇 천 년간 똑같은 행복 속에서 지내다 보니 때로는 '행복 속의 불행'을 느끼기 시작, 영혼 손상 원인이 된다는 것이다.

불멸의 존재로만 알아 온 영혼의 손상 가능성을 헤일은 그때 처음 알았다. 나아가 때로는 끔찍한 재앙까지 불러올 수 있다는 사실에 경악했다. 천사가 악령으로 타락한 게 바로 그런 사례 아닌가. 루시퍼 페르가몬 지옥별 사령관만 해도 한때 가브리엘처럼 빛나는 하늘의 대천사였다.

하지만 지구 나들이가 잦아지고 자기가 선보인 몇몇 기적들에 지구인들이 환호하자 어느 날 갑자기 자신을 하느님과 대등하다고 망령을 품기 시작한 것이다. 대표적 영혼 손상의 결과다.

"하느님은 천국과 지옥만을 만드신 것은 아닙니다. 지옥에 보내기 아까운 사람을 골라 연옥에서 정화과정을 거쳐 천국에 갈 재생의 기회를 주니까요. 그런데 때로는 연옥에서 너무 오래 생활한 사람들, 이를테면 낙제생이 의외로 많아요. 끊임없는 후손들 기도 때문에 지옥으로 떨어지지는 않는다 해도 실망과 끈기 부족 등으로 자포자기하는 연옥 영혼들은 보기 안쓰럽습니다.

우주 변화 못지않게 관찰과 대책이 필요한 영혼 손상자 처리 문제를 단순히 의료센터 소관으로만 치부해서 될까요? 아닙니다. 과학적 접근, 나아가 더 근본 문제를 생각해야지요. 천국에 계실 때 그런 고민 해 본 적 없습니까?"

이번에는 갓 쓴 김대건 연옥관리위원장이 그때까지 신중한 자세와 달리 강한 어투로 헤일에게 물었다. 얼핏 압박처럼 들릴 수 있는데 헤일은 하나도 불쾌하지 않았다.

'이 양반은 독심술을 한 모양인가?'

헤일은 오히려 감탄한다. 그리고 자기가 막 생각했던 고민을 콕 집어 말하는 김대건을 신비롭게 바라보며 대답한다.

"웬걸요. 저 역시 우연찮게 루카 의료센터 원장님과 영혼에 얽힌 고민을 논의한 적이 없지 않습니다. 사실 김 안드레아 님 관장의 연옥보다 천국에 훨씬 더 영혼 손상 환자가 많겠지요. 거기서야 어떻게든 천국에 가겠다는 희망이라도 있지만 일단 천국 주민이 되고나면 영생불멸 보장하에 기계적인 삶을 사니까요.

이 결과 따분함과 권태에 따른 영혼 손상 환자들이 천국 의료센터에 득실대나 의학적 치료에 한계가 있답니다. 그럼에도 실정을 공개하지 못하는 것은 천국 사회에 줄 충격 때문이라고 들었습니다."

"맞습니다. 충격이 크겠지요. 하지만 천사의 영혼이든, 지옥의 악령이든 영혼의 총 개체수가 날로 증가하면 정신적 사회적 문제도 당연히 늘어납니다. 이를 방치할 경우 언제 화산처럼 고름이 터질지 모르지요. 루카 님이나 헤일 님 담당의 의학적 과학적 치료 대책에 묘수가 없다면 남은 게 무엇일까요. 결국 교리 변화가 필요하단 말입니다."

김대건 안드레아는 정곡을 찔렀다. 내놓고 말 못하는 금단지역을 그는 무심코 넘나든다. 헤일의 가슴이 시원하게 뚫리는 느낌이다. 자신도 그런 생각을 루카 의료센터 소장에게 조심스럽게 비틀어 말했었지만 그는 한사코 고개를 저었다. 천국의 고위층, 지도부, 관료,

시민들한테 맞아 죽을 소리라는 것이다. 성경 곳곳에 나열된 영생불멸 약속을 저버린다는 것은 현재 금기나 다름없다.

"말씀은 쉽게 하시지만 고양이 목에 방울달기입니다. 인류가 창조되고 천국과 지옥, 연옥이 설계되면서부터 내려온 창세기 이래 전통을 깨자고 누가 감히 하느님께 여쭐 수 있을까요? 나아가 대안도 생각해야 하구요."

"어디가요? 하느님은 그리 꽉 막히신 분 아닙니다. 절대 불가라고 생각했던 것도 말씀 드려 보면 의외로 선선히 수긍하시는 걸 많이 봤어요, 며칠 전 우리 작업장에 임재하신 하느님이 '영혼들이 너무 오래 살아 지루하지 않을까.'라고 혼자 말처럼 하시는 말씀을 들은 일이 있습니다. 마치 누군가 질문에 불쑥 대답하는 식이었지요."

김대건의 말에 헤일 소장은 충격을 받는다. 하느님의 언질이 있었다는 말이다. 안도감과 함께 하느님이 말씀했다는 '지루한 영혼' 소리가 색다른 묘미를 풍겼기 때문이다. 마치 영화 제목, 아니 함축미 있는 시 구절 같다.
나아가 말씀의 천근만근 무게까지 느낀 것이다. 수행비서의 힘이 크다는 걸 새삼 감지한다. 헤일 소장과 김대건 수행비서의 대화가 길어지자 아마쿠사 시로가 적당히 끝맺음을 한다.

"헤일 소장님의 '재너머별' 입주 환영 시간에 지나치게 심각한 애기들이 오가는 것 같습니다. 그런 무거운 화두는 토론회, 또는 포럼이라도 열어 본격적 논의를 해야겠지요. 금강산도 식후경이라고 우선 식사가 준비되었을 터이니 식당으로 자리를 옮기시지요."

여기서 말이 끊긴 것이 무척 아쉬운 헤일 소장은 맨 뒤의 김대건 신부와 나란히 보조를 맞추었다. 선두 가브리엘, 둘째 아마쿠사 시로, 세 번째로 김대건, 헤일이 걸어가며 담소를 계속한다. 식당 앞에서 가브리엘과 아마쿠사 시로가 먼저 문을 열고 들어간 뒤 김대건이 갑자기 헤일 소장의 귀에 입을 대고 속삭였다.

"지옥군과 전면전이 벌어졌을 때 이들 악령을 한꺼번에 처리할 방법을 생각해 봤는데요. 블랙홀을 이용하는 겁니다. 바닷가 모래알처럼 많은 지옥 악령들을 일일이 처치하기보다 한꺼번에 몰아다 초속 30만km 빛까지 가두는 강력한 중력의 블랙홀에 처넣으면 간단합니다. 죽이는 것은 아니니까 대량 살상 시비도 피할 수 있고요. 하지만 이들을 블랙홀에 보내는 기술이 아직 1% 부족입니다."

상상력의 세계에
'나이'는 없습니다!

– 권선복(도서출판 행복에너지 대표이사,
대통령직속 지역발전위원회 문화복지 전문위원)

　가슴을 두근거리게 만드는 한 권의 소설을 만난다는 것은 무척 기분 좋은 일입니다. 세상살이의 시름을 모두 잊고 독서에 몰두하며 마음껏 상상의 나래를 펼치는 순간만큼은 행복해질 수 있기 때문입니다. 근래에 들어 문학의 위기라는 말을 자주 듣습니다. 이름값 높은 베스트셀러 작가의 신간만 이따금 주목을 받을 뿐, 출간되는 소설도, 소설을 찾는 독자도 모두 줄어든 까닭입니다. 하지만 여전히 소설가의 지망하는 이들이 도서출판 행복에너지에 부푼 기대를 안고 정성스레 집필한 원고를 보내오는 것을 지켜보며 다시 우리 문학이 부흥하는 날을 꿈꾸곤 합니다.

『천국 쿠데타』는 독자들의 눈을 번쩍 뜨이게 할 만큼 흥미로운 소설입니다. '천국'을 배경으로 우리에게 친숙한 성경 속 인물과 안중근, 정약종 같은 역사적 인물들을 등장시켜 색다른 재미를 안겨줍니다. 문학만이 펼칠 수 있는 상상력의 세계가 독특하게 다가오는 것은 물론, 종교라는 무거운 주제를 인문학적으로 접근하며 독자의 가슴에 깊은 감동을 새겨주고 있습니다. 더욱이 이 책의 저자는 고희(古稀)를 훌쩍 넘긴, 멋쟁이 신사이십니다. 동아일보 논설위원실장, 헤럴드경제신문 주필 등을 역임하며 평생을 언론인으로 이름을 알려온 민병문 저자는 '상상력에 있어 나이는 없다'는 사실을 몸소 보여주고 있습니다.

글을 쓰는 데 있어 열정만 있다면 나이는 아무런 제약이 되지 못합니다. 자신의 이름을 내건 책을 세상에 내고자 하지만 왠지 자신의 나이가 마음에 걸려 선뜻 출판사에 연락을 하지 못하는 분들도 많이 있습니다. 민병문 저자의 책『천국 쿠데타』가 작가의 꿈을 꾸는 많은 이들의 삶에 하나의 뜨거운 불꽃을 일으켜 다시 한 번 도전할 계기를 만들어 주길 기대해 봅니다. 또한 이 책을 읽는 모든 분들의 삶에 행복과 긍정의 에너지가 팡팡팡 샘솟으시기를 진심으로 기원드립니다.

1598년 11월 19일 – 노량, 지지 않는 별
장한성 지음 | 값 15,000원

현재 공인회계사이자 세무사로 활동 중인 장한성 저자의 두 번째 장편소설이다. 고증을 바탕으로 한 이 팩션Faction은 현재 우리 대한민국에서 살아가는 모든 이들에게 삶의 진정한 의미는 무엇인지, 이 혼란한 시대를 이겨낼 힘은 과연 무엇인지에 대해 이순신 장군의 삶을 그려내며 진지하게 묻고 있다.

생각과 말과 행동의 방정식
윤영일 지음 | 값 15,000원

「생각과 말과 행동의 방정식」은 행복으로 가는 길, 참된 이정표가 될 만한 깨우침을 가득 담은 책이다. 동서양의 고전과 선지자들의 일화에서 옥구슬같이 빛나는 혜안과 통찰을 뽑아내어 따뜻한 필치로 잔잔히 이야기를 풀어 나간다.

부모의 변화가 아이를 살린다
박영곤 지음 | 값 15,000원

책 「부모의 변화가 아이를 살린다」는 늘 아이 걱정에 고민이 많은 부모들이 스스로 긍정적으로 변화해야 자녀의 삶 역시 행복에 한걸음 더 가까워질 수 있음을 깨닫게 하는 '멘탈 혁신 자녀교육서'이다. 또한 세부적인 멘탈코칭 Tip을 제시하여 부모들이 아이 교육에 바로 활용이 가능하도록 구성되어 있다.

사랑은 왜 낮은 곳에 있는가
이우근 지음 | 값 15,000원

책 「사랑은 왜 낮은 곳에 있는가」는 근래 대한민국의 부끄러운 현실을 엄정히 그려내면서도 미래에 대한 기대와 희망을 놓지 말아야 한다는 격려를 한꺼번에 담아낸 칼럼집이다. 우리 사회가 안고 있는 난제들을 어떠한 방식으로 풀어내야 하는가에 대해 때로는 차분하게, 때로는 속이 시원하게 전하고 있다.

남북의 황금비율을 찾아서)
남오연 지음 | 값 16,000원

책 『남북의 황금비율을 찾아서』는 통일이란 쟁점을 화폐경제의 관점에서 접근하고 연구한 책이다. 한반도 내에서만이라도 북한 화폐가 명목지폐에서 벗어나 실물화폐의 역할을 할 수 있는 시스템을 고민하고, 이로써 통화의 부가가치, 즉 남북한 내 새로운 일자리 창출과 실질적 경제통합의 물꼬를 틀 수 있는 방안을 제시하고 있다.

통하는 말 통하는 글
김철휘 지음 | 값 15,000원

『통하는 말 통하는 글』은 '현직 연설비서관'의 풍부한 현장 경험과 연구를 통해 '말과 글'의 개념과 올바른 사용법 그리고 연설과 인터뷰의 기법까지 '공(식)적인 소통'을 위한 수준 높은 노하우를 담아낸 책이다. 누구나 교육과 훈련을 통해 충분히 우리 사회에서 인정받을 만한 말하기, 글쓰기 수준을 갖출 수 있음을 설득력 있게 전하고 있다.

위대한 경쟁
정태영 지음 | 값 15,000원

『위대한 경쟁』은 치열한 업무 현장에서 체득한 실용적 노하우들로 가득하다. 여타 자기계발서와는 달리 경쟁 상황에서 승리할 수 있는 역량과 스킬에 초점을 맞추며 경쟁자보다 비교우위의 위치에 우뚝 설 수 있는 방법을 명쾌하게 제시하고 있다. 이 위대한 경쟁에 뛰어들어 행복을 성취하는 첫걸음을 내딛어보자.

직원이 행복한 회사
가재산 지음 | 값 15,000원

『직원이 행복한 회사』는 '한국형 인사조직 연구회'에서 심도 있는 연구 끝에 선별한 '한국형韓國型 GWP' 현장 사례를 소개한다. 이 책에 소개된 기업들은 입사제도와 연봉과 복지, 경영과 기업문화 등에서 일반인들이 언뜻 생각하기 힘든 파격을 선보이며 사람 중심의 인본주의 경영을 몸소 실천하고 있다.

아빠와 딸

정광섭 지음 | 값 15,000원

사랑의 부재가 당연시되는 시대. 각종 불화와 광기가 맞닥뜨려 이 시대엔 아픔도 그 절망의 목소리를 내지 못한다. 저자는 자신의 실화를 담담히 이야기하며 이 불변하는 시대를 극복하고자 그 대안으로서 아버지의 사랑, 즉 사랑의 이름으로 가장 존귀한 부모의 사랑을 내놓은 것이다.

아들에게 전하는 아버지 이야기

글 심재훈 지음 | 값 15,000원

서울시 공무원으로 평생을 살아온 저자의 인생 이야기를 넘어선, 우리 아버지 세대의 애환과 혜안을 담은 책이다. 세상의 모든 아버지라면 반드시 공감할 만한 이 이야기들은 우리 자녀들이 한번은 꼭 귀담아 들어야 할 소중한 조언이며, 이 버거운 세상을 이겨내고 꿈과 행복을 성취하게 하는 지혜다.

문화예술 리더를 꿈꿔라

이인권 지음 | 값 15,000원

『문화예술 리더를 꿈꿔라』는 폭넓은 경험과 이론을 연마하여 글로벌 경쟁마인드를 체득한 이인권 한국소리문화의전당 대표의 '문화예술 경영서'이다. 공공 문화예술기관의 단일 최장 경영자로 대한민국 최초 공식기록을 인증받기도 한 저자의 모든 노하우가 담긴 만큼 이 책은 알찬 정보와 혜안으로 가득하다.

두 다리는 두 명의 의사다

배근아 · 신광철 지음 | 값 15,000원

『두 다리는 두 명의 의사다』는 신체의 건강을 인문학과 자기계발의 관점에서 바라본 독특한 건강관리서이다. 100세 시대, '다리 건강'이 사람들의 장수長壽를 어떻게 책임지는지 살펴본다. "신체는 통섭의 산물이다."라는 전제하에 다리 건강의 유지, 그 중요성과 방안을 함께 제시한다.

아파트, 아는 만큼 내 집 된다

최성규 지음 | 값 15,000원

현직 공인중개사 사무소 대표가 현장을 밤낮 없이 뛰며 얻은 아파트 분양 노하우와 부동산 이야기! 이 책은 실물시장에서 이루어지는 현상을 있는 그대로 파악·분석하고 시장중심적인 관점에서 풀어낸 아파트 분양과 부동산 정보를 에세이 형식으로 쉽고 재미있게 독자에게 전달하다.

새로운 경세학을 말하다

황선범 지음 | 값 15,000원

「새로운 경세학을 말하다」는 생명에 기초한 새로운 패러다임으로 불경, 성경, 사서삼경 등과 같이 세상을 살아가는 가치관을 천성과 지성의 이치로 설명하였다. 혼돈과 무질서가 득세하는 세상에서 평화와 행복을 꿈꾸는 이들에게 저자가 세상을 향해 던진 일침은 시사하는 바가 크다.

대한민국 비정상의 정상화

권기헌 지음 | 값 15,000원

「대한민국 비정상의 정상화」는 우리나라 국가혁신의 문제점과 미래의 방향을 제시한 하나의 기념비적인 작품이다. '비정상의 정상화'에 관한 철학, 이론, 실천과제를 국가와 정부의 역할을 중심으로 명쾌하게 제시하고 있다. 국가혁신의 근본적인 문제 해결에 접근하지 못하는 현실에서, 시대의 변화에 따른 혁신의 비전을 수립하는 데 중요한 지침서가 되어 줄 것이다.

돌섬

정상래 지음 | 값 15,000원

이 책은 "우리는 왜 일본을 싫어하는가? 한국인은 왜 반일감정을 버리지 않고 살아가고 있는가?"라는 질문을 화두로, 한일 양국의 학자들의 다양한 소재를 대상으로 난상토론을 벌이는 과정을 생생하게 담아내고 있다. 임나일본부설, 식민사관, 독도와 위안부까지 한반도 역사에 씻을 수 없는 아픔을 안긴 이야기와 그 진실을 하나씩 풀어나간다.